UN OISEAU BLANC DANS LE BLIZZARD

Écrivain originaire du Michigan, Laura Kasischke est souvent comparée à Joyce Carol Oates pour sa critique vénéneuse de la société américaine. Elle est l'auteur de *Rêves de garçons*, *La Couronne verte*, *À moi pour toujours*, qui a reçu le prix Lucioles des Lecteurs en 2008, ou encore de *À Suspicious River* et *La Vie devant ses yeux*, tous deux adaptés au cinéma. Elle est également l'auteur de poèmes, publiés dans de nombreuses revues, pour lesquels elle a notamment remporté le Hopwood Awards et la bourse MacDowell. Laura Kasischke enseigne l'art du roman à Ann Arbor et vit toujours dans le Michigan.

Paru dans Le Livre de Poche :

À MOI POUR TOUJOURS

LA COURONNE VERTE

EN UN MONDE PARFAIT

RÊVES DE GARÇONS

LAURA KASISCHKE

Un oiseau blanc dans le blizzard

TRADUIT DE L'ANGLAIS (ÉTATS-UNIS) PAR ANNE WICKE

CHRISTIAN BOURGOIS

Titre original :

WHITE BIRD IN A BLIZZARD

ISBN : 978-2-253-16207-0 – 1re publication LGF

Pour Bill

Je voudrais remercier
Bill Abernethy, Lisa Bankoff,
Jennifer Barth et Antonya Nelson,
qui m'ont aidée à écrire
et à réécrire ce roman ;
j'exprime également ma reconnaissance
à Ed et à June Kasischke,
pour ces nombreuses années
d'encouragement,
ainsi qu'à Lucy et à Jack Abernethy,
mes enfants, pour leur amour.

Première partie

JANVIER 1986

J'ai seize ans lorsque ma mère se glisse hors de sa peau par un après-midi glacé de janvier – elle devient un être pur et désincarné, entouré d'atomes brillants comme de microscopiques éclats de diamant, accompagné, peut-être, par le tintement d'une cloche, ou par quelques notes claires de flûte dans le lointain – et disparaît.

Personne ne la voit s'en aller, mais elle est bel et bien partie.

La veille, au matin, ma mère était encore une femme au foyer – qui, depuis vingt ans, maintenait notre maison dans un état de propreté et de stérilité qui aurait pu rivaliser avec l'esprit de l'hiver lui-même ; alors, peut-être a-t-elle tout simplement fini par s'épousseter elle-même, en un nuage lumineux qui s'est envolé par la fenêtre de la chambre, un nuage fait d'une poudre douce comme le talc, qui s'est mélangé avec les flocons qui tombaient, avec la poussière céleste et les cendres lunaires qui flottaient au loin.

Elle s'appelle Ève, et nous habitons à Garden Heights, dans l'Ohio ; je me souviens que je me plaisais à voir en elle la première Ève – l'Ève nue –, quand elle travaillait dans le jardin et s'employait à empoisonner les mauvaises herbes avec de l'eau de Javel, à défolier les arbres et à entasser les feuilles dans le broyeur d'ordures, avant d'aller récurer l'évier avec un détergent chimique extrêmement abrasif, qui se présente sous la forme d'une poudre teintée en bleu océan, cette couleur visant à dissimuler le caractère meurtrier du produit aux yeux des femmes au foyer qui l'utilisaient, comme ma mère, en se rendant à peine compte que ce qu'elles avaient acheté, un produit au nom aussi accrocheur que « Monsieur Propre », n'était en fait que de l'acide pur.

Une poudre bleue comme le bleu d'un regard d'enfant, ou comme le bleu d'un œuf de rouge-gorge...

Mais, si vous en avalez ne serait-ce qu'une cuillerée à café, vous vous retrouvez avec les intestins comme de la dentelle.

Cette Ève-là, tout comme la première, s'ennuyait ferme dans son jardin, à Garden Heights. Elle passait ses après-midi dans le silence d'une maison qu'elle avait nettoyée la veille de fond en comble ; il ne lui restait plus rien d'autre à faire que de planifier le néant des jours à venir.

Parfois, quand je rentrais de bonne heure de l'école, je la trouvais endormie dans mon lit. Elle s'était habillée comme si elle devait aller quelque part – un pantalon noir, un pull en lambswool, un collier de perles, et ses cheveux étaient bien coiffés, en boucles douces –, et dormait en chien de fusil, dans cette maison plongée dans l'obscurité. Mais cet après-midi-là, quelque chose d'autre se produisit.

Quoi, je ne peux que l'imaginer.

Je la vois debout à la fenêtre de la chambre, qui regarde le ciel jeter sa froide litière de neige sur la pelouse, elle pense au manque qui la ronge, à l'amour ou au désir, elle s'ennuie, une fois de plus, puis elle explose comme une bombe remplie des plumes de son plumeau, à moins qu'elle ne se fonde dans les murs – telle une ombre laiteuse qui s'évaporerait sur la moquette épaisse.

Quand mon père rentre du travail, elle a complètement disparu. Quand je reviens de l'école, je le trouve assis dans le salon, il porte toujours son costume, et ses mains sont posées sur ses genoux, les paumes, désespérément vides, tournées vers le plafond.

Nous passons la nuit à attendre qu'elle rentre, mais elle ne revient pas.

Nous ne dînons pas. Nous ne savons pas comment faire.

Mes draps sont glacés quand je me couche, et j'entends mon père qui ronfle, seul dans leur chambre.

Je me rends soudain compte que je ne savais rien de ma mère, si ce n'est qu'hier elle était encore avec nous – elle préparait le dîner et nettoyait la maison, elle s'activait, l'air maussade, avec son plumeau – et qu'aujourd'hui elle n'est plus là.

Mais qu'aurais-je pu faire pour ma mère ? Pendant qu'elle se métamorphosait, au cœur même de notre maison, pendant qu'elle se transformait, qu'elle changeait de forme, qu'elle devenait folle, ou peut-être enfin saine d'esprit, moi, j'allais sur mes seize ans. Je croyais que son malaise venait simplement de la ménopause, ou de l'ennui, et, au moment où j'aurais pu dire ou faire quelque chose, j'avais justement seize ans, et mon sang, comme un petit ruisseau en crue, s'était brusquement chargé d'hormones pour se gonfler en un flux bouillonnant et chaud, impétueux et dangereux.

J'étais tombée amoureuse du garçon d'à côté, et ma propre chair devenait soudain quelque chose que je n'avais jamais connu auparavant. Parfois, quand je pressais les paumes de mes mains l'une contre l'autre, je croyais sentir un champ magnétique jaillir entre elles – invisible mais tangible, comme le son, comme la chaleur, ou comme un œuf de lumière – et j'avais l'impression de pouvoir contenir toute la force de la vie dans mes mains.

Quelles qu'aient pu être alors les intentions de ma mère, je ne m'en souciais pas le moins du monde.

Phil, le garçon d'à côté, est grand, blond et extrêmement stupide. « L'enculé ! » dit-il, quand il entend le présentateur des informations citer un peu de poésie à la télé. « J'ai réussi à avoir la moyenne ! » annonce-t-il avec un grand sourire en brandissant son bulletin de notes vers moi dans la cafétéria de l'école.

L'été, il voulait que je ne porte que des dos-nu et, quand on se retrouvait dans l'un de nos jardins, derrière nos maisons, jardins qui n'étaient séparés que par un petit fossé planté de jonquilles, il arrivait derrière moi et glissait ses mains sous ma robe ou mon tee-shirt.

Les pelouses vertes gonflées d'engrais palpitaient comme du verre sous le soleil.

« Montre-moi », demandais-je souvent à Phil, quand il nous emmenait à l'école dans la berline de son père. Il faisait alors glisser la fermeture éclair de son pantalon, pour sortir et agiter son pénis.

Cela faisait un an que je sortais avec Phil, une année pendant laquelle nous n'avions pratiquement parlé de rien. Si jamais ce garçon a des idées originales, ou bien des opinions personnelles qui flotteraient comme des plumes dans sa tête, il arrive fort bien à garder tout cela pour lui. Il écoute la station de radio qui diffuse le heavy-metal le plus lourd de la région, mais il n'a pas lui-même le genre heavy-metal. Il n'est jamais allé à un concert et ne peut se souvenir des noms des groupes de rock qu'il aime, ni vous dire le titre de sa chanson préférée du mois, encore moins vous raconter de quoi ça peut parler, tout ce fracas d'accident de voiture à peine dominé par la voix du chanteur. Il est ce que vous pourriez appeler un garçon propre sur lui, si toutefois vous êtes le genre de personne à croire qu'il existe des garçons propres sur eux. Pas de tee-shirts déchirés. Pas de tatouages. Pas de boots à bouts métalliques. Le prototype du jeune qui a grandi dans les banlieues résidentielles.

Mais cette musique hurle toujours en fond sonore quand il conduit et il hoche la tête comme s'il écoutait (pendant que les disc-jockeys braillent le nom de la radio entre chaque chanson, avec des voix malgré tout juvéniles, peu convaincues et pas très méchantes), comme s'il aimait ce qu'il écoute, comme si tout cela parlait à une certaine partie de lui, tout à fait invisible à l'œil nu, une partie primitive agitée de violents mouvements de danse.

J'ai appris à chasser ce brouhaha de mes oreilles, car j'ai toujours eu peur que, si j'écoutais – si j'écoutais vraiment – ce genre de musique, cela pourrait bien griller un délicat tissu dans mon oreille interne et me rendre sourde.

Phil ne parle pas beaucoup, mais cela n'a pas grande importance. Si j'avais voulu discuter, j'aurais pu le faire avec ma mère. Cela faisait longtemps qu'elle essayait de me faire parler...

« Kat, me dit-elle un jour, est-ce que tu aimes ce garçon ?

— Mais enfin, maman, lui répondis-je en me tournant vers elle, en quoi est-ce que ça te regarde ? »

Elle était debout derrière moi dans la salle de bains, elle regardait, au-delà de mon épaule, nos deux reflets dans le miroir accroché au-dessus du lavabo. Je sortais de la douche, j'avais une serviette drapée autour du corps et un voile de buée s'élevait entre nous, brouillant nos images dans le miroir. L'humidité effaçait les rides de son visage et elle ressemblait à un autre moi, noyé dans la brume.

« Oui, eh bien moi, je ne peux pas sentir ton père », me répondit-elle alors.

Cette remarque abrupte me fit l'effet du choc d'une balle de caoutchouc frappée par une batte de la même matière.

« Mon Dieu ! répliquai-je. Va donc dire ça à quelqu'un d'autre. »

Et je suis partie dans le couloir, après l'avoir bousculée au passage.

Aussi simplement que ma mère avait d'abord été présente, puis absente, Phil et moi, qui étions tous deux vierges, nous ne le fûmes soudain plus.

Un après-midi, nous n'avions pas cours – mon père était à son travail, ma mère était encore au centre commercial –, nous nous sommes allongés dans mon lit, un lit décoré de fleurettes et jonché d'animaux en peluche que je fis doucement tomber par terre, pendant que Phil, debout derrière moi, les pouces glissés dans les passants de sa ceinture, attendait.

Phil est dégingandé et, quand il se tient debout, il fait porter tout le poids de son corps sur une jambe, et ce corps n'est alors plus que lignes droites et angles ; c'est un garçon fait de bouts de ferraille.

C'était le mois de mars, la lumière qui saignait sous les stores était pâle et floue, comme si de l'eau grise coulait dans les veines de ce mois.

Sous les couvertures, chacun s'est occupé des boutons et des fermetures Éclair des vêtements de l'autre. Nous ne parlions ni l'un ni l'autre. À grands coups de pied, nous avons repoussé nos vêtements au fond du lit ; plongés dans une panique faite de gêne et de désir, nous nous sommes lancés dans une sorte de danse paysanne à l'horizontale – comme lorsqu'on presse des raisins ou qu'on écrase des pommes de terre. J'ai roulé sur le dos, en me demandant ce que j'allais connaître que j'ignorais jusque-là. Le péché ? L'extase ? Ma propre mortalité ? Une vision cosmique, au moment où il me pénétrerait ?

Mais, lorsque Phil s'est allongé sur moi, ce qui m'arriva fut en fait une soudaine prise de conscience de la présence de notre peau.

De toute cette surface faite de peau.

Comment, telle une chaussette élastique, la peau recouvre tout le mystère et tout le liquide qui nous font vivre. Je sentais le cœur de Phil battre sourdement sous cette peau, tremblotant comme un petit bateau de plastique qui flotte dans un bain chaud et salé, j'entendais également un océan clapoter entre ses poumons. Quand il se mit à bouger plus vite, quand il fut sur le point de jouir, tout en agitant le lit et devenant très rouge, il écarta davantage mes cuisses avec ses bras, il fit une grimace horrible, et nos deux corps produisirent soudain le bruit de deux chiffons mouillés que l'on claque furieusement l'un contre l'autre...

Sans la peau, nous nous serions vidés.

Voilà donc ce que j'avais en tête tout au long de ce printemps, de cet été, de cet automne-là, jusqu'au début un peu amer de l'hiver – voilà ce qui me prenait tout mon temps, ce qui occupait toutes mes pensées, alors que ma mère, qui se préparait à s'évanouir et à disparaître, achetait des minijupes et des oiseaux, parlait toute seule dans la cuisine, sifflait entre ses dents quand je passais devant elle dans le couloir ou me faisait des aveux que je ne souhaitais pas entendre. Alors que le corps de ma mère se transformait en verre et se fissurait tout le long de l'épine dorsale. Alors que ma mère était sur le point de n'être plus que d'invisibles particules de clarté et d'air, moi, je ne m'occupais de rien d'autre que de mon corps.

Même en plein cours d'histoire américaine, je sentais encore mon odeur – un mélange de sang, de sperme, de salive et de sueur – entre mes jambes. Il me suffisait de voir Phil au détour d'un couloir de notre lycée, et je grognais presque déjà, en m'imaginant son corps arqué – un corps dur et glabre, et toute cette peau – au-dessus de moi dans mon lit. En cours de psychologie, je fermais les yeux et je voyais mes jambes écartées, je me voyais du haut du ciel, avec mes mamelons pointés vers moi et toute cette moiteur rosée qui attendait Phil, ou bien Dieu, qui attendait que quelque chose vienne la remplir.

Le fait de désirer Phil me fit soudain désirer tout et tout le monde. Certaines nuits, je rêvais que j'étais allongée sur une table de restaurant – « Chez Bob », par exemple –, complètement nue, avec du persil autour des pieds, avec peut-être même une pomme coincée dans la bouche ; et tous les garçons du lycée, peut-être même tous les hommes, aussi – le proviseur, les gardiens, tous –, attendaient en file, ils avaient tous une érection et ils me regardaient avidement ; Phil était au bout de la file d'attente, c'est lui qui bandait le plus et qui me désirait le plus.

Je me retrouvais soudain à vivre sur une planète tout à fait inconnue, je pataugeais chaque jour dans un fleuve sexuel embrasé ; ma mère était vraiment la dernière chose à laquelle je pensais – ma mère, qui était en train de se glisser hors du monde physique, alors que j'y pénétrais.

La nuit suivant le départ de ma mère, je rêve que mes draps sont devenus de la neige et que leur blancheur froide m'enveloppe dans l'hiver comme un enfant mort-né. La lumière, le lit, les draps – on dirait qu'un ange pâle et énorme est agenouillé au-dessus de moi, un colosse de marbre pur, qui semble me repousser de ses ailes aux doigts nus vers la matrice d'un mois de janvier dans l'Ohio...

Je suis le petit « o » qui se glisse dans le grand « O » de l'Ohio, ce vaste « O » vide qui avale tout d'un seul coup.

C'est peut-être très doux, là-dedans, mais je ne suis pas prête à y aller.

Les murs se mettent à trembler – électriques et glacés. Ils sont recouverts d'une pelisse de givre et se contractent. Je me rends compte que si je ne peux pas nager jusqu'à la surface, l'étreinte de ces murs m'étouffera et me tuera, inévitablement, quoique avec affection. Je me bats longtemps contre ces murs.

Quand je me réveille, je trouve mon père assis au bord de mon lit.

« Ta mère vient d'appeler, me dit-il, alors que je n'ai pas entendu le téléphone sonner. Elle a dit qu'elle ne reviendrait jamais. »

Je me soulève et m'appuie sur les coudes.

« Quoi ? »

Il n'y a aucune expression dans le son de ma voix.

Il ne répond pas.

Il se cache le visage dans ses mains.

« Oh, Kat, sanglote-t-il. Qu'allons-nous devenir ? »

Elle avait choisi pour moi le prénom Katrina parce qu'elle voulait en fait m'appeler Kat. Elle voulait m'appeler Kat parce que j'allais être son petit chat. « Viens ici, Kat. Ici, mon petit chat. Minou, minou, minou ! » Elle m'appelait, et moi, je venais. Parfois, elle me caressait même la tête et me grattait derrière les oreilles.

Katrina. Un genre de chat de luxe. Une race russe, peut-être. Le genre de chat qui vous décore un canapé rien qu'en dormant dessus.

J'ai donc cru pendant un certain temps que j'étais bien le petit chat de ma mère, et rien d'autre que cela. Quand je fus assez âgée pour comprendre qu'il s'agissait d'une sorte de plaisanterie, je me mis même à ronronner pour elle, à ramper jusqu'à l'endroit où elle était assise et à me frotter contre ses jambes.

Mais, quand je fus encore plus grande, je finis par me contenter de la regarder méchamment en silence chaque fois qu'elle m'appelait, sans bouger d'un centimètre. Elle sifflait alors entre ses dents, lançait des coups de griffes dans ma direction, avant d'éclater de rire. Au bout d'un moment, je ne pus plus la supporter. Le simple fait de l'entendre traverser le salon avec ses chaussons me donnait la migraine. Puis, quand je suis tombée amoureuse de Phil, au moment précis où j'avais moins besoin d'elle, elle se mit à avoir de plus en plus besoin de moi. Assise en face d'elle à la table de la cuisine, le matin, pendant qu'elle buvait son café tout en me fixant du regard, je me disais que si jamais je levais les yeux, cette femme allait m'avaler toute crue.

Mais j'ai longtemps été son petit animal de compagnie, même si le temps a passé très vite. Je me souviens du son de sa voix, quand elle me nommait chaque chose, alors que j'ignorais encore tous ces mots.

« Ouah ! ouah ! » dit-elle en me montrant le chien du voisin qui grattait dans notre jardin. Il était grand, il avait un pelage clair, ses poils étaient lisses comme de la paille polie, et il portait un collier muni de petites médailles qui tintinnabulaient sous la fenêtre de notre cuisine. Il ne cessait de faire des trous dans notre jardin. « Qu'il creuse, disait ma mère, même si cela détruisait ses pétunias. Qu'il comprenne donc par lui-même qu'il n'y a rien là-dessous. »

« Serpent », dit-elle en me soulevant pour que je puisse regarder dans le vivarium qui se trouvait au fond de la boutique pour animaux de compagnie, une boutique à l'atmosphère lourde d'odeur de pisse, de vinaigre et de sciure. Le serpent dormait, il respirait lentement, enroulé sur lui-même comme le tuyau d'arrosage que mon père rangeait dans le garage. Je me souviens qu'il y avait des traces de doigts sales sur la vitre – des motifs ronds, humains, parfaitement reproduits, avec des spirales qui se repliaient sur de minuscules yeux à peine visibles – comme si quelqu'un avait voulu laisser quelque preuve derrière lui.

« Oiseau », dit-elle, au moment où nous sommes sorties de la boutique et qu'un oiseau s'est écrasé contre les barreaux de sa cage en volant dans notre direction – un joli petit poing blanc, au cri strident, le genre de chose qu'une vieille dame pourrait porter sur son chapeau pour aller à l'église un dimanche matin.

Je me souviens d'un matin où je m'étais allongée à côté d'elle dans le lit de mes parents, une fois mon père parti au travail.

Le givre avait gribouillé un message sur les vitres, mais je ne pouvais le déchiffrer. Je ne savais pas encore lire, de toute façon. Chaque fois que ma mère ouvrait un livre, je devais lui faire confiance et me dire que l'histoire qu'elle me racontait était bien celle qui était écrite dans le livre. Et plus tard, bien sûr, quand je sus lire, je me rendis compte que, la plupart du temps, ça n'était pas le cas.

Ma mère avait un certain sens de l'humour.

Par exemple, à la fin de l'histoire de Rumpelstiltskin, la reine n'est pas forcée d'abandonner son bébé au petit nain fou qui le lui demande. Si elle a ce sourire radieux et béat, c'est au contraire parce qu'elle l'a roulé, parce qu'elle a deviné le nom du nain et qu'elle peut donc garder son premier-né, et pas parce qu'elle vient d'abandonner son enfant.

Elle a des cheveux noirs.

Nous rions toutes les deux.

Nous sommes dans une sorte de nid fait d'oreillers de plume, nous portons toutes deux des chemises de nuit blanches. Pour rire, elle tire le drap au-dessus de nos têtes et, avec la lumière du matin qui tombe sur nous, le drap est comme un ciel qui m'aveugle de sa clarté ; l'espace d'un instant, je la perds.

« Maman ! » Je l'appelle et les deux syllabes sortent de ma bouche comme deux petits ballons froids.

« Kat, dit-elle. Maman est là. »

Elle me parle de quelque part, dans le néant qui nous entoure. « Maman est là. » Mais je suis perdue dans tout ce blanc et je n'ai aucune idée d'où peut être ce « là ».

« Où peut-elle être allée ? »

Je pose la question à mon père pendant le dîner. J'ai fait griller un morceau de bœuf, que je suis allée acheter le matin à la petite supérette, un endroit où je ne me rappelle pas être allée depuis l'époque où j'étais encore assez petite pour monter dans le caddie. J'ai coupé la viande en deux parts. Il a mis deux pommes de terre dans le micro-ondes, qui ont cuit en sifflotant. Nous avons, ensemble, épluché quelques feuilles de laitue, que nous avons mises dans un saladier avec des olives noires.

C'est le premier vrai repas que nous prenons à la table de la salle à manger depuis le départ de ma mère, et cela nous semble bon.

Cet après-midi-là, l'inspecteur Scieziesciez – dont le nom se prononce simplement, en dépit de sa dureté, en dépit des consonnes qui s'y cachent comme autant d'épines et de chardons : *Shh-shh-shh* – a encore appelé, comme il le fait chaque jour depuis que nous avons signalé la disparition de ma mère, pour nous demander s'il y a du nouveau, du changement, ou si nous avons soudain pensé à quelque chose qui pourrait être important. A-t-elle téléphoné à nouveau ? A-t-elle envoyé des cartes postales ? Des avocats ont-ils envoyé des documents ?

Mais mon père a simplement secoué la tête tristement à l'autre bout de la ligne, comme si le policier pouvait le voir de son bureau situé dans le centre de Toledo.

« Rien, répétait mon père. Rien, absolument rien. »

Puis, tout en raccrochant, mon père a ajouté dans le vide : « Merci, inspecteur *Shh-shh-shh* » ; il a eu les yeux perdus pendant un bon moment, comme un homme consumé par le désespoir, un homme égaré dans un tunnel de détresse, vêtu d'un uniforme gris de prisonnier, errant dans son imagination tout aussi grise.

Mon père secoue maintenant encore tristement la tête, comme il l'a fait tout à l'heure ; assis en face de moi, il me fait une sorte de grimace, il a un filament de viande saignante coincé entre ses incisives. Son visage aux yeux embués a une expression qui m'est familière. Il hausse les épaules et baisse les yeux vers sa nourriture éparpillée et mise en pièces dans son assiette.

« Ta mère ne m'a jamais aimé », me dit-il, avant de reprendre sa fourchette et de piquer dans la viande.

Ils formaient un joli couple, typique des banlieues résidentielles. Avant qu'elle disparaisse, vous auriez très bien pu les apercevoir, le mercredi soir, au restaurant « Chez Bob ». En suivant l'hôtesse jusqu'à votre table, vous auriez pu les voir, vous vous seriez tu devant leur silence et leurs regards rivés sur leurs salades.

Ils avaient tous les deux des cheveux noirs à peine teintés de gris çà et là. Ceux de ma mère, lisses, lui arrivaient aux épaules. Mon père, lui, avait toujours la coupe qui était alors à la mode pour les hommes : pas trop long derrière, pas trop haut sur le dessus. Conservateur, mais dans le ton, malgré tout. Il portait peut-être encore le pantalon sombre avec lequel il était allé travailler ce jour-là, une moitié de costume, car il avait sûrement laissé la veste à la maison.

Mon père avait les traits nets, un nez bien dessiné et des yeux enfoncés. Ma mère avait des pommettes hautes et elle était mince comme une jeune fille. Un ventre plat, des hanches étroites. Son visage était toujours très soigneusement maquillé – la bonne teinte pour le rouge à joues, un rouge à lèvres brun, de l'eye-liner marron et un fond de teint beige. Les filles qui vendaient des cosmétiques dans les grands magasins qu'elle fréquentait connaissaient son nom et ses teintes préférées : moka, praliné, ou groseille, comme si on pouvait transformer le visage d'une femme en un élégant dessert, à déguster sur une assiette de porcelaine délicate. Un parfum français de qualité, aussi, une essence raffinée que l'on pouvait sentir si on s'approchait d'elle.

Ils parlaient bien tous les deux. Ils avaient l'air sincères.

Pourtant, au moment où vous passez devant ces deux personnes assises l'une en face de l'autre dans ce restaurant, devant des verres d'alcool remplis de glaçons, avec leurs serviettes de table pliées sur leurs genoux et toute cette brillante argenterie qui les sépare, peut-être la femme va-t-elle lever les yeux vers vous – ses yeux bleus si brillants – et alors, ce que vous ressentirez, si toutefois vous ressentez quelque chose, ce sera une impression de froid.

En vérité, ma mère a disparu vingt ans avant le jour où elle est réellement partie. Elle s'est installée dans la banlieue avec un mari. Elle a eu un enfant. Elle a vieilli un peu plus chaque jour – de cette façon qu'ont les épouses et les mères d'âge moyen d'être de moins en moins visibles à l'œil nu. Vous levez peut-être les yeux de votre magazine quand elle entre dans la salle d'attente du dentiste, mais elle est en fait transparente.

Quant à la femme plus jeune qu'elle fut un jour, celle que vous auriez pu remarquer, elle n'est plus qu'un fantôme, une fille spectrale qui s'éloigne et finit par disparaître dans le blizzard.

Ou alors, elle s'est réincarnée en moi.

Je me suis peut-être glissée dans la peau que ma mère a laissée derrière elle, je suis peut-être devenue la jeune fille que ma mère avait été, celle qu'elle voulait encore être. Je portais peut-être sa jeunesse comme une écharpe aérienne, comme un accessoire, tout en éclats nerveux et en perles collantes, et c'est peut-être pour cela qu'elle passait autant de temps à me regarder avec cette expression mélancolique dans les yeux.

Je portais quelque chose qui lui appartenait, quelque chose qu'elle voulait récupérer. C'était écrit partout sur son visage. Quand j'eus seize ans, il me devint insupportable de regarder ce visage qui ne cessait de me fixer.

« Tu sais, Kat, me dit-elle un samedi soir de septembre, alors qu'elle se tenait derrière moi, face au miroir accroché dans le couloir de l'étage, tu as l'air de ce que j'étais quand j'étais toi. »

Je portais une robe noire moulante. Phil m'emmenait au bal de rentrée du lycée. Je faisais un essai de chignon, puis laissais retomber mes cheveux. Je n'avais cessé de penser à lui, à la façon dont il retirerait peut-être les épingles à cheveux une par une, quand nous serions à l'arrière de la berline de son père, comment il me mordillerait le cou, comment il baisserait la fermeture éclair de cette robe noire et la ferait glisser pour découvrir mes seins. Je détestais, en général, parler à ma mère, mais c'était encore pire si je devais lui parler alors que j'étais en train de penser au sexe – cette pensée sexuelle restait alors suspendue, à moitié révélée dans mon expression et dans l'odeur qui émanait de moi. Il me semblait, à cette période, que ma mère ne cessait d'arriver en douce derrière moi, au moment pile où je me glissais avec Phil dans une nudité imaginaire, comme si elle avait suivi quelque trace humide que j'aurais pu laisser échapper. Quand, à la télévision, on voyait des scènes de baisers longs et langoureux, je devais quitter la pièce. Elle regardait toujours ces baisers avec trop d'ardeur.

« Quoi ? Qu'est-ce que tu dis ? ai-je demandé.

— Oui, je veux dire, tu ressembles à ce que j'étais quand j'avais ton âge. »

Et elle était partie, un peu étourdie par ce qu'elle venait de dire, comme si le Temps avait furtivement surgi derrière elle pour lui donner un grand coup sur la tête avec un oreiller bien dur.

En décembre, elle avait eu quarante-six ans. Quelques fils gris apparaissaient maintenant dans ses cheveux sombres, là où elle faisait sa raie, et elle les arrachait à la pince à épiler devant le miroir de la salle de bains, au beau milieu de la nuit, quand elle ne pouvait pas dormir. Mais elle avait gardé sa minceur de jeune fille – son poids était toujours le même que celui qu'elle avait quand elle s'était avancée dans l'église au bras de mon père, vingt ans plus tôt.

Il y a une photo d'eux, sur le mur de leur chambre, prise le jour de leur mariage. Mon père paraît soumis et coincé. Mais ma mère semble très nerveuse, pleine de haine, elle porte déjà sur elle toute cette légèreté – cette chose blanche et exotique prise dans un filet invisible. Ce poids – ou plutôt cette absence de poids – est drapé dans de la dentelle, elle tire derrière elle une traîne de satin longue comme l'hiver, ou comme l'avenir.

Il y a également une autre photo d'elle, qui a connu une certaine célébrité passagère après sa disparition. Cette photo fut punaisée au tableau des annonces, devant le supermarché, et scotchée à la vitrine en verre épais du pharmacien. « J'AI DISPARU », pouvait-on lire au-dessus de la photo. « M'AVEZ-VOUS RENCONTRÉE ? »

Une mère de famille des banlieues.

Dans les quarante-cinq ans.

Un fil de givre tissé dans ses cheveux noirs.

C'est mon père qui avait pris cette photo, celle qu'on a utilisée sur les avis de recherche, celle qui est passée aux informations de dix-huit heures. Il l'avait prise le jour de Noël, deux semaines avant qu'elle disparaisse. Elle venait juste d'ouvrir un cadeau qu'il lui avait offert. Elle avait regardé dans le paquet, en essayant de voir à travers le papier de soie mince comme une pellicule de peau.

« Pas de problème, dit-elle, je vais aller le rapporter.

— Mais bon sang, ma petite Ève, qu'est-ce que tu veux ? demanda-t-il, alors que l'appareil photo qu'elle venait de lui offrir pendait à son cou.

— Sûrement pas ça », avait-elle répondu.

C'est alors qu'il avait pris en photo son sourire amer.

Avaient-ils jamais vécu de bons moments ensemble ? Avaient-ils jamais, comme Phil et moi, cherché à tâtons le corps de l'autre dans le noir, s'étaient-ils perdus, tout en nageant dans cet autre corps, pendant ces longs baisers qui transforment vos muscles en lait, avaient-ils connu cet engourdissement qui survient après des heures de baise, cet aveuglement des yeux sur tout votre corps quand les lumières sont éteintes ?

Chaque fois que j'essayais de m'imaginer cela, j'échouais à voir quoi que ce fût.

Un début de soirée, quelques semaines auparavant, alors qu'elle était sortie avec mon père – peut-être dans ce fameux restaurant, « Chez Bob » –, j'étais allée dans leur chambre et j'avais longuement regardé leur lit. Il était évidemment inconcevable qu'ils dorment ensemble. Je veux dire, plutôt, qu'ils aient des relations sexuelles. Il était assez facile d'imaginer leur sommeil. Mon père, un cadavre qui ronfle à côté d'elle, avec sa sueur aseptisée qui dépose du sel sur leurs draps. Les lèvres minces de ma mère un moment entrouvertes, de la poussière d'étoile qui se pose au coin de ses yeux, avant qu'elle se lève d'un bond quand les oiseaux commencent à chanter dehors.

Elle était nerveuse, elle avait le sommeil nocturne léger, un sommeil qu'elle traitait comme s'il se fût agi d'une robe de luxe qui demandait de nombreuses précautions avant d'être portée : un verre d'eau sur sa table de nuit, une pièce à la fois chaude et fraîche, une lumière allumée quelque part, mais qui ne tomberait pas sur elle ; cependant, comme je l'ai déjà dit, durant tous ces après-midi précédant sa disparition, je la trouvais endormie quand je rentrais de l'école, repliée en chien de fusil, perdue dans ce genre de sommeil qui fond sur le dormeur comme une forte tempête ailée ou comme une spirale de plumes et qui l'emporte dans son bec.

Je savais bien à quoi avait ressemblé leur sommeil côte à côte pendant vingt ans, mais quand je voulais les imaginer tous les deux en train de faire ce que Phil et moi nous faisions, je ne voyais que des statues nues dans un musée, avec un garde en uniforme vert olive planté à l'entrée qui vous interdisait de toucher.

Leur chambre était aussi dépouillée et ordonnée qu'une chambre d'hôtel. Un jeté de lit blanc, des rideaux blancs, une commode de chêne. Il y avait deux penderies, une pour chacun. Celle de ma mère sentait le savon à la lavande. Celle de mon père, le cuir.

Je me suis mise à quatre pattes sur leur moquette grise pour regarder sous le lit. Rien. J'ai ouvert le tiroir supérieur de la commode. Des chaussettes, une petite coupelle pleine de boutons de manchettes, un mouchoir portant les initiales BC, celles de mon père.

Que m'étais-je donc attendue à trouver ?

Un signe quelconque de leur vie secrète.

L'enveloppe d'un préservatif ? Un magazine cochon ?

Je savais où mon père les cachait – les magazines cochons, je veux dire : dans un meuble-classeur qui se trouvait dans la partie de notre sous-sol qui n'avait jamais été complètement aménagée, à côté du grand congélateur horizontal rempli de cuisses de poulet jaunies, de morceaux de steak pâlis par le froid – ce congélateur était une sorte de poitrine pleine de cœurs gelés –, près de son établi, avec les outils neufs qui lui avaient coûté si cher et qui avaient toujours l'aspect net des choses jamais utilisées.

Il fermait toujours au cadenas ce meuble-classeur, mais je savais comment l'ouvrir. Tout à côté du meuble, punaisée sur un panneau de liège accroché au-dessus de l'établi, il y avait une petite carte portant la combinaison : 90-60-91.

C'était presque une blague – la combinaison, comme l'endroit où il la cachait, juste là où celui ou celle qui voudrait ouvrir le meuble irait chercher la combinaison de ce cadenas –, et je formais ces mensurations idéales sur le cadenas pour aller regarder ses Bunnies de *Playboy* aux jambes écartées, chaque fois que j'en avais envie.

Parfois mes amies Mickey, Beth et moi les regardions ensemble, on sortait en douce un exemplaire du meuble de mon père, dans le sous-sol, là où nous nous retirions chaque fois qu'elles passaient me voir.

Parce que, dans ce sous-sol, mes parents ne venaient jamais nous embêter – simplement, de temps en temps, ils s'approchaient du haut de l'escalier pour crier quelque chose à propos du dîner, ou pour annoncer que la mère de Beth avait téléphoné en demandant qu'elle rentre à la maison. On pouvait faire ce que l'on voulait, dans ces deux pièces – celle qui était finie, dont le sol était couvert d'une chute de moquette grise, qui était meublée d'un canapé recouvert de vinyle orange et d'un billard que personne n'utilisait jamais, et l'autre pièce, celle qui n'était pas terminée, avec son sol de ciment et ses gros appareils blancs qui bourdonnaient dans le néant. On pouvait fumer. On pouvait mettre du rhum dans nos Coca-Cola allégés. On pouvait aussi regarder ces magazines et voir les petits animaux secrets de mon père.

« Vulgaire ! » disions-nous, ou bien nous poussions des « Oh, mon Dieu ! » outragés. Mais nous gardions malgré tout ces pages ouvertes pendant de longues heures, pour regarder la fille du mois – tous ces membres, et puis ces lèvres humides. Elle avait l'air de quelque chose qu'un loup pourrait dévorer, étalée ainsi, dévoilant toute cette viande comestible, ou alors quelque chose qu'un chasseur pourrait abattre en plein vol. Mais, quand elle aurait atterri à ses pieds, il aurait sauté en arrière de surprise, ne sachant pas ce qu'il devait faire ensuite.

Néanmoins ces magazines n'avaient rien à voir avec la vie secrète de mes parents. C'était le passetemps de mon père et je ne voulais surtout pas y penser. De toute évidence, il était persuadé que personne ne savait ce qu'il avait caché dans le sous-sol, toute cette nudité enfermée dans le meuble-classeur, qui attendait qu'il descende furtivement au milieu de la nuit pour aller y jeter un coup d'œil. Mais ce secret rendait mon père encore plus terne, encore plus inoffensif, encore moins sexuel qu'il ne le semblait.

Pourtant, si j'en avais trouvé un, si j'avais trouvé *Positions* ou *Gros Seins* dans leur commode, dans ce meuble qu'ils partageaient, les choses auraient été différentes. Cela aurait voulu dire qu'elle savait, qu'elle approuvait, ou bien qu'ils les regardaient ensemble.

Mais, bien sûr, il n'y avait rien dans la commode.

J'ai fouillé dans le deuxième tiroir. Des sous-vêtements féminins. Rien de noir. Rien de cochon. Le troisième tiroir était plein de chemisiers qu'elle ne portait jamais. Trop vaporeux, trop transparents, ou trop simples, mais en tout cas trop chers pour qu'elle les jette. Dans le fond de ce tiroir, j'ai trouvé une boîte à chaussures, que j'ai ouverte, dans laquelle était caché un livre de poche à la couverture rose ornée de lettres en relief : *Comment atteindre l'orgasme : un guide pour les femmes*.

Mon Dieu ! me suis-je alors dit.

Je l'ai soudain vue en train de récurer et de désinfecter les toilettes.

Je l'ai vue dans la cuisine qui faisait cuire, furieuse, des plateaux entiers de petits gâteaux.

Je l'ai vue dans le sous-sol, en train de tordre les cols des chemises blanches de mon père, pendant qu'une chorale de sales gosses chantait dans sa tête : « Y a des auréoles sur le col ! Y a des auréoles sur le col ! »

Je l'ai vue dans le salon, passer et repasser l'aspirateur sur un minuscule bout de moquette, parce qu'elle avait vu là quelque chose que la succion avide et sonore de sa machine ne pouvait avaler, et je me la suis aussi imaginée dans une des librairies du centre commercial, un vendredi après-midi, tournant autour d'un rayonnage pendant un bon moment, avant d'oser acheter ce livre-là et de s'approcher de la caisse.

Elle se sera sûrement comportée, au moment de l'achat, avec une sorte de dignité obstinée. Quand le jeune employé aura glissé le livre dans un sac de papier et lui aura tendu sa monnaie, elle l'aura regardé droit dans les yeux, des yeux dans lesquels elle se sera vue, avec son manteau en poil de chameau, sa jupe noire et son chemisier de soie aux boutons d'écaille.

Ce jeune employé aura sûrement trouvé qu'elle avait l'air d'une femme qui avait assez d'argent pour être heureuse (il était évident qu'elle payait d'autres femmes pour lui faire les ongles et pour arranger ses cheveux en belles boucles brillantes), alors qu'elle regardait son propre reflet dans les yeux de ce jeune homme qui glissait un douloureux renseignement sur sa vie à elle dans un sac de papier – comme si elle venait d'acheter une partie pourrie de son propre corps, un membre qui, ayant souffert du gel, était maintenant en putréfaction, un membre que le jeune homme lui vendait en public, dans la lumière douce du centre commercial.

Pathétique et absurde, a-t-il dû penser quand il lui a tendu le livre.

« Bonne journée », a-t-il sûrement dit.

J'ai reposé le couvercle de la boîte à chaussures et j'ai refermé le tiroir.

Leur mariage – je le savais, maintenant, même si je l'avais sûrement toujours su –, leur mariage était comme un grand verre d'eau, si glacée qu'elle transforme vos dents en diamants dans votre bouche.

Un verre d'eau venant d'une fontaine glacée, que l'on boit pendant vingt ans.

Ma mère, qui était partie s'installer dans cette banlieue résidentielle avec un mari, s'était en fait évanouie dans Garden Heights. Elle s'appelait Ève et, même si mon père s'appelait Brock, et non Adam, ils furent l'un des premiers couples du Jardin.

Garden Heights était un Éden sans passé, comme l'original – mais aussi sans tentation, sans serpents, sans arbres. Notre maison fut construite au milieu d'un champ de maïs, dans un lotissement situé à quelques kilomètres de Toledo, personne n'y avait jamais vécu avant nous, comme si Dieu avait décidé de recréer le monde, mais, cette fois-là, sans aucune variété.

Le mot clé, à Garden Heights, c'était la nouveauté. La nouveauté et l'uniformité. Chaque maison, dans ce champ de maïs, avait été construite suivant le même plan, il y avait même une sorte de règlement qui interdisait qu'on dresse des clôtures et des bâtiments supplémentaires. Il était donc essentiel de pouvoir s'adapter à l'endroit. Et mon père s'y adaptait parfaitement.

Il aimait cette vie-là. Chaque soir, il rentrait à la maison tout content.

« Ma petite Ève ! l'appelait-il. Tu sais quoi ? J'ai acheté un billet de tombola pour l'école et j'ai gagné une mijoteuse électrique. Regarde ! »

Elle était marron et avait un long fil électrique entortillé. Ma mère l'a abandonnée pendant des années sur le réfrigérateur. Une seule fois, elle y a laissé un rôti se ratatiner jusqu'au stade du vieux cuir, avant de jeter le tout.

Ou bien, il revenait avec les pages locales du journal du lundi et montrait à ma mère que son nom y figurait : « Brock W. Connors doit bientôt être honoré par la Fondation de charité des cadres, pour son travail au bénéfice du Lion's Club du nord-est de l'Ohio. »

Pendant des semaines, il avait ramassé de vieilles paires de lunettes, il avait frappé à toutes les portes du voisinage, comme un gosse qui fait une blague stupide, et il avait gardé ces lunettes dans des boîtes en carton rangées dans notre penderie à manteaux. Quand je lui avais demandé pour qui elles étaient, il m'avait répondu que c'était pour les pauvres. Quand je lui avais demandé en quoi les lunettes des autres – des riches – pouvaient servir aux pauvres, il m'avait regardé sans aucune expression, puis il avait plissé les yeux, comme si j'étais soit très entêtée, soit complètement idiote.

À Garden Heights, mon père prospérait comme un caoutchouc bien arrosé qu'on aurait placé dans un coin de pièce ensoleillé, mais ce n'était pas le cas de ma mère. Elle était une tout autre sorte de plante. Une plante qui aurait pu porter des fleurs de chardon et des fruits juteux et dangereux.

Mais elle ne plantait que des pétunias, dans notre jardin, et ces fleurs mouraient immanquablement de sécheresse, chaque année au début du mois de juillet. Comme autant de plaintes, ou de sujets d'exaspération. Notre maison était située sur l'un des sols les plus fertiles de l'univers – une terre noire, riche et lourde –, tout aurait pu y pousser. Une simple poignée de cette terre était aussi lourde qu'un cœur, aussi lourde que la culpabilité. Quand j'étais enfant, j'aimais y creuser avec une pelle de plastique, et je faisais semblant de préparer des gâteaux et des biscuits, de petites pâtisseries informes arrachées à la gravité.

Cette pâte, cette terre, était sombre comme l'espace. Pendant des milliers d'années, notre jardin avait été de la glace et, quand la période glaciaire s'était achevée, tout avait fondu pour laisser la place à la forêt marécageuse des dinosaures ; puis, quand les dinosaures ont été balayés par ce qui a bien pu les balayer, des fermiers sont arrivés et ont transformé cette région en terre agricole et en prairies fleuries, qui furent par la suite détruites par les bulldozers pour créer des lotissements aux noms évocateurs, comme la Résidence de la Prairie Fleurie, par exemple.

Cela dit, quand ils coulaient du béton pour construire un nouveau centre commercial, il leur arrivait encore, occasionnellement, de trouver le squelette entier d'un mammouth – une chose géante et hirsute qui avait fini prisonnière de cette boue séculaire –, et on pouvait encore sentir, dans le jardin, derrière la maison, la sueur, le sang et le lait de ces fermiers qui avaient vécu là avant nous, de même que l'âcreté du purin qui émergeait sous l'odeur de ces pelouses, vertes comme des terrains de golf.

Tout aurait pu pousser dans cette terre, mais ma mère ne plantait que des pétunias. Je n'ai jamais su ce qu'elle voulait, mais je savais que cela ne se trouvait pas à Garden Heights, et que ce n'était pas mon père.

Elle était séduisante. Elle marchait gracieusement sur ses talons hauts – mais vite, sans aucune hésitation, comme une femme qui aurait porté un beurrier en cristal sur sa tête. Les hommes, quand nous allions au restaurant, la regardaient, ils étudiaient ses chevilles pendant que nous attendions que l'hôtesse nous trouve une place, et ma mère faisait celle qui ne remarquait rien. Mais elle s'en apercevait toujours.

Un jour, j'ai vu un camion plein de moutons faire demi-tour dans notre rue. Il avait dû se perdre en sortant de l'autoroute. Assise devant la maison, j'ai vu, à l'arrière du camion, une quinzaine de moutons qui me regardaient à travers les lattes d'acier de la remorque.

Pour ne pas tomber, dans ce véhicule qui tournait trop vite, les moutons devaient effectuer une sorte de danse, si pathétique qu'elle n'en était même pas triste. On était en train de les conduire à leur mort, et ils essayaient encore de ne pas trébucher, de ne pas se bousculer, ils dansaient un ballet de politesse, gracieux et désespéré.

C'est en fait à cela que ma mère ressemblait quand les hommes la regardaient.

Elle vieillissait, mais elle était toujours séduisante. Quand ils la regardaient, elle le remarquait. Mon père aussi. Il baissait alors les yeux vers ses chaussures aux bouts brillants.

Il savait peut-être, lui aussi, que ma mère voulait quelque chose d'autre.

Comment aurait-il pu ne pas le savoir ?

En tout cas, ces hommes qui, « Chez Bob », regardaient les chevilles de ma mère, eux, ils savaient.

Chaque après-midi et chaque soir, durant les derniers mois qui ont précédé son départ, elle s'allongeait en chien de fusil, sur leur lit ou sur le mien, elle plongeait dans un sommeil profond comme la mort et ne se réveillait qu'au son des rires enregistrés de la télé, qui éclataient après le retour de mon père et remontaient à la surface de la vie de ma mère comme un poisson malade dans un aquarium.

Une fois que mon père avait éteint la télévision, seul le son d'un ciel plat et infini planait au-dessus et au-delà de notre maison. Du vent qui s'engouffre dans une rampe de parking. Une boîte de conserve vide que l'on tient contre son oreille. Cela devait être insupportable. Quand je sortais avec Phil, il n'y avait même plus le bruit de la radio dans ma chambre.

Et puis mon père grimpait les escaliers. De la petite monnaie tintait dans sa poche – un bruit argenté, comme un petit pot de fer-blanc rempli de fourchettes et de couteaux, ou comme si un gardien d'immeuble jouait avec son trousseau de clés froides tout en s'approchant de la chambre, dans le crépuscule qui descendait, chaque soir un peu plus tôt.

Un homme aux mains pleines de petites cloches sourdes, qui s'approche.

« Qu'est-ce qu'il y a pour le dîner, ma petite Ève ? » demandait-il.

Elle se retournait sur le lit pour le regarder à travers ses cheveux. Il avait le visage éclairé par le plafonnier. Il avait allumé la lumière, ce qui lui assombrissait les yeux et plaquait les ombres de ses traits sur le bas de son visage, comme s'il avait été fêlé.

« Quoi ? faisait-elle en repoussant ses cheveux en arrière pour qu'il voie mieux son expression agacée.

— Qu'est-ce qu'il y a, pour le dîner ? Il est six heures, tu sais. »

Il portait une chemise de flanelle, qu'il avait enfilée en rentrant du travail, mais il avait toujours le pantalon de son costume et ses chaussures noires brillantes, comme s'il lui suffisait de se mettre à l'aise au-dessus de la ceinture.

Pendant ces vingt années, mon père était également resté mince. Son visage avait bien vieilli. Debout dans la chambre, les yeux baissés vers elle, il ne paraissait pas ses cinquante ans, mais il avait également l'air intact et éternel des saints au visage de glace peints sur les murs des chapelles dans les périodes les plus sombres du haut Moyen Âge. Pâle. Sans aucune curiosité. Le visage peint d'un saint qui regarde, sans juger, sans s'intéresser, des siècles et des siècles de femmes qui passent, portant des cierges, des bébés ou des fleurs, vêtues de noir, de voiles de dentelle, de bottines à talons et de guêpières.

Mon père était le genre d'homme – comme l'un de ces saints totalement dénués d'expression – qui peut voir une femme – nue, ou ligotée par des colliers de perles, attachée à un poteau, ou pleurant des larmes de sang – et se dire : Je me demande ce qu'il y a pour le dîner...

« Va-t'en, dit ma mère. Je vais préparer le dîner dans cinq minutes. »

Comme s'il se rendait alors compte qu'elle le détestait, il a fait semblant de ne rien voir.

Sans dire un seul mot, il a quitté la chambre.

Ma mère l'entendit ensuite, dans la pièce de détente, qui changeait une fois de plus les chaînes de la télévision avec la télécommande.

Elle roula sur le côté et lança ses pieds dans le vide ; il est possible que leur engourdissement, lorsqu'ils se posèrent sur la moquette, l'ait un peu surprise. Elle avait un goût moussu, plein de sève et de soleil, sur la langue – comme si, dans son rêve, elle avait mangé un papillon.

Elle a peut-être, fugitivement, pensé à l'arsenic, même si elle ne savait pas exactement ce que c'était, ni où on pouvait en acheter. Mais elle s'est peut-être simplement imaginé mon père, assis à la table du dîner, courbé sur son plat mijoté, qui devient tout bleu en la regardant avec un sourire satisfait, et qui marmonne « C'est bon », avant de s'écrouler, mort.

Juste une pensée fugitive.

Toutes les épouses de l'Ohio devaient probablement avoir de telles pensées.

Mais l'idée de meurtre n'était pas plus sérieuse que les rêveries dans lesquelles les femmes au foyer de ce genre de banlieue se voient en train de gifler une serveuse désagréable ou de donner un coup de poing dans le ventre d'un bibliothécaire trop curieux : elles sont polies, elles ne le font jamais. Elles peuvent, au lieu de cela, prendre leur chewing-gum et le coller sous leur chaise, dans l'espoir que le bibliothécaire le trouvera des années plus tard et sera alors obligé de le gratter au couteau.

Il n'en restait pas moins qu'il y avait vraiment du désir, et du poison, dans l'air. Chaque soir, ma mère lisait les notices nécrologiques en silence et je pense qu'elle devait comparer l'âge des défunts avec celui de mon père. *Beaucoup d'hommes meurent à la cinquantaine et laissent derrière eux un très grand nombre d'épouses éplorées.*

Mais mon père était si robuste qu'il devait être difficile d'imaginer une telle chose. Il n'avait pas du tout l'air de l'homme qui pourrait mourir, « tout d'un coup, chez lui », ou « après une longue bataille contre le cancer du côlon ». Il faudrait sans doute des quantités astronomiques d'arsenic pour le tuer, ou bien attendre pendant des années et des années, en le regardant, alors qu'il est assis de l'autre côté de la table dans la salle à manger, se battre avec son côlon en putréfaction.

Un soir, quelques semaines seulement avant sa disparition, ma mère est descendue et elle a traversé, sans chaussures, le sol de ciment froid pour aller chercher dans le congélateur de quoi nourrir mon père.

Ce soir-là, la lumière du congélateur ne s'est pas allumée quand elle l'a ouvert – l'ampoule doit être grillée, s'est-elle dit –, mais les deux beaux steaks habituels étaient bien là. Ainsi qu'un poulet découpé – un corps torturé, avec des membres jaunis, un peu humain, finalement. Il y avait aussi une livre de viande hachée dans une barquette carrée en polystyrène.

Elle a fait son choix, et elle a remonté la viande hachée dans la cuisine, elle l'a placée dans le micro-ondes pendant cinq minutes, le temps de mettre de la salade dans de petits bols et de remplir une casserole d'eau pour faire cuire des pâtes. Elle portait un collier de perles, une jolie jupe marron, un col roulé beige en laine douce – elle était peut-être allée, cet après-midi-là, à la banque pour déposer le chèque de mon père –, mais ses vêtements étaient un peu froissés, car elle avait dormi plusieurs heures tout habillée.

Le linoléum, sous ses pieds chaussés de bas, semblait tordu et coupant aux raccords, comme si une créature bossue essayait de s'élever du sous-sol. Il faudrait qu'elle appelle chez Hershel, le magasin de meubles et de revêtements pour sols, ce dont elle se fit une petite note mentale.

Quand le micro-ondes se mit à sonner, elle sortit la viande hachée, décongelée, lourde de son sang à nouveau liquide – elle ôta la feuille de Cellophane, fit glisser la viande dans une poêle et alluma le gaz. Immédiatement, elle sut que quelque chose n'allait pas.

Le désir. Le poison.

Tout d'abord, une odeur de caramel – trop douce, comme un corps noyé et gonflé, rejeté sur une plage. Du sang et de la graisse grésillaient sous la viande de bœuf en lambeaux, mais cette odeur se fit de plus en plus forte et la cuisine s'emplit rapidement de la puanteur des vieux cadavres, accompagnée d'autre chose – fétide, aux accents de chèvrefeuille, comme si tout un troupeau de cupidons s'étaient noyés dans un bain parfumé.

Ma mère se sentit alors tout étourdie. Elle dut s'appuyer contre le réfrigérateur, qu'elle entendit ronronner dans ses cheveux.

« Doux Jésus ! s'exclama mon père qui arrivait à toute vitesse. Mais qu'est-ce qui pue comme ça ? »

Il éteignit le gaz sous la poêle.

« Cette viande est pourrie », ajouta-t-il.

Il attrapa le manche noir de la poêle, puis il se tourna vers elle, l'air curieux.

« Jette-la, dit-elle. Mais maintenant, il faut qu'on sorte pour aller dîner. »

Il jeta cette viande hachée pourrie, avec la poêle, dans la poubelle placée sous l'évier, puis il descendit au sous-sol et appela ma mère quelques minutes plus tard.

« Mais bon sang, Ève ! Il est débranché, ce congélateur ! Et il est plein de viande pourrie ! »

Bien sûr : la lumière qui ne s'était pas allumée.

Deux jours plus tôt, se souvint-elle alors, elle avait été obligée de se mettre à quatre pattes derrière le congélateur pour trouver un bouton de nacre qui avait sauté de l'un de mes cardigans quand elle l'avait sorti du sèche-linge ; elle avait alors dû, accidentellement, débrancher la prise.

« Rebranche-le ! » hurla-t-elle.

J'entrais dans la maison, juste au moment où mon père remontait du sous-sol.

« Mon Dieu ! fis-je en pénétrant dans la cuisine. Qu'est-ce que ça pue !

— Tais-toi, me dit ma mère en passant devant moi à toute vitesse. On dîne dehors, ce soir. »

Et ce soir-là, on est effectivement allés dîner dehors. Peut-être au restaurant chinois. Ou alors nous avons mangé un steak « Chez Bob », ou bien une pizza au « Mariani ». Assise entre eux deux à la table, je pensais à Phil, tout en jouant avec les glaçons qui flottaient dans mon verre, jusqu'à ce que ma mère me dise : « Arrête donc ça ! »

Quel qu'ait pu être le restaurant, on a dû manger en silence. Juste un mot ou deux, de temps en temps, sur le service, sur les enfants bruyants des autres clients. Mon père m'a peut-être demandé comment ça se passait à l'école, avant de hocher la tête quand je lui ai répondu à voix basse et ennuyée.

Nous formions un groupe familial plutôt incertain. Ma mère était toujours au centre de sa propre agitation, comme si, au loin, une partie d'elle-même était poursuivie, sur un chemin de terre, par un essaim d'abeilles. Mon père, au contraire, était bien là, à la surface de la terre, et il prenait les choses bien trop facilement – la salade, le bœuf, les couverts –, mais il n'y avait rien d'autre, il n'y avait rien dans son monde que l'on ne pouvait voir. Moi, j'avais seize ans, j'essayais désespérément de me glisser dans l'intimité de ma conscience, dans un endroit où leurs questions et leurs visages ne pourraient pas s'interposer entre mes pensées, des pensées sexuelles, dans un endroit où ils ne pourraient pas me surprendre plongée dans une rêverie de chair dénudée.

« À quoi tu penses ? me demanda joyeusement mon père, alors que, assise entre mes parents, je coupais mon steak en deux. Tu as vraiment l'air perdue dans tes pensées. »

Je m'imagine en train de tout lui dire. J'entends le bruit de ses couverts qui lui tombent des mains.

Mais j'aurais peut-être dû comprendre, alors. J'aurais dû comprendre, cette nuit-là, dans la cuisine, avec la puanteur de cette viande qui flottait dans l'air – en y repensant, maintenant, je vois bien que cela marquait la fin et le début de bien plus qu'un dîner. Plus qu'un appétit coupé, qu'un repas différé, qu'un mariage foutu, plus qu'un congélateur débranché.

Je pouvais sentir la mort, entre eux deux.

En remontant du sous-sol, mon père avait eu une expression de surprise et de reproche, il avait été étonné de voir que de la viande pourrie était en train de cuire dans la cuisine, quelque chose d'écœurant et de corrompu, que sa femme lui avait préparé pour le dîner.

Et ma mère, avec sa souffrance délicate, et ses élégants vêtements froissés... Quelques semaines plus tard, elle allait devenir la femme de l'avis de recherche, avec la phrase « J'AI DISPARU » écrite au-dessus de sa photo.

Mais ce soir-là, elle n'était encore, dans sa banlieue, que l'épouse d'un homme qui désirait seulement dîner d'une assiette de macaronis baignant dans une sauce grasse. Et elle, au lieu de cela, elle lui avait préparé un plat horrible et fatal.

« C'est quoi, cette odeur ? s'étonna Phil quand il vint me voir, un peu plus tard, ce soir-là.

— La mort », répondis-je.

Je me souviens que Phil a ricané.

« C'est ton père ? » a-t-il demandé.

Et je savais bien pourquoi il avait posé cette question. Car mon père, de bien des façons, était déjà mort. Quand je n'avais encore que dix ou onze ans, je lui demandais souvent, pour blaguer, comment était le monde, du temps où il était en vie – y avait-il la télévision, par exemple, ou des voitures ? Bien sûr, je voulais dire : quand il était enfant, et mon père comprenait la blague, cela le faisait toujours rire, mais il y avait aussi un peu de méchanceté là-dedans, et, après un moment, j'ai cessé de lui poser cette question.

Comme je l'ai déjà dit, mon père était en bonne santé. Un bel homme. Mais il arborait une certaine fadeur, comme un insigne (« Je suis un homme simple », disait-il toujours à ma mère quand elle se plaignait qu'ils n'allaient jamais nulle part, qu'ils ne mangeaient jamais rien d'autre que des steaks et des pommes de terre ; il lui disait cela comme s'il s'agissait de ce dont il était le plus fier, de quelque chose de hautement recommandable, dont ma mère ne se serait pas rendu compte s'il ne le lui avait pas signalé), et cette fadeur, en quelque sorte, l'embaumait et coulait dans ses veines comme la pluie grise de mars.

Chaque matin, il se mélangeait une cuillerée de fibres végétales dans un verre d'eau, il touillait la mixture un long moment, en faisant tinter sa cuiller contre le verre, et l'eau finissait par prendre la teinte même de la fadeur, puis il avalait le tout d'une seule gorgée qui semblait ne jamais devoir se terminer.

« Ah ! soupirait-il alors. Que c'est bon ! »

Et il reposait avec force le verre sur le comptoir de la cuisine.

C'était un laxatif, cela régularisait son transit, ce qu'il appréciait beaucoup.

Parfois, après avoir avalé son fade cocktail, il lâchait un pet long et lent et ma mère jetait alors son torchon en marmonnant : « Pour l'amour du ciel, Brock... »

Elle détestait ces pets.

Il lui répondait par un large sourire heureux et lui disait simplement : « Excuse-moi ! »

Un jour, alors que j'avais dix ans, mon père m'a emmenée à son bureau, dans les services administratifs de son école. Peut-être que je n'avais pas classe, ce jour-là. Ou bien je lui avais demandé de m'emmener. Ou alors, était-ce son idée à lui ? Y avait-il, à son bureau, quelque chose qu'il voulait me montrer ?

Ce que j'ai vu m'a, sur le moment, bien étonnée. Maintenant, cela me renverse littéralement. Les femmes adoraient mon père.

Les vieilles comme les jeunes. Les grosses et les minces. Les mariées, les célibataires, les femmes sérieuses et les flirteuses à la tête vide.

Pour arriver à son bureau, il fallait emprunter un long couloir gris, plein de femmes. J'étais une enfant. Je devais sans doute donner la main à mon père. Il devait porter ses chaussures brillantes et son costume noir. Il avait déjà les tempes grisonnantes, mais ses traits étaient découpés dans du granit – il n'était pas du tout le genre d'homme à faire le boulot qu'il faisait : un travail qui consistait à dire aux femmes ce qu'elles devaient faire. D'une beauté rude, mon père passait ses journées au téléphone en gribouillant sur son bloc-notes avec un stylo-feutre.

J'avais déjà vu ses gribouillages.

Des étoiles. Des pyramides. Des centres de cible. Un jour, il avait dessiné une paire de chaussures de femme, avec des chevilles de femme. Au-dessus des chevilles, du vide, de l'air.

Il n'empêche que mon père avait un physique de légionnaire français. Ou d'aristocrate. D'écrivain de romans policiers. De peintre abstrait. Il aurait suffi de lui donner une série de couvre-chefs variés – un béret noir, un turban, une casquette de marin – et on aurait pu avoir, avec lui, toute la série des beautés masculines classiques : le marin, l'artiste, ou le sultan. Mais non, lui, il était simple. Amical. Et il était intendant dans une école. En passant devant les secrétaires qui étaient à son service, ces femmes aux collants beiges, aux douces poitrines pointant sous les chandails moelleux, aux orteils pincés dans de fins escarpins, mon père était radieux.

« Oh ! bonjour, monsieur Connors, lui dit une femme qui portait un dossier et qui l'agita dans notre direction, tout en ouvrant grands les yeux. C'est votre petite fille ?

— Non, répondit mon père en soulevant ses sombres sourcils dénués de toute expression. Mindy, je voudrais vous présenter Kat, ma nouvelle secrétaire. »

Chaque fois qu'il a dit cela, et il n'a cessé de le dire toute la journée, il y avait toujours une femme pour ouvrir une bouche rouge et brillante et rire à gorge déployée.

Qu'est-ce qui ne va pas, dans cette image ? Je me posais la question, en repensant aux petites énigmes que nous devions résoudre au jardin d'enfants.

Trois chiens et un grille-pain : *Cherchez l'intrus !*

À la maison, les blagues stupides de mon père ne rencontraient que les grimaces de ma mère, la douleur se répandait sur son visage, comme si on l'avait piquée dans le bas du dos avec un aiguillon chauffé à blanc ; ou bien elle ne faisait que secouer la tête. Parfois, il lui arrivait de dire : « Oh, je t'en prie », et de quitter la pièce, ou, s'ils se trouvaient dans la voiture, elle se contentait de regarder par la vitre sans rien voir, sans rien dire non plus.

Mais ici, les blagues de mon père étaient jugées charmantes. Dans leur pièce de repos, avec leurs tasses de café instantané et les sandwiches qu'elles sortaient de petits sacs en plastique, alors que les volutes de la fumée de leurs cigarettes s'enroulaient autour d'elles, créant une brume exotique de harem, ces secrétaires devaient parler de mon père comme d'un maître agréable qu'elles se partageaient. Çà et là, un pied, sorti de la chaussure, se glissait sous une cuisse.

Il aurait très bien pu avoir une ou deux de ces femmes, j'en suis sûre. La blonde toute mince. La gentille, celle qui était un peu étourdie. Celle qui avait de jolies jambes qui glissaient sous les plis de sa jupe.

Flattée d'avoir été choisie, elle aurait gardé le secret. Elle l'aurait retrouvé en douce, dans un motel, des sous-vêtements noirs glissés dans son sac, le diaphragme déjà en place. Elle aurait fait tout son possible pour lui plaire au lit, tout comme elle s'efforçait toujours de lui taper ses lettres avec classe, de lui ranger ses dossiers avec style.

Puis, de retour au travail, elle n'aurait rien dit. Si nécessaire, elle aurait cessé de déjeuner avec ses copines, elle se serait un peu isolée. Et quand, quelques mois plus tard, il lui aurait annoncé qu'il ne pouvait plus prendre de tels risques, que sa femme n'arrêtait pas de lui poser des questions, elle aurait peut-être été assez généreuse pour partir, pour trouver un emploi dans un autre service, même si cela voulait dire un salaire moindre, ou la perte d'un petit bénéfice auquel elle s'était habituée, mais dont elle pouvait finalement se passer. Et des années plus tard, en le rencontrant dans une rue de la ville, alors qu'il était accompagné de sa femme et de sa fille, elle baisserait poliment les yeux vers ses chaussures et continuerait son chemin.

Mais mon père était un homme beaucoup trop simple pour ça.

Son imagination était limitée et, pour une raison quelconque, il n'aimait que ma mère.

Je le sais.

Je le sais parce que je suis leur fille. Leur enfant unique. Le produit de leur mariage. Une douce bouture de ce mariage. Je voyais les regards qu'il lui adressait, même s'il ne lui parlait pratiquement pas (« Avec toi, y a vraiment pas un mot de trop ! » ricanait toujours ma mère dans son dos, quand il avait répondu par un simple mot à une question compliquée qu'elle lui avait posée).

Mais, pendant seize années, j'ai vu mon père passer le beurrier à ma mère comme s'il souhaitait que ce soit bien plus que ça, comme s'il voulait qu'elle puisse soulever le couvercle pour libérer des pierres précieuses qui s'éparpilleraient dans son assiette, comme si cela, enfin, allait la rendre heureuse – un cadeau ni comestible ni raisonnable, comme un éclat de rire facile et inattendu.

Mais il n'y avait jamais rien de tout cela dans notre maison.

« Ma petite Ève, mais qu'est-ce que je peux faire pour te faire plaisir ? » lui demandait-il, certains samedis, quand elle s'était plainte toute la journée. Il pensait à une séance de cinéma, à une promenade en voiture ou à un peu de crème glacée. Alors, elle lui répondait : « Ramasse tes chaussettes sales, c'est tout ce que je veux », en regardant d'un air dur les pieds de mon père posés sur le canapé, et en faisant de méchants petits mouvements d'écureuil quand elle refermait la bouche.

Mais le fait qu'elle le détestait ne semblait pas diminuer l'amour qu'il lui portait. Quand elle rentrait tard du centre commercial, il ne cessait de tripoter et de faire tourner son alliance autour de son doigt – il était toujours conscient de l'existence de sa femme, il n'oubliait pas une minute qu'il était marié et ne quittait pas des yeux la fenêtre et, au-delà, le ciel incroyablement haut et vide.

Dans son bureau, il avait accroché une photo d'elle, un agrandissement, dans un cadre de chêne. Ma mère clignait des yeux sous le soleil, elle regardait vers le bord fuyant d'une rivière – la rivière Chagrin, qui coulait au bout de notre lotissement, une rivière célèbre, en fait.

Un jour, entre Cleveland et le lac, une nappe de pétrole qui flottait sur la rivière s'est enflammée, comme le négligé soyeux d'une strip-teaseuse qui aurait été jeté dans l'eau ; la fumée gagna la ville et sa vallée couverte d'entrepôts, d'aciéries, de raffineries et d'usines de caoutchouc, elle traversa ensuite les banlieues, où l'on ignora poliment la puanteur, les fumées et les flammes, et elle atteignit enfin la campagne, cracha ses cendres dans le vent, se consuma devant les moutons et les vaches ébahis et alla se perdre dans l'immense bouche polluée et visqueuse du lac Érié, cette bouche qui pardonne et avale tout.

Cet après-midi-là, alors que j'avais dix ans et que j'étais allée avec lui à son bureau, mon père s'était levé deux ou trois fois pour aller voir la photo accrochée au mur et il l'avait observée avec attention. Puis il s'était rassis, apparemment pensif, pour regarder la neige tomber dehors en petits fragments de lumière détrempée.

J'étais installée en face de lui. Ce fut un long après-midi. La lumière qui venait de la fenêtre était si vive que l'on avait du mal à garder les yeux ouverts. Mon père tapotait son crayon sur sa cuisse, on ne voyait qu'un trait jaune flou et mou entre ses mains. Son bureau était en acajou sombre, il n'était chargé que d'un calendrier, d'un buvard, d'un agenda relié de cuir et d'une haute tasse à café pleine de stylos. Je voyais le bracelet de sa Timex dépasser de sa manche, enserrant son poignet avec le temps qui passe, comme s'il en était le prisonnier – du temps qui s'échappait et se dissipait dans le vide.

Mon père n'avait apparemment rien à faire cet après-midi-là, et cela ne me plaisait pas. Il m'était alors trop facile de me l'imaginer assis chaque jour dans ce fauteuil, occupé à regarder le ciel recouvrir le monde de couvertures détrempées – à regarder la parade de sa vie passer sous cette fenêtre, avec des clowns menaçants, des femmes à gros seins juchées sur des chevaux blancs et des éléphants asthmatiques qui soufflaient dans la pluie glacée, pendant qu'il tapotait sur sa cuisse un crayon taillé trop pointu.

Un crayon qui faisait un bruit sec dont on aurait pu se passer.

Mais, au bout d'une demi-heure de ce manège, sa secrétaire est entrée, c'était pour le travail, mais elle avait les joues bien rouges. Elle se parfumait trop et son parfum bon marché la suivait en un sillage odorant, emplissant le bureau de mon père d'une horrible douceur de corps en décomposition. C'était une odeur que je reconnaissais bien, car, cet automne-là, chaque matin en allant à l'école, j'étais passée devant un écureuil qui avait été aplati par les roues d'une voiture puis balancé dans le caniveau, où il disparaissait peu à peu...

Et, même si, après avoir vu pour la première fois cette fourrure hirsute blond cendré, collée par le sang, par les entrailles et le temps, je traversais toujours la rue pour ne plus être forcée de la voir, je ne pouvais éviter de la sentir, et l'odeur devenait plus forte chaque jour – plus douceâtre chaque jour.

Une odeur qui, dès la deuxième semaine, évoquait plus des roses trempant dans de l'eau sucrée que de la viande morte.

À la fin du mois, on aurait plutôt pensé au fœtus mort-né d'un ange.

Un petit bout de tissu précieux tombé du ciel et qui, à présent, sentait mauvais. La douceur perdue, précisément, au bord du trottoir.

C'était aussi l'odeur de la secrétaire de mon père, et c'est ce dont je me souviens, quand je la revois tendre à mon père un carré de papier rose, me sourire et sortir du bureau – avec ses cuisses gainées de Nylon qui frottent l'une contre l'autre bien haut dans ses jupes quand elle marche. Ensuite, mon père a agité le petit bout de papier dans ma direction.

« Tu as rendez-vous chez le dentiste, ce soir, m'a-t-il dit. Ta mère a appelé. »

Bien sûr, j'aurais dû comprendre tout de suite, à ce moment-là : puisqu'elle avait laissé le message à la secrétaire alors que mon père était dans son bureau et qu'il pouvait tout à fait lui parler, puisqu'il ne faisait rien d'autre que tapoter ce crayon flasque sur son pantalon en regardant par la fenêtre, j'aurais dû me douter qu'elle n'avait pas voulu lui parler. D'autant que mon père a jeté un coup d'œil sur son bureau presque nu – juste ce bloc-notes avec ses gribouillages – et qu'il m'a dit :

« Je crois bien qu'elle ne voulait pas me parler. » Son visage avait alors pris une étrange expression larmoyante.

Après la disparition de ma mère, il allait porter ce masque larmoyant tous les jours.

Le matin, Phil vient me retrouver. Je le vois traverser son jardin pour entrer dans le nôtre, en passant par le petit fossé où Mrs Lefkowsky – qui vécut là jusqu'à sa mort, l'année dernière – plantait des centaines et des centaines de bulbes de jonquilles. Ils sont bien enfoncés sous la neige et la boue glacée, maintenant, comme Mrs Lefkowsky, d'ailleurs ; mais, alors que Phil avance à pas lourds dans ses grosses chaussures, j'imagine ces bulbes, tout ce jaune qui se tortille dans le noir, comme une petite lumière enfouie, comme quelque chose que l'on garde caché au fond de son esprit, ou enterré au bout de son jardin.

On est samedi. Cela fait une semaine et un jour que ma mère est partie. Je compterais bien les heures et les minutes, aussi, mais elle a quitté la maison un vendredi après-midi pendant que j'étais à l'école et que mon père était à son travail. Nous sommes tous deux rentrés chez nous pour trouver une maison déserte. Elle n'a pas laissé de mot, elle n'a pas fait la moindre valise, elle a juste passé ce petit coup de fil le lendemain pour dire à mon père qu'elle ne reviendrait pas, et puis plus rien.

C'est une affaire sérieuse, je le sais bien. Le genre de chose qui est annoncé aux nouvelles de dix-huit heures ou qui figure dans le journal local. Vous allez au supermarché, et vous voyez son visage sur le panneau des annonces, entre RECHERCHONS BABY-SITTER et JE DÉBARRASSE VOS ALLÉES DE LA NEIGE, vous vous arrêtez, vous regardez son visage, en vous demandant fugitivement qui elle est et où elle a pu aller, avant de remplir votre caddie métallique de plats cuisinés surgelés.

Cette semaine, à l'école, personne ne m'a parlé de la disparition de ma mère, mais mes professeurs semblaient intimidés et désireux d'être gentils, et même Melody Little, la fille la plus populaire du lycée, m'a fait un petit signe dans les douches après la gymnastique. Sa peau, sous la vapeur, paraissait aussi lisse que du plâtre humide, mais l'eau chaude avait donné à ses cuisses le rouge des camions de pompiers.

Car il s'agit précisément bien de ce genre d'affaire grave qui fait que des gens qui ne vous connaissent pas se mettent à vous aimer, à vous parler gentiment, à éviter de croiser votre regard – mais, pour une raison étrange, je n'arrive pas à prendre tout cela au sérieux. Je me surprends plutôt à sourire constamment, ou à rire trop fort devant les blagues de la télévision. Hier soir, je ne pouvais plus reprendre ma respiration en regardant l'animateur Johnny Carson se livrer à une mauvaise imitation de George Bush, et mon père s'est mis à me regarder de travers, le visage baigné par la lumière de l'écran.

« Kat, tu es vraiment aussi contente que ça, qu'elle soit partie ? »

Ce n'était pas une accusation. Il voulait simplement savoir.

Après cette question, il m'a semblé qu'il valait mieux que j'essaie d'avoir l'air sérieux, ou ennuyé. Mais j'avais beau faire de mon mieux, je ne parvenais pas à abandonner ce sourire.

Et je n'ai rien dit à mon père de mes rêves.

Chaque nuit, je me trouve dans une grotte de glace, ou bien ma mère m'appelle, mais je ne peux la repérer dans tout ce blanc qui nous entoure. Je conduis précautionneusement sur le lac gelé, j'entends la glace craquer sous moi, mais je ne peux ouvrir la portière de la voiture pour sauter au-dehors. Puis il y a de la neige devant les phares, je roule soudain à cent cinquante à l'heure et elle surgit sur ma route, seulement vêtue de perles. Je fais une embardée, mais j'ai touché quelque chose de doux et de solide à la fois, que j'ai envoyé valser sur le bas-côté de la route, et quand je reviens en arrière pour voir ce que c'est, il n'y a plus rien.

Soit la lumière est trop forte et elle m'éblouit. Soit j'ai un foulard blanc noué sur mes yeux. Ou alors la fenêtre de la chambre est prise par le gel et je ne peux pas l'ouvrir. Elle se brise – en un éclair lumineux – et, quand je vois enfin le visage de ma mère, il est dépourvu de traits. Un ballon gonflé à l'hélium. Tout bouffi. Ses cheveux, vous l'aurez deviné, sont maintenant tout blancs, comme une perruque blanche posée sur une tête de polystyrène, dans la vitrine du marchand de perruques. Ma mère est prise dans une carapace de neige devant la boutique de perruques, elle porte une chemise de nuit blanche, un halo lui entoure la tête – un cercle d'étoiles électriques et gelées.

Elles produisent une espèce de ronronnement et tournoient au loin, quand ma mère se met à courir

– et ce halo, comme un enjoliveur, s'envole de mes pneus et atterrit, invisible, dans une congère, un peu plus loin.

Ce halo, c'était donc ma mère ?

Quand je me réveille, j'ai l'impression de me souvenir de ma mère réellement auréolée d'un halo, qui se tient au-dessus de mon lit au milieu de la nuit, et cela me soucie. Je me creuse la mémoire pour trouver des détails plus précis et je ne peux plus me rendormir.

Phil veut que j'aille voir un psy. C'est sa mère qui lui a donné cette idée.

Phil est comme mon père, il est simple.

Si on gratte la surface, on ne trouve que de la surface – de la poussière de craie sous vos ongles, mais pas grand-chose d'autre. Il n'y a pas tromperie sur la marchandise, comme on dit : ce qu'on voit, c'est ce qu'on a.

Et que voit-on ?

Il a des cheveux d'un blond très pâle, qu'il sépare d'une raie au milieu et rabat sur ses oreilles. Sa coiffure est restée à la mode des années soixante-dix, il a l'air de sortir d'un feuilleton de cette époque-là : mignon, mais emprisonné dans ce passé télévisé. Ses cheveux sont longs dans le cou, ils dépassent de son col de trois bons centimètres et bouclent doucement tout en attrapant la lumière. Il est grand, mais n'a pas de larges épaules, si bien qu'il a toujours l'air penché en avant, comme s'il venait d'entrer dans une pièce au plafond trop bas, comme si le ciel lui-même n'allait pas être assez haut pour lui.

Il croit qu'il plaît beaucoup aux femmes, et c'est comme son idée de me faire aller voir un psy, je pense qu'il tient cette impression de sa mère, qui est aveugle. Lors de notre deuxième rendez-vous, il m'a amenée chez lui pour que je la rencontre.

« Mon fils est mignon, vous ne trouvez pas ? » m'a-t-elle demandé en passant ses doigts blancs sur le visage de Phil.

Il l'a repoussée, gentiment, mais c'était malgré tout un geste de rejet.

Avant sa disparition, ma mère m'a dit un jour, amusée, en regardant Phil traverser notre pelouse pour venir chez nous : « Ce garçon croit qu'il a une vraie gueule d'amour. » Probablement, quelque chose dans la façon dont Phil se comporte lui a fait dire cela. Il est comme un jeune coq désinvolte. Crâneur. Un garçon qui aime ce qu'il voit quand il s'aperçoit dans le miroir de la salle de bains.

Même ma mère a dû, comme moi, être charmée par Phil, par sa fierté nue, par sa façon de déambuler, toute la journée, en exhibant son ego et sa vanité de jeune garçon.

Comme je l'ai précisé, la mère de Phil est aveugle, et son père les a abandonnés deux ans plus tôt, si bien que c'est maintenant Phil qui tient sa mère aveugle par le bras pour l'aider à se diriger en ville.

« Tiens, la rampe est là », dit-il par exemple en refermant les doigts osseux de sa mère sur une rampe.

Ou bien : « Les toilettes des dames sont ici », en lui posant la main sur la poignée de la porte, l'air soucieux parce qu'il la laisse partir toute seule dans ces ténèbres.

Un jour, leur chat blanc, Bonhomme de Neige, s'est échappé quand Mrs Hillman a ouvert la porte donnant sur la rue pour chercher son courrier à tâtons, il est parti ventre à terre et il a traversé la rue. Ce chat n'était jamais sorti et il a fini sa course en tremblant bêtement sur le perron de la maison d'en face. De la fenêtre du salon, ma mère et moi avons regardé Phil partir à la recherche de Bonhomme de Neige, l'attraper et le serrer comme un bébé dans ses bras, pour le ramener chez lui, à sa mère aveugle.

« Quel bon garçon ! » avait alors dit ma mère.

Je mentirais si je prétendais qu'il m'avait vraiment impressionnée, avant qu'il m'arrête dans le couloir du lycée, un jour, pour m'annoncer qu'il emménageait à côté de chez moi. Je me souviens lui avoir demandé : « Comment sais-tu où j'habite ? », et il avait eu l'air peiné, comme si je l'accusais de quelque chose.

« Je t'ai vue dans l'allée qui mène à ton garage, a-t-il répondu.

— Super ! Eh bien, bienvenue dans le quartier ! »

Il a paru soulagé. Il a baissé les yeux sur mes chaussures, des chaussures plates et noires, c'était une paire que je laissais dans mon vestiaire pour ne pas avoir à garder mes bottes de caoutchouc toute la journée. Je portais un pull marron et un jean délavé, de bonne taille. Mais mes pieds étaient petits.

C'étaient les pieds d'une fille que Dieu avait programmée pour être mince, mais qui s'était étalée, comme un nuage atomique.

Phil adressa un sourire à mes chaussures. « Je suis bien content d'être ton voisin. »

Quelques jours après cette première prise de contact, une semaine avant qu'il emménage avec sa mère, il m'a à nouveau arrêtée dans le couloir du lycée. Il portait un sweat-shirt sur lequel était écrit « PROPERTY OF OHIO BUCKEYES », il paraissait nerveux, anxieux, comme un garçon souffrant d'une vilaine brûlure qu'on ne voit pas et qui commence juste à guérir. Sous les torrents de lumière fluorescente qui se déversaient dans le couloir, ses cheveux semblaient jaunes, et la peau, au-dessus de sa lèvre, était nue et lisse. Ce jour-là, ses yeux bleus étaient écarquillés d'un air naïf et gai.

« Kat, tu voudrais pas, tu sais, venir à ce bal ? »

Le bal de Noël, organisé par le lycée.

Il ne m'avait jamais traversé l'esprit que quelqu'un pourrait me demander de l'accompagner, et certainement pas quelqu'un d'aussi mignon et classe que Phil. Ce n'était pas un des garçons les plus populaires du lycée. Il ne faisait partie d'aucune équipe, mais on disait que plus d'une fille avait un faible pour lui, ou sortait avec lui. Et les garçons populaires semblaient respecter Phil. Il était grand et il paraissait fort. De temps en temps, j'entendais ces garçons parler des fêtes qui avaient eu lieu chez l'un d'entre eux, dont les parents étaient partis pour le week-end – Phil avait été des leurs, il avait apporté de la bière, il en avait bu et il avait fait le fou. Ce n'était pas un gars inconnu, au lycée. Les jeunes dans le coup savaient qui il était, ce qui, d'une certaine façon, le créait et le faisait exister.

Car si chaque âme n'est qu'une pensée dans l'esprit de Dieu, chaque élève du lycée Theophilus Reese n'est qu'une pensée dans les esprits des jeunes dans le coup. Sinon, vous n'êtes qu'une ombre grise, qu'on ne distingue pas des murs de parpaing, qui se fond dans le brillant terne des vestiaires, vous n'êtes qu'une ombre sans substance.

On avait donné à notre lycée le nom d'un fermier qui avait perdu sa vache dans ce qui était autrefois une forêt et qui était maintenant notre terrain de football. Il l'avait cherchée toute la journée. Il avait eu soif, il avait eu chaud, et puis il y avait eu un orage, et Theophilus s'était stupidement abrité sous un arbre qui avait été ensuite frappé par la foudre. Avec l'éclair, Dieu avait parlé, c'est ce que dit l'histoire, et Il avait demandé à Theophilus d'abattre tous les arbres et de construire une église.

Il l'avait fait, et il avait retrouvé sa vache.

Aujourd'hui, mille deux cents jeunes vont au lycée là où jadis s'élevait l'église, et certains sont riches, beaux, bien dans leur peau, spirituels, bien habillés et ont toujours été ainsi. Quand ils déambulent ensemble dans le couloir, ils forment comme un mur de pouvoir et ne sont qu'éclats de rire et brillance extatiques.

Parmi nous, les obscurs, ils sont comme des dieux, ils marchent plus vite et ils sont plus beaux. Ces jeunes savaient qui était Phil, mais moi, j'étais invisible, et grosse. Pourquoi m'aurait-il invitée ? Quand il l'avait fait, j'avais haussé les épaules, pensant qu'il s'agissait d'une blague, d'un gage que ses copains l'avaient défié d'exécuter.

« Mais bien sûr », avais-je répondu, comme si je lui faisais une faveur (pas de problème !) et il avait eu l'air un peu déconfit, comme l'un de ces pétards du 4 Juillet qui foirent à la moitié de leur course vers le ciel.

Ce soir-là, le soir du bal, j'ai entassé mes soixante-dix kilos de chair dans une longue robe rose, mais Phil ne semblait pas s'en soucier. Il est sorti de chez lui pour venir me chercher, il portait un smoking de location avec de larges revers, à la mode des années soixante, un smoking tout neuf mais démodé, et il était beau, là-dedans, comme une maquette du parfait premier petit ami. Le bourreau des cœurs d'adolescentes. Mince mais musclé.

Ma mère m'avait emmenée acheter cette robe et tout ce que j'essayais lui déplaisait.

« Question couleurs, tout va bien, me disait-elle souvent, faisant référence à ma peau pâle, à mes cheveux sombres et à mes yeux bleus, copies des siens. Mais tu pèses vingt kilos de trop. »

Chaque fois que je sortais de la cabine d'essayage vêtue d'un long vêtement froufroutant, elle secouait la tête en soupirant.

Pour finir, la robe rose fut la goutte d'eau qui fit déborder le vase.

« Bon, ça suffit, conclut-elle alors. Il faudra bien que ça aille. »

Et je fus douloureusement consciente de la graisse quand je me mis à danser : les plis, la blancheur crémeuse, la pression fluide contre la robe, comme un ruisseau gonflé de pluie, qui fait de petits bruits comme si un millier de filles murmuraient des méchancetés contre ma chair.

Garden Heights, dans l'Ohio, n'est pas un endroit où il est facile d'être grassouillette, ordinaire, malodorante, boutonneuse ou même timide. À ce bal, il y avait des filles de mon lycée qui portaient des fourreaux noirs sans bretelles et des talons aiguilles. Des filles parfaites comme des mannequins, dont les pieds avaient été calibrés pour entrer dans les escarpins de luxe de leurs mères. Elles ne semblaient pas être venues au monde avec les inconvénients liés au sang, à la peau ou à la honte.

À côté d'elles, à ce bal un peu officiel, j'avais tout d'une grosse baleine, je fendais l'air de mes ailerons épais, coincée entre deux icebergs, ne sachant pas me déplacer rapidement – une fille sympathique, peut-être, mais absolument pas jolie. Si jamais je pouvais avoir quelque chose de sexuel aux yeux de quiconque, alors ce ne pouvait être que de la façon dont l'intérieur d'une oreille de chat peut paraître d'ordre sexuel. Nue comme un fruit pelé. Une vision fugitive d'une créature vaguement obscène – obscène parce qu'on n'avait pas souhaité voir ça, parce qu'on ne veut jamais penser à quelque chose d'aussi vulnérable et personnel que la sexualité dévoilée d'une grosse fille.

Et Phil, avec son smoking bleu et ses longs membres, ne cessait de danser, tel un poulet affolé : ses bras s'agitaient autour de ses épaules comme si quelqu'un le faisait bouger avec des fils suspendus dans le ciel. Il croyait savoir danser – il croyait en ses capacités de danseur, avec la même confiance têtue qui le persuadait qu'il était séduisant – et, après avoir surmonté ma gêne initiale devant le spectacle qu'il donnait, devant cette énergie libérée qui faisait de lui un oiseau incapable de voler sous les lumières voilées du gymnase, je me pris, moi aussi, à croire qu'il savait danser. Je le regardais s'agiter devant moi, tout en effectuant de discrètes glissades en face de lui, et je comprenais peu à peu que, pour danser bien, il faut d'abord croire qu'on danse bien. Comme dans ces rêves d'envol, quand on plonge gracieusement dans l'air avec un corps sans poids : si, dans votre sommeil, vous vous arrêtez pour y penser plus d'une demi-seconde, vous vous écrasez comme un sac plein de canards morts sur le toit d'une église.

Phil ne s'arrêtait jamais pour penser. Il dansait, voilà tout.

Tous les deux, nous avons dansé toute la nuit. On ne pouvait pas s'arrêter. Nous fûmes essoufflés après une demi-heure, mais nous avons dansé sans arrêt pendant plus de trois heures.

Il y a quelques années de cela, à environ cent cinquante kilomètres de notre banlieue, dans la campagne, il y avait une ferme accablée par du courant électrique souterrain. L'électricité passait sous le pâturage, venant de la Toledo Edison, elle frappait les vaches et transformait leurs sabots en talkies-walkies. Il y eut un procès et, pendant des mois, aux informations, on n'entendit parler que de ça : la femme du fermier maigrissait, ses dents tombaient, sa fille s'était mise à tirer sur ses cils un par un et à se mordre le dos des mains pour lutter contre l'électricité statique qui lui courait sous la peau. Quand la fille en question fermait les yeux, elle disait qu'elle voyait des étincelles. Les chats de la grange poussaient des cris épouvantables et mouraient.

Mais les vaches ne cessaient de danser.

Cela les avait peut-être rendues folles, en tout cas elles dansaient et elles devaient bien y prendre quelque plaisir. Moi, je n'avais jamais, de ma vie, été aussi heureuse qu'en dansant avec Phil ce soir-là. C'était comme si, avec Phil – en dansant, en baisant ou simplement en nous promenant dans la berline que son père lui avait laissée quand il avait quitté la maison –, j'avais enfin trouvé comment canaliser toute la tension nerveuse de cette banlieue, qui surgissait par les lignes électriques, entre nos maisons et au coin des rues, comme les nattes d'une petite fille qu'on aurait tressées trop serrées, et qui envoyait un courant invisible dans l'air, une vague d'énergie nerveuse qui s'élève, retombe et s'élève à nouveau.

Toute cette tension : parfois, la nuit, je restais éveillée dans mon lit et m'imaginais que je sentais les volts et les étincelles gonfler une rivière invisible au-dessus de nos toits en poussant un gémissement aigu dans mes oreilles, vrillant mon cerveau comme avec une vis sinueuse ; tout le lotissement résonnait dans mes oreilles ; ma tête et mon cou finissaient par souffrir du poids d'un silence aussi strident.

Un peu comme avec ce courant souterrain, il y avait quelque chose de rude qui luttait sous toute cette politesse, sous tout ce calme – et, avec Phil, j'avais fini par trouver un moyen de m'adapter à cette rudesse, ou au moins de dormir malgré elle. J'ai acheté une paire de tennis et un sweat-shirt vert et j'ai commencé à courir dans le quartier – ce quartier qui m'avait d'abord paru si rigide, un peu comme un plateau de théâtre, uniquement fait d'angles et de lames –, et alors, tout se fondait dans un flou liquide, sur un fond doux de façades molles et d'arbres endormis. Je me suis autorisée à devenir mince, en courant dans les rues de Garden Heights. Je n'avais plus besoin du rembourrage. J'avais le sexe.

« Des nouvelles ? demande-t-il.

— Non, aucune. »

Je secoue la tête et ferme la porte derrière lui. La neige tombe maintenant en flocons épais, gris et sales comme des torchons, qui viennent recouvrir les pelouses et les arbres de couvertures de bébé avachies. Qui pourrait reprocher à ma mère d'avoir voulu quitter cet endroit ? Le ciel est en train de s'écrouler.

Il y a seulement quelques jours, j'ai remarqué qu'une fine pellicule de poussière recouvrait la table de la salle à manger. Cette poussière qu'elle avait consacré sa vie à combattre s'accumulait en couches grises, et cela ne faisait que soixante-douze heures que ma mère était partie. Quand je suis entrée dans le salon, j'ai vu aussi de la poussière, qui dansait dans l'air et se posait sur les bras des fauteuils de ma mère, sur la table basse, une galaxie de poussière qui s'effondre lentement toute seule et qui nous enterre.

Ça avait donc été ça, sa vie : elle chassait la poussière, toute la journée, tous les jours.

Je suis allée dans la cuisine pour chercher son plumeau rose qu'elle rangeait sous l'évier, mais, de retour dans le salon, je ne sus absolument pas par où commencer. Il y avait de la poussière partout. Dans la lumière. Dans l'air que je respirais. Elle couvrait mes cheveux de gris. J'avais peur de me servir du plumeau, qui semblait ne rien peser dans mes mains. J'avais peur d'empirer les choses, de soulever une autre tempête de poussière, qui m'étoufferait ou m'aveuglerait. Et, quand mon père est rentré de son travail, je lui ai soumis le problème.

« Il faut qu'on appelle le service des femmes de ménage. On n'arrivera pas à garder cette maison propre, tous les deux, lui ai-je dit.

— C'est déjà fait, m'a-t-il répondu. Elles seront là demain. Quelqu'un viendra tous les mercredis. »

« Merde, alors ! s'exclame Phil en dénouant les épais lacets de ses grosses chaussures marron. Comment elle a pu te faire une chose pareille ?

— Elle voulait s'en aller d'ici », lui dis-je en regardant ses pieds.

Une fois qu'il est déchaussé, je vois des trous dans ses chaussettes noires, et chacun de ses gros orteils me semble soudain vulnérable et cru sur la moquette beige, comme si deux sacs remplis de souris écorchées s'étaient ouverts ; Phil regarde aussi ses pieds, on dirait qu'il souhaite ranger ces souris au plus vite. Puis il hausse les épaules.

« Et alors ? » demande-t-il au mur qui se trouve derrière moi, là où est accroché un tableau représentant l'océan, un fouillis mélancolique d'écume et d'eau bouillonnante.

Paysage marin, c'est le titre du tableau. C'est le seul vrai tableau qui se trouve chez nous – un océan sombre que mes parents avaient acheté dans le hall d'un motel de Toledo l'année de ma naissance, l'année où mon père avait eu sa promotion, cette promotion qui transforma son énergie juvénile en un tas de linge sale qui venait chaque soir se déposer aux pieds de ma mere ; c'est aussi l'année où ils ont emménagé à Garden Heights.

« UN ARTISTE MÉCONNU SOLDE ! », c'est ce que disait le signe posté au bord de l'autoroute et, bien que ma mère eût sans doute proféré une remarque du genre : « Qui peut acheter ces merdes-là ? », mon père insista pour qu'ils aillent voir, ce qu'ils avaient fait. Il avait jeté un coup d'œil sur ce *Paysage marin* et avait été ravi de payer quarante dollars pour en devenir le propriétaire.

Parfois, je passais les doigts sur la toile, juste pour sentir l'épaisseur collante de cette mer houleuse, ou sur les endroits où le peintre avait flanqué trop de bleu. L'horizon était menaçant et, avec un peu d'imagination, on pouvait sentir le sel, les dauphins morts et les algues pourrissant sur la grève. Une ligne fine séparait l'eau de l'air et, j'avais beau détester ce tableau, la ligne n'en restait pas moins définitive. Inaltérable. Un vide absolu séparait la mer du ciel, sur ce tableau. Cet espace n'existait que parce qu'il n'y avait rien dedans.

« C'est pas une excuse, dit Phil.

— Qui a besoin d'excuse ? »

Il me regarde. Des flocons de neige fondent sur l'arête de son nez et ses yeux sont grands ouverts. Je me vois dans ces deux petites mares bleues, plus belle et plus douce que je ne le suis vraiment. Mon visage, dans ce reflet, est boudeur et juvénile. Je me penche un peu, je me regarde, je suis surprise de ce que je vois et je me demande à quoi je m'attendais : à voir ma mère ?

Phil m'observe d'un air bizarre pendant que je suis en train de le regarder.

« Tu me fais peur, Kat. Ton visage a l'air gelé. »

J'essaie de m'empêcher de sourire.

« Tu vas craquer », reprend-il.

Un jour, sur la chaîne culturelle, j'ai regardé une émission de télévision sur les tremblements de terre.

Un morceau de pont s'écroulait et des familles entières étaient englouties dans le trou béant, là où avant se trouvait leur maison, tandis qu'un professeur de Stanford expliquait en voix off qu'il y avait d'énormes plaques mobiles sous nos continents, nos océans et nos drugstores, qui se déplaçaient pendant que nous regardions la télévision, en mangeant des plats tout préparés et en pensant à autre chose.

Ces familles qui fouillaient les décombres, à la recherche de leurs biens, avaient beau vivre en Turquie ou en Californie, tout cela me paraissait vraiment proche. J'avais l'impression que cela pouvait nous arriver à tout moment : un tremblement de terre ici même, dans cette partie du monde où il n'y avait pas de failles, où, au contraire, une épaisse couche de boue maintenait en place nos pharmacies, nos supermarchés et nos maisons.

Garden Heights, je l'ai déjà dit, est fier de sa jeunesse et de l'uniformité de ses lotissements, mais il n'empêche que les maisons de notre quartier ressemblaient à de fausses maisons. C'étaient des constructions bon marché, montées en un jour avec des matériaux qui ne venaient pas naturellement de la terre – du plastique, de l'aggloméré, du placoplâtre.

Ces maisons étaient encore assez chères, même si elles ont sans doute dû être construites à la hâte. Qui pouvait dire sur quoi elles avaient été bâties ? Quand je suis dans la cuisine, j'entends chaque pas de mon père à l'étage. Quand ma mère était encore là, j'entendais les cintres cliqueter dans sa penderie lorsqu'elle s'habillait, j'entendais chaque mot qu'elle disait à mon père et même le léger bruit de son vaporisateur quand elle se parfumait. Si je suis parfaitement silencieuse, j'entends toujours tout cela, comme si le plafond était fait de pelures d'oignon et d'espoir ténu.

Notre maison, comme toutes celles de notre rue, a trois chambres – la mienne, celle de mes parents et une chambre d'amis, dont la porte est toujours fermée. Les rares fois où on ouvre cette porte, une bouffée fraîche de naphtaline s'engouffre dans nos poumons, comme si l'ami invité était en fait le passé, enfermé depuis des années, qui essaie de s'échapper.

Dans le salon, il y a deux bergères vertes et un sofa fleuri à festons, assorti aux fauteuils ; dans la petite pièce de détente, il y a un canapé trop mou recouvert de tweed, qui est censé, je suppose, être l'homologue masculin du sofa féminin de notre salon. La simplicité, contre la parade guindée. Le confort, contre le cérémonieux. Comme s'il fallait qu'une ligne soit tracée entre l'univers de mon père et celui de ma mère. Comme la ligne d'horizon du *Paysage marin,* ou comme la porte séparant la partie aménagée du sous-sol de la partie jamais terminée.

Dans la partie aménagée se trouve un billard, auquel personne n'a jamais joué, et un canapé recouvert de vinyle orange constellé de bandes noires de scotch collant, qui tentent de refermer les vieilles blessures du siège ; c'est un meuble qui date des premières années de mariage de mes parents, quand ils étaient un peu serrés financièrement. Le soir, pendant le week-end, quand Phil est occupé avec sa mère, Beth et Mickey viennent parfois me voir, et on descend, pour boire du cidre et jeter un coup d'œil sur les *Penthouse.* Ce cidre a un goût acide de fruits pressés trop tôt et, après quelques verres, cela vous brûle horriblement derrière les yeux.

La partie non terminée du sous-sol est notre « terre vaine » familiale : un sol de ciment orné d'un trou d'évacuation qui fait office de nombril et qui mène directement de notre maison aux égouts, à la rivière Chagrin, puis vers l'immense cloaque qu'est devenu le lac Érié. Et puis, il y a la machine à laver et le sèche-linge – de l'eau et de l'air, ces deux éléments qui mêlent leurs étoiles et leurs fleurs floues à nos sous-vêtements, à nos chaussettes, à nos serviettes trempées, brodées à nos initiales –, ainsi qu'un congélateur horizontal, plein de viande et de pâte à biscuits qui attend, roulée dans du papier sulfurisé, qui attend Noël, qui attend que ma mère veuille bien faire un peu de pâtisserie. Cinq mètres cubes de limbes.

Pendant que nous dormons, ce congélateur ronronne sous nos lits, il s'arrête et il repart, menant son étrange vie secrète, comme un énorme et dangereux animal de compagnie. C'est le grand cerveau, blanc et sonore, de notre maison.

Nous avons vécu tranquillement pendant seize ans dans notre banlieue, avec une certaine élégance, avec de l'aisance, aussi, mais rien qui sortait de l'ordinaire. Quand ma mère a disparu, quand j'ai dit à mon père que nous devrions appeler la police, il a tout d'abord pensé qu'il valait mieux aller au commissariat.

« On ne veut pas qu'ils viennent ici et que tous les voisins les voient. Ta mère n'aimerait pas ça. »

Et, bien sûr, il avait raison.

Ma mère aurait souhaité disparaître sans faire de tapage, sans donner à personne l'occasion d'en parler. Chaque jour, elle faisait de son mieux pour que, chez nous, la passion et la violence soient totalement jugulées. D'une chambre à l'autre, la même moquette de bon goût, les mêmes meubles solides, les mêmes murs neutres : rien d'exotique, rien de trop vif. Le moindre détail aurait été excessif, il aurait ressorti, familier, triste, pour raconter l'histoire du malaise de ma mère, permettant alors aux invités de comprendre qu'elle aurait voulu – qu'elle avait un jour imaginé – plus.

Un vase chinois, une carpette brodée de roses, une plume de perroquet, même, auraient livré ma mère – dénudée, désirante – à la pitié du monde. Elle le savait parce qu'elle était déjà allée dans ce genre de maison, des maisons appartenant à des femmes qui servaient le thé à l'européenne, alors qu'elles n'étaient jamais allées en Europe, et, quand bien même iraient-elles là-bas un jour, elles ne verraient l'Europe qu'au travers des vitres teintées d'un autocar équipé de l'air conditionné, elles regarderaient les châteaux et les Alpes défiler, dans un flou trop lointain pour y voir quoi que ce soit.

Car ce genre de femmes ne peut supporter qu'une certaine quantité de beauté. Vous les voyez au Grand Canyon, devant l'océan Pacifique ou les chutes du Niagara, elles tiennent les mains de leurs enfants qui s'ennuient, ces enfants à qui on vient de montrer une des merveilles du monde et qui restent béats devant le petit détail qui cloche, la saucisse tombée par terre, couverte de fourmis rouges agitées, ou bien l'attardé mental avec sa braguette ouverte, ou tout simplement la rambarde de métal qui encercle la merveille, qui empêche les touristes de tomber dedans. Ils veulent alors faire une poutre de cette rambarde et marcher en équilibre dans cet espace situé entre la mort et leurs inoffensives vacances américaines, mais qui pourrait le leur reprocher ?

Ces enfants s'ennuient, c'est tout ; ce sont leurs mères qui, en fait, ne supportent pas de regarder la merveille en question.

Pas par peur. Non. Elles sont déjà parties bien trop loin pour avoir peur. Il y a des signes pour vous prévenir que vous vous trouvez trop près du bord, ou des maîtres nageurs bronzés pour siffler quand vous nagez trop loin. Il y a des rangers en uniforme et, tout en bas, le petit bateau à touristes, le *Sirène de la brume,* qui s'avance dans la tourmente, au pied des chutes, pour virer et reculer juste à temps.

La peur aurait un sens. Mais il s'agit d'autre chose. Un tabou. Une inhibition. Une sorte de pudeur que les femmes imposent au monde naturel. Leurs maris restent bouche bée et prennent des photos, et ces épouses les rappellent vers le break familial, vers les sandwiches et les sodas entassés dans les paniers à pique-nique.

Les banlieues sont pleines de maisons de ce genre, décorées par des femmes comme celles-là. Ma mère avait la nausée quand elle regardait au fond de ces tasses à thé mélancoliques, quand elle sentait les tristes feuilles gorgées d'eau qui sombraient dans des théières peintes à la main. Rechercher une beauté exotique dans une telle vie de banlieue, c'était un peu comme avoir une boule de papier aluminium dans l'estomac, une boule de métal aéré qui vous emplit de faim et de désir.

Et, en plus, mon père n'était pas un homme exotique. Il n'était jamais allé à la guerre. Il n'avait jamais vogué sur aucun océan. Il avait grandi dans une banlieue similaire à celle dans laquelle nous vivions maintenant. Une vie sans crise, sans rien de sauvage ou de fou.

Bizarrement, il possédait une carabine, que son père avait héritée de son propre père, et qu'il gardait dans le sous-sol sans jamais l'utiliser. Son arme semblait, en fait, l'effrayer. Il l'enfermait, déchargée, dans le meuble où il rangeait sa collection de magazines cochons. Tout comme la virilité de mon père, cette carabine gisait, inutile, inutilisable, dans le sous-sol, à nos pieds. C'était juste quelque chose qu'il avait hérité du passé, de l'homme plus viril qu'avait été le père de son père, qui avait dû être un chasseur, qui avait dû savoir comment dépecer le gibier.

Un jour, ma mère, qui était descendue faire une lessive, a surpris mon père dans le sous-sol. Il tenait la carabine dans ses bras comme un enfant.

Quand elle l'a vu, elle lui a dit : « Range-moi ça. » Il a obéi.

Mon père était un homme qui passait toutes ses journées dans un bureau, à gribouiller, qui portait des chaussures brillantes et qui tapotait un crayon contre sa cuisse. Toute cette testostérone qui jaillit et qui aiguillonne, comme des abeilles s'agitant dans le sang, mais qui ne sert à rien du tout. Le samedi, il pourchassait de petites balles sur une longue pelouse en pente avec des clubs flambant neufs et il rentrait à la maison, rouge, frustré, sévèrement vaincu : l'ombre d'un homme.

« Du beige. »

Je me souviens de ma mère en train de parler avec les peintres – deux obèses en salopette, équipés de pinceaux – dans notre salon, par un après-midi d'été, il y a des années de cela. Nous étions en juin et les fenêtres étaient ouvertes. Dehors, un arroseur automatique un peu rouillé grinçait et un chien s'est mis à aboyer comme un fou, avant de se taire brusquement. Quelque part, quelqu'un travaillait la flûte, faisait et refaisait des gammes, parfaites et stridentes, comme une sorte de hurlement obéissant.

« Vous pourriez peut-être essayer autre chose, madame. Pour changer. Du rose coquille. Ou bien un bleu pâle », proposa un des peintres.

Elle se contenta de secouer la tête.

Phil tient un bout de papier jaune sur lequel est noté le nom d'une psy : *Dr Maya Phaler – 878-16-75.*

Il me tend le bout de papier.

« Ma mère va la voir depuis que mon père est parti. Elle dit que ça l'aide beaucoup », annonce Phil en se dirigeant vers l'escalier qui mène à ma chambre. « Il faut que tu laisses sortir ta colère », ajoute-t-il.

Je le suis, le petit carré jaune à la main.

Phil s'allonge sur mon lit, il se cale sur les oreillers fleuris et il regarde, l'air soucieux, mon plafond. Je suis assise à côté de ses pieds et j'ai machinalement posé la main sur sa cheville. L'os me semble dur – comme un caillou pointu qui se serait glissé sous sa chaussette –, mais Phil dégage sa cheville, comme si je l'avais pincé ou chatouillé. Puis il roule sur lui-même pour atteindre le tiroir du haut de ma table de chevet, là où je range les cigarettes, les préservatifs et la mousse contraceptive.

Cette mousse ressemble un peu à ce qu'une vierge pourrait retrouver dans sa bouche un matin d'été au bord de la mer. C'est immaculé et ça ne sent rien.

Mais il cherche les cigarettes, je le sais, un paquet neuf et mou de Marlboro Lights. Il tire sur le ruban rouge de Cellophane avec une certaine dextérité, comme s'il ouvrait un poisson, mais il finit par me le tendre, car il n'arrive pas à sortir une cigarette, tant elles sont serrées, sèches et blanches, dans le paquet neuf.

J'en prends une avec mes ongles et je la lui passe. Quand ses doigts touchent les miens, je les saisis et porte sa main à ma bouche. Il doit se redresser un peu pour que je puisse embrasser le bout de ses doigts.

Je le regarde dans les yeux.

« Tu veux qu'on fasse l'amour ? » je lui demande.

Mais Phil s'empresse de se tourner vers le plafond et il retombe sur l'oreiller en secouant la tête.

« Non, répond-il. Je veux parler de cette psy. »

C'est une excuse, me dis-je, pour ne pas faire l'amour, mais je le laisse parler.

Quand il s'agit de parler, Phil n'est pas vraiment un champion. Il fait des pauses, l'air pensif, il tape du poing sur son genou lorsqu'il veut vraiment dire quelque chose, et vous voyez bien alors qu'il veut dire quelque chose, mais ce dont il s'agit se perd le plus souvent dans un brouillard de généralisations et de phrases à moitié terminées. Écouter Phil parler, c'est un peu comme regarder du golf à la télévision. Vous voyez bien qu'il possède les bons gestes, qu'il a les clubs qu'il faut, les vêtements qu'il faut. Vous voyez quand il a le soleil dans les yeux, quand la pression est trop forte pour lui. Mais vous pouvez regarder avec toute l'attention du monde, vous ne le verrez jamais toucher la balle, et vous ne verrez jamais la balle atterrir.

Cela ne m'a jamais gênée. Comme mon père, Phil est un homme simple, et sa difficulté à s'exprimer va avec cette simplicité comme un brin de persil sur un steak. Ses monologues sont émaillés de déclarations erronées vivantes et amusantes, de clichés détournés ou mélangés. Un jour qu'il se plaignait du fait que sa mère voulait toujours faire des choses imprudentes pour une aveugle, comme allumer des bougies à Noël par exemple, il a dit :

« Ma mère veut être l'aveugle et avoir l'argent de l'aveugle, aussi. »

Je m'étais alors imaginé la mère de Phil en train d'engranger cet argent sans jamais le voir, de l'argent sans substance ni poids, doux-amer et inexistant.

Une autre fois, il a dit, à propos des chèques que son père n'avait toujours pas envoyés, que l'appeler au Texas ne servirait à rien, que cela ne ferait que retarder les chèques, et il avait ajouté : « C'est un cirque vicieux, en fait. »

Quand je lui avais demandé s'il ne pensait pas qu'écrire une lettre pour expliquer leur situation – les traites de la maison une fois de plus impayées, la compagnie de l'électricité qui les appelle – pourrait les aider, il avait répondu : « Je suis vertueusement certain que non », en prenant un air de martyr qui l'avait vieilli de plusieurs années.

D'abord, Phil se mord les lèvres. Puis il fume. Enfin, il parle.

« Tout cela est bien trop lourd, pour toi toute seule. Je veux dire, ta mère qui fout le camp. C'est lourd, un truc pareil, tu sais ? Il faut que tu aies quelqu'un à qui parler de ce fardeau. »

J'attends un peu. Puis, quand je vois qu'il ne dit plus rien, je prends la parole.

« C'est tout ? dis-je.

— Oui, répond-il, en regardant le filet de fumée qui s'enroule autour de son poignet.

— Bien, dis-je. Je vais l'appeler, la psy. Tu veux faire l'amour ? »

Je ne veux pas parler de mon fardeau avec Phil. Je veux que sa peau s'étire et se contracte comme un sac humain sur la mienne.

Il me fait non de la tête.

Il recule son pied loin de ma main et je regarde mes propres pieds nus sur la moquette blanche, qui émergent de collants de danse noirs s'arrêtant à la cheville.

Depuis que je suis redescendue à soixante kilos le mois dernier, je me suis mise à porter des vêtements style *Flashdance.* De petites jupes froncées. Avec des chaussures de toile et des justaucorps. Il y a quelques semaines, mon père m'a enfin remarquée alors que je portais l'une de ces nouvelles tenues. Il était descendu pendant que je faisais griller des toasts pour le petit déjeuner, la cuisine sentait la fumée et le pain de mie industriel.

« Kat, tu ne ferais pas quelque chose pour maigrir, par hasard ? a-t-il demandé.

— Je cours », ai-je répondu en haussant les épaules et en souriant.

Mais il avait l'air soucieux, son visage allongé comme la tête d'un cheval regardait mes chevilles, et je me dis alors qu'il avait dû voir un programme de télé sur la boulimie ou sur l'anorexie. Il avait dû se dire que je vomissais mon petit déjeuner une fois qu'il m'avait déposée à l'école. Il avait peut-être peur que je devienne de plus en plus mince et que je finisse par être introuvable, comme ma mère. J'eus pour lui un élan de compassion, en l'imaginant seul dans cette maison avec les ombres blanches de ses deux femmes invisibles. Je me souviens qu'un été il avait pris un rouleau entier de photos de ma mère et de moi. « Je veux pouvoir montrer mes jolies filles au travail », avait-il dit, et ma mère avait accepté de poser avec moi dans le jardin, derrière la maison.

Mais il nous avait demandé de poser avec le soleil dans les yeux, ce qui nous faisait cligner face à l'appareil photo, et il ne cessait de nous dire de reculer pour nous avoir en pied ; ma mère avait fini par se mettre en colère et elle avait déclaré : « J'en ai assez, je ne bouge plus. »

Il avait pris photo sur photo.

Mais le rouleau, au développement, n'avait donné que du blanc.

« Je suis désolé, avait dit l'employé de la boutique, vos photos n'ont rien donné, monsieur Connors. »

Mon père ne comprenait pas pourquoi. Il insista pour voir ces clichés totalement blancs et força l'employé à fouiller la poubelle dans laquelle ils jetaient les clichés ratés.

« Les voilà, finit-il par dire. Vous n'avez rien à payer, bien sûr.

— Bien sûr », répéta mon père.

Il ne pouvait détacher son regard de cette pochette de clichés ratés, de ces grands carrés vides d'où nous étions absentes.

« Tout ce dérangement pour rien », dit ma mère.

« Papa, repris-je en pressant le haut de son bras qui, je fus surprise de le constater, était plutôt musclé sous le blazer bleu, c'est juste que je mangeais trop, avant.

— C'est ce que ta mère disait toujours », répondit-il en hochant la tête.

Le docteur Maya Phaler a l'air d'une actrice qui joue le rôle de la psy futée et maligne, comme une personne qui ferait semblant d'être experte dans un domaine où elle ne connaîtrait rien. Je pensai alors à un feuilleton de télé, *Docteur Marcus Welby,* à une interview que j'avais un jour lue dans le journal de télé, où le gars aux cheveux blancs et à l'air de grand-père qui jouait le rôle du médecin expliquait au journaliste que les gens, dans la rue, venaient souvent le trouver et que, au lieu de lui demander un autographe, ils lui demandaient des conseils d'ordre médical.

Le docteur Maya Phaler a même une paire de lunettes à monture métallique qui pend à une chaîne d'argent autour de son cou. Pas comme une vieille dame ou comme une bibliothécaire, non. Comme une actrice, ainsi que je l'ai déjà dit, comme si les costumiers avaient décidé que c'était la touche finale, l'accessoire indispensable de la psychologue.

Elle est blonde. Elle a peut-être cinquante ans – mais c'est un blond californien, comme celui de Phil. Si ce n'est pas naturel, si c'est une teinture, elle a sans doute mis beaucoup d'argent dedans, pour que ce soit parfait.

Elle est actrice jusqu'au bout des ongles. Même ses chaussures sont parfaites. De vraies chaussures de psychologue, noires, à talons plats, mais avec de jolis petits nœuds, noirs également, piqués juste au-dessus de ses orteils. Elle porte un tailleur de couleur citron vert pâle, la jupe est bien au-dessus du genou et révèle des jambes minces aux mollets bien galbés – mais, juste au-dessus de la cheville droite, sous le collant beige, je vois un petit pansement : un mouvement imprudent ? Était-elle pressée ? Ce matin-là, elle devait avoir glissé dans la douche, son rasoir à la main.

« Katrina ? »

Je corrige :

« Kat. »

Elle regarde ma carte d'assurance maladie. Même si elle prend cent dollars l'heure, je n'allais jamais voir la moindre facture.

« Anxiété pathologique », voilà ce qui est écrit sur mon dossier (C'est comme ça qu'on dit, quand on sourit tout le temps ? Je croyais qu'on appelait ça de la joie), et tout est couvert par l'assurance que mon père a souscrite à son travail. Santé mentale, couverture totale – une sorte de tentative, à mon avis, d'empêcher des administrateurs sous-employés et surpayés comme mon père de devenir fous et de casser la baraque.

Pourtant, pour autant que je sache, mon père n'est jamais allé voir un psy.

Ni ma mère...

Cela dit, ma mère pourrait bien être n'importe où, en ce moment, et pourrait faire n'importe quoi. Elle pourrait être chez un psy, ou à un colloque de psys ou même faire des études pour être psy, pour ce que j'en sais. À Harvard. Ou à Berkeley.

C'est une habitude que j'ai prise depuis peu. Chaque matin, dans mon lit, je pense aux endroits les plus absurdes où ma mère pourrait se trouver.

Ce matin-là, un certain cirque m'est venu à l'esprit, ce qui m'a poussée à imaginer ma mère couverte de sequins, brandissant un fouet dans une cage pleine de tigres qui bâillent. Je l'ai vue aussi regagner une caravane avec un clown, une fois le spectacle terminé, et l'aider à retirer son maquillage avec un Kleenex couvert de crème.

Mais, une fois le maquillage parti, une fois cette écume grasse disparue, je n'ai pas pu me représenter le visage du nouvel homme dans la vie de ma mère. C'était comme si elle avait effacé son visage avec le maquillage, un visage que le clown cherchait dans le miroir, pendant que ma mère se limait les ongles derrière lui. Un vide clownesque.

« C'est un joli nom, Katrina, dit le docteur Phaler en tripotant la chaîne d'argent qui tient ses lunettes. Vous ne l'utilisez pas ?

— Non, dis-je en secouant la tête trop lentement – ce qui me donne, peut-être, l'air abattu –, et j'ajoute, d'un ton plus léger : Ma mère voulait m'appeler Kat. Elle voulait un petit chat. »

Ça ne fait pas rire le docteur Phaler.

« Donc, au téléphone, vous m'avez dit que votre petit ami voulait que vous veniez me voir. En quoi puis-je vous aider ? »

La question me scie les jambes. Je n'avais vraiment pas pensé que je pouvais venir là pour être aidée. Je m'imaginais être venue défier la psychanalyse, bavarder avec esprit et drôlerie de ma vie personnelle avec une professionnelle, jusqu'à ce que cette dernière parvienne enfin à arracher un petit noyau de vérité de mon poing fermé, à déterrer quelque secret de mon subconscient. Vous vous souvenez du film de Hitchcock, *La Maison du docteur Edwards ?*

Il était certain que, moi aussi, j'avais refoulé quelque chose d'extraordinaire, quelque chose que le docteur Phaler était payé cent dollars l'heure pour trouver – tout comme Ingrid Bergman avait forcé Gregory Peck à se souvenir comment, enfant, il avait dévalé une rampe derrière son frère et l'avait empalé contre une grille.

Gregory Peck se tenait souvent la tête durant ces longues séances, il essayait de tout garder en lui, il se tortillait, gros plan après gros plan, il paraissait délicieusement torturé – par toute cette culpabilité et par tout ce chagrin – pendant qu'Ingrid Bergman ne cessait de l'aiguillonner. Le docteur Phaler ne pouvait-elle donc pas faire la même chose avec moi, plonger sa lampe de mineur tout au fond de ce puits, de cette glace immobile figée au fond de moi, là où se trouvaient ma culpabilité, mon chagrin ou ma colère, ou peut-être même encore ma mère ?

Comme ça, après, j'aurais une longue vie pleine de relations saines et de réactions matures aux inévitables hauts et bas de l'existence – et me seraient épargnées toutes les névroses et toutes les psychoses vers lesquelles je semblais, sinon, me diriger...

La frigidité, ou la nymphomanie.

Le lavage de mains compulsif.

Le tripotage incessant d'une mèche de cheveux.

La pulsion d'échec, ou le besoin frénétique de réussir.

Peut-être pouvais-je creuser et fouiller ma mémoire, comme Gregory Peck, et y faire de la place pour guérir, ou tout du moins pour entamer ce qu'on appelle le processus de guérison.

Sauf que je n'ai pas l'impression qu'il y ait vraiment de sombre mystère à déterrer.

J'ai essayé.

Un nombre incalculable de fois.

Nuit après nuit.

Il doit bien y avoir une raison pour que je ne ressente rien.

Il n'est pas possible que je ne ressente rien, tout simplement.

C'est sûr que je suis, moi aussi, délicieusement torturée. Je suis sensible. Je suis gentille. Je suis sans aucun doute victime de quelque chose. Il y a quelque chose. Je ne peux pas être complètement dépourvue de sentiments, si ? Je dois être malade, alors. Les malades sont partout. Des livres, des programmes de télévision, des industries entières leur sont consacrés – des magazines sont créés pour eux, ainsi que des lignes spéciales pour qu'ils appellent au secours, ou même des aimants aux slogans encourageants pour coller à leurs réfrigérateurs. Ils nous cernent, ils nous aiment trop, ils pleurent de vraies larmes, ils confessent leurs péchés et sont pardonnés.

Mais il n'existe pas de programme en douze étapes pour les gens qui sont égoïstes, sans cœur ou superficiels, comme semblent pourtant l'être la plupart des gens. Il n'y a pas de films du lundi soir qui racontent des histoires de filles qui n'ont aucun problème.

Les filles, dans les films du lundi soir, sont fragiles, elles ont de grands yeux, elles sont trop sensibles pour notre monde, et toutes les mauvaises choses qui leur arrivent les soucient beaucoup. Elles ont la beauté que donne la souffrance subie. On voit toujours leurs clavicules sous leurs robes fines, et une ombre sombre se forme au creux de leur cou.

Mais je n'ai jamais pu m'imaginer dans l'un de ces films. Jusqu'au départ de ma mère, ma vie me paraissait ordinaire, monotone et sans aucun problème. Pas de jeux bizarres avec des oncles. Pas de vagues souvenirs de mon père torturant les animaux de mon enfance. Je n'avais pas d'animaux quand j'étais enfant. Juste, de temps en temps, une vision fugitive de ma mère en peignoir, l'air exaspéré. Quelques sorties familiales particulièrement rasoir : mon père avec une canne à pêche, ma mère qui court après une serviette en papier qui s'est envolée du panier à pique-nique et qui a traversé le parc. On a fait un voyage dans l'Ouest quand j'avais cinq ans. J'ai dû sortir de la voiture pour faire pipi dans le désert et je me suis collé de la terre rouge sur les genoux. En remontant dans la voiture, j'ai demandé à mon père où nous étions.

« Dans la Vallée de la Mort », a-t-il répondu.

J'ai alors dormi jusqu'à ce qu'on arrive au bord de l'océan, pendant qu'un rayon de soleil somnolent me passait et me repassait sur le visage.

Je me souviens d'une piqûre d'abeille, reçue dans un parc national un été. D'une entorse un jour où nous étions allés au cirque. D'un bout de guimauve coincé dans ma molaire, au cinéma, et j'avais dû aller aux toilettes pour le dégager.

Rien. Moins que rien. Une enfance sans traumatisme. Qui avait jamais entendu parler d'une chose pareille ?

Même maintenant, je ne ressens qu'une sorte de légèreté quand je pense à ma vie, et une légèreté encore plus grande depuis que ma mère est partie, comme si je portais avec moi un gâteau creux partout où je vais, que je maintiens en équilibre sur un plateau qui veut s'envoler loin de moi, comme un cerf-volant dans le vent.

Qu'est-ce qu'une analyste peut bien analyser d'une vie pareille ?

Mais c'est exactement comme dans les films. Vous résistez au désir, à la tendresse, à la terreur, pendant que votre psy vous attaque à coups de pic à glace jusqu'à ce que votre tête éclate.

« Je ne sais pas, dis-je. Je crois que vous avez aidé Mrs Hillman quand son mari est parti... »

Aucune réaction chez le docteur Phaler. Pas le moindre hochement de tête. Le secret professionnel, je suppose. Elle ne peut même pas se racler la gorge.

« Et donc, enfin, ma mère est partie. »

Là, elle penche la tête comme si elle avait entendu une note de flûte dans le lointain.

Quelques secondes s'écoulent.

« Votre mère est partie », reprend-elle.

Je soulève et laisse retomber mon épaule. La gauche. Le côté de la raison et de la maîtrise. Ou alors, est-ce le côté droit ?

Je regarde ses genoux, qui sont comme les visages aplatis de deux chouettes.

« Ouais, dis-je. Oui.

— Où est-elle allée ? demande le docteur Phaler.

— C'est une excellente question », dis-je.

Deuxième partie

JANVIER 1987

Je l'entends crier.

« Je suis là-haut ! »

« Par ici ! »

« Non, par là ! »

Cela n'a pas d'importance. Je suis enfermée. Je cogne mes poings contre ce couvercle – qui recouvre quoi ? – jusqu'à en avoir mal aux mains. Elle est là, dehors, elle a fini par me dire où elle était, mais je suis coincée dans cette boîte froide et fermée. Dans ce vide. Dans ce cube d'air hivernal découpé avec une paire de cisailles très aiguisées.

Quand je me réveille, je vois que de la neige entre en crachotant sous le store de ma fenêtre, les flocons fondent avant d'avoir atteint le sol, et je me souviens alors d'avoir ouvert cette fenêtre avant d'aller me coucher, je voulais désespérément sentir l'air frais, parce que le parfum de ma mère, cette eau-de-vie entêtante, avait traversé le couloir, s'était glissé sous la porte de ma chambre et sentait si fort que j'avais eu peur de mourir dans mon sommeil, étouffée par l'odeur de ma mère.

Cela fait un an, jour pour jour, qu'elle est partie – sans un mot, sans laisser de trace, sans prendre son manteau ni son sac, sans avoir abandonné la moindre pantoufle de verre derrière elle dans l'allée menant au garage, qui, une fois écrasée et brisée, aurait au moins laissé quelques petits éclats de Cendrillon.

Durant les premiers mois qui ont suivi son départ, l'inspecteur Sciezziesciez appelait tous les deux ou trois jours pour demander, encore et encore, si nous avions eu des nouvelles et pour nous informer que lui, il n'en avait pas eu. Les petites affiches que ses hommes avaient posées partout en ville – sur lesquelles figurait une mauvaise reproduction de cette photo où elle grimaçait, par un matin de Noël, face à l'objectif de mon père – avaient été enlevées ou emportées par le vent hivernal. Personne n'avait même appelé pour donner un indice loufoque, ou pour avancer une théorie paranoïaque liant la disparition de ma mère à la vision d'un OVNI volant au-dessus du lac Érié.

Que peut-on y faire ? Nous vivons dans un pays libre. Si une femme adulte veut disparaître au cœur de ce pays, c'est son droit. Aucune des institutions auxquelles nous avons été confrontés n'a une autorité quelconque sur ce genre de choses, sur ce genre d'histoires impliquant des femmes qui se transforment en poussière dans leurs banlieues et s'époussettent ensuite dans l'atmosphère. Dieu seul sait, comme on dit, où elle est partie. Et Il ne nous parle pas.

Ces institutions n'ont pas non plus montré qu'elles s'en souciaient beaucoup. Quand nous sommes allés au bureau des personnes disparues, tous ceux à qui on a parlé ont sorti une feuille blanche en haut de laquelle ils ont inscrit le nom de ma mère, suivi de la mention « Femme blanche adulte », comme si cela allait la faire apparaître.

Si jamais ces gens ont alors ressenti quelque chose, j'imagine que cela a dû être de la sympathie pour elle. En levant les yeux de leur feuille blanche vers le visage de mon père, puis en les baissant à nouveau vers ce vide, ils se sont peut-être imaginé la vie de ma mère, en espérant qu'elle avait réussi à s'échapper.

« On a une centaine de cas d'épouses disparues par semaine », nous a dit une secrétaire du service des personnes disparues, en posant la main sur la main de mon père, comme si cela allait l'aider à se sentir mieux. Les ongles de cette femme étaient longs comme des crochets, un livre de poche était caché derrière son petit standard téléphonique, *Les femmes qui aiment trop*, et on avait à peine quitté son bureau qu'elle l'avait ressorti. Il semblait que, cette année-là, toutes les secrétaires, dans tous les bureaux, avaient ce livre posé, ouvert, sur leur table de travail.

Elle nous a souri pour nous dire au revoir en montrant des dents qui brillaient d'un éclat peu authentique.

Une fois seulement, l'inspecteur Scieziesciez est venu chez nous. C'était le matin, et mon père était déjà parti à son travail.

« Papa ! lui avais-je crié de la salle de bains, à l'étage, alors qu'il s'énervait dans le couloir en m'attendant. Vas-y. Je vais y aller à pied. Je vais être en retard, je peux pas faire autrement.

— Tu es sûre, Kat ? »

Il avait gentiment posé cette question, mais je savais qu'il était agacé. Sa voix était fragile, transparente, comme un morceau de mousseline tendu sur l'ouverture d'un bocal.

Être en retard, dans le livre de vie de mon père, était un péché presque aussi grave que l'homicide, même si je savais qu'il ne me gronderait pas pour autant. Nous avions toujours eu une relation polie, mais, depuis la disparition de ma mère, cette politesse s'était encore accrue. On aurait dit quelque chose d'officiel, de victorien, qui n'aurait même pas eu droit à l'intimité de l'irritation. Quand je disais que je ne me sentais pas bien, que je ne voulais pas aller à l'école ou que j'allais être en retard, il ne me demandait jamais pourquoi, et je me disais que c'était peut-être parce qu'il avait peur que je lui annonce que j'avais mes règles et que je souffrais de crampes, ou de tout autre terrible malaise dont ni l'un ni l'autre ne guéririons jamais totalement.

Ce matin-là, j'allais être en retard au lycée parce que j'avais pris trop de temps à choisir ce que j'allais porter. J'étais encore là-haut, dans la salle de bains, une pile de vêtements rejetés traînait à mes pieds, je ne portais qu'un soutien-gorge à fleurs et un slip assorti. Cela faisait des mois que ma mère était partie et la dernière chose à laquelle je m'attendais, c'était bien à l'arrivée inopinée de l'inspecteur Scieziesciez dans son véhicule banalisé.

J'ai entendu qu'on frappait et j'ai regardé à travers les lames des petits stores de la salle de bains ; je l'ai vu qui faisait les cent pas devant la porte, il avait un trench-coat et fumait une cigarette, tout en regardant vers la fenêtre de la salle de bains.

J'ai laissé retomber le store, j'ai pris un col roulé rouge, ainsi qu'une jupe écossaise, que j'ai enfilés en vitesse – le genre de tenue de lycéenne que je n'avais jamais vraiment pensé porter pour aller à l'école – et je suis descendue pieds nus.

L'inspecteur Scieziesciez frappait à nouveau, d'une manière dure et insistante, à la porte, juste au moment où j'ai ouvert, ce qui lui fit brièvement perdre l'équilibre ; il avait frappé dans le vide et entrait du coup en trébuchant dans la maison ; il avait l'air d'un acteur plutôt séduisant jouant le rôle d'un inspecteur de police, avec ses cheveux noirs, sa quarantaine, l'ombre de dix-sept heures qui noircissait sa mâchoire virile, même s'il était encore tôt dans la matinée.

Cette ombre, cette indication d'une barbe dure m'impressionna. On aurait dit que l'inspecteur Scieziesciez avait un tel surplus de virilité qu'il ne pouvait jamais le raser complètement. Je ne l'avais jusqu'alors jamais vu en chair et en os, je n'avais fait qu'entendre sa voix rauque sur notre répondeur et voir ses lettres qui traînaient sur la table de la cuisine, là où mon père les laissait – ces messages officiels concernant la suite de l'enquête sur la disparition d'Ève Connors, dont on s'occupait avec le sérieux et l'attention qui convenaient (même si, dans ces lettres, son nom était souvent mal orthographié, Ève *Conyers*, ou bien *Éva* Connors).

Il se présenta et me demanda s'il pouvait faire un tour dans la maison.

Comme je l'ai dit, j'étais impressionnée par cette ombre de dix-sept heures, par le trench-coat, et par l'odeur de cigarette qui émanait de l'inspecteur, mais j'étais aussi un peu agacée. C'était presque le printemps. Ma mère était partie depuis janvier et il me paraissait stupide et peu sensé de vouloir fouiller la maison aussi tard. Si l'arme du crime avait dû se trouver sur le plan de travail de la cuisine – une grosse cuiller ensanglantée, par exemple –, nous aurions eu tout le temps de la dénicher par nous-mêmes.

Mais, cet inspecteur à la peau moite, qui essuyait ses chaussures boueuses sur notre tapis, était plutôt sexy. Je baissai les yeux vers les traces de boue, un peu troublée. Même si je me rendais bien compte que je ne devrais pas laisser entrer cet étranger sans voir une preuve de son identité – un insigne, un passeport, ou une médaille, comme pour les chiens –, je me suis écartée pour le laisser avancer dans le couloir. L'idée de ne pas le laisser entrer me semblait encore plus idiote que le contraire – comme si, alors que je me trouvais sur le pont du *Titanic*, on venait de m'offrir une place sur un canot de sauvetage et que je décidais de ne pas l'accepter parce que j'avais peur que ce canot finisse par prendre l'eau.

Je sentis l'odeur du savon déodorant sous l'imperméable et la respirai aussi fort que je le pus quand il passa devant moi.

Cela faisait longtemps que je n'avais pas ressenti d'excitation, sexuelle ou autre. À un moment, en février je crois, il m'avait semblé qu'une sorte de mollesse léthargique s'était installée dans mon imagination, accompagnée d'un engourdissement physique du cerveau, assez semblable à la fatigue plutôt agréable que l'on ressent après une longue et difficile randonnée. Je dormais très profondément la nuit, je ne rêvassais jamais dans la journée, je me souciais rarement d'autre chose que de ce que j'allais porter pour aller au lycée. Je me disais que, peut-être, j'étais en train de ressembler de plus en plus à mon père. La nourriture était bonne. La télévision distrayante. Le travail, c'était le travail. Le temps passait et le climat changeait peu à peu.

Et le sexe semblait superflu. Phil et moi, nous étions toujours ensemble, un des couples officiels du lycée, nous restions ensemble durant la pause du midi, nous parlions ensemble à voix basse dans la salle d'étude, ou bien nous fumions des cigarettes dans la voiture de son père pendant le court trajet du retour, mais nous n'avions pas fait l'amour depuis que ma mère avait disparu, nous n'enlevions plus jamais nos vêtements en présence de l'autre, et nous ne nous embrassions presque plus jamais.

C'est Phil, tout d'abord, qui avait eu l'air de changer.

Pendant toute la première année, il ne pensait qu'à baiser. J'étais à peine grimpée sur le siège du passager, dans la berline de son père, qu'il avait déjà passé les mains sous mon chemisier, des mains agitées, comme s'il avait perdu quelque chose de glissant là-dessous. Quand nous garions la voiture dans le parking désert d'un centre commercial, tard le soir, les vitres se couvraient de buée, comme le vivarium du zoo – de la chaude et luxuriante humidité des reptiles qui se rampent les uns sur et sous les autres derrière les vitres –, et la nuit qui entourait la berline devenait d'un vert de plus en plus foncé et se refermait sur nous comme une grande bouche baveuse qui avalerait des œufs.

Puis, tout d'un coup, Phil ne voulut plus rien, plus aucun contact physique.

Pour la Saint-Valentin, j'avais acheté un soutien-gorge et un slip de satin rouge au centre commercial, et je l'avais invité à la maison. Mais il avait eu un air triste en les voyant.

« Je ne me sens pas très bien », avait-il dit.

Et je m'étais rhabillée.

En regardant par la fenêtre de ma chambre, j'avais vu une petite boule de fourrure blonde écrasée sur la route. Elle formait une traînée de sang rouge dans la neige, entre deux traces de pneus. Les arbres nus étaient bordés d'une brume légère et bleutée. On aurait dit une carte de Saint-Valentin – belle, brutale et froide – et ma lingerie sexy avait soudain semblé me brûler la peau.

J'étais excitée – c'est un mot que j'avais toujours détesté, avec ses connotations d'avidité et de faim maladroites –, je me sentais humiliée, debout à la fenêtre, par mon désir. Cela ne faisait alors que quelques semaines que ma mère avait disparu et, durant ce laps de temps, j'avais plus que jamais désiré faire l'amour. J'y pensais constamment – au lit, sous la douche, en lisant les grands auteurs, ou même assise à côté de mon père dans sa voiture, quand il me conduisait à l'école.

Et puis un jour, mon désir s'est simplement fermé, comme un robinet, comme si quelqu'un avait appelé la compagnie de l'eau pendant mon absence et que je n'avais retrouvé, à mon retour, qu'un petit bruit sec de succion quand j'essayais de l'ouvrir.

Mais là, en regardant le dos de l'inspecteur Sciesciez, qui traversait notre salon, je me suis vue en train de chevaucher ses hanches sur le fauteuil de ma mère, tout en promenant mes mains dans ses cheveux, ma bouche posée contre la sienne. On aurait dit que, sur son passage, l'inspecteur Sciezìesciez répandait dans l'air une brume subliminale de virilité, une brume musquée et enivrante.

Je me suis dit que peut-être il avait une arme cachée sous le trench-coat et qu'il savait s'en servir. Quelque chose de vraiment exotique allait peut-être enfin se passer dans notre maison de Garden Heights, avec la participation de l'inspecteur Sciezìesciez.

Il regarda tout autour de lui dans la cuisine, il se tourna vers moi et me sourit.

« Quand ton père rentre à la maison, dis-lui de m'appeler, ma jolie.

— Tout va bien ? demandai-je.

— Tout a l'air parfaitement normal, ici, dit-il en faisant un geste vers la cuisine, où le Formica brillait sous la lumière stérile du matin. Tout est parfaitement normal, mais bien sûr, dans une affaire comme celle-là, il faut que l'on vérifie chaque petit détail au moins deux fois. »

Deux fois, répétai-je dans ma tête. Et chaque petit détail...

C'était absurde, bien sûr, puisque ma mère était partie depuis janvier et que c'était la première fois que l'inspecteur venait chez nous ; c'était d'ailleurs la première visite d'un quelconque représentant des autorités. La double vérification ne semblait pas vraiment ce qu'il avait l'intention de faire, pour ne rien dire des petits détails en question, puisqu'il n'avait pas passé plus de cinq minutes dans notre maison.

Il n'empêche que j'espérais bien qu'il reviendrait. Quand j'ai ouvert la porte pour le laisser sortir, l'air de ce début de printemps sentait indéniablement le sexe : une odeur d'escargot, d'ail et de boue.

Ce soir-là, mon père a appelé l'inspecteur Sciezsciez en rentrant de son travail. Je lui ai demandé ce qu'il voulait.

« L'inspecteur *Shh-shh-shh* veut que je passe au détecteur de mensonges.

— Quoi, toi ? »

La question a jailli hors de moi comme une chauve-souris rapide et aveugle fonçant contre la large vitre d'une fenêtre panoramique. J'ai regardé le visage pâle et plat de mon père – le visage d'un homme qui mettait une sorte de fierté absurde à ne jamais avoir proféré le moindre mensonge, un visage nu comme une ampoule électrique, l'incarnation de la surprise nue. Mon père ne pouvait rien cacher derrière cette façade si simple.

Un jour, ma mère l'avait accusé de lui avoir menti sur le prix d'un collier de perles qu'il lui avait acheté pour son anniversaire – elle pensait que le bijou n'était pas aussi cher qu'il le disait –, elle tenait les perles en l'air, à la lumière de la fenêtre de la cuisine, en les examinant d'un air mauvais.

« Et elles ont coûté combien, Brock ?

— Sept cents dollars », répondit-il, sur la défensive.

Il avait peut-être même l'air un peu désespéré aussi, comme si la police l'interrogeait sur un crime qu'il avait commis des années plus tôt, un crime dont il croyait que nous avions alors tout oublié.

« C'est impossible que tu aies dépensé plus de quatre cents dollars pour ce collier, dit-elle en tâtant chaque perle d'un air critique. Tu mens. »

Elle avait fait cette dernière déclaration avec une sorte de satisfaction exubérante, en se tournant vers lui pour le regarder fixement dans les yeux.

« Je n'ai jamais menti de ma vie », rétorqua mon père.

Il avait l'air en colère, et il sortit de la cuisine à reculons. Je me le suis alors imaginé portant la perruque blanche de George Washington, avec une hache à la main et cette expression sur le visage.

Le visage de mon père était vraiment très différent de celui de l'inspecteur Scieziesciez, qui avait l'air sournois, mais d'une façon calme et professionnelle, comme si cette sournoiserie était cautionnée par l'État. Il avait l'air d'un homme capable de vous mener en bateau pendant un bon moment – en faisant force clins d'œil, en vous appelant ma jolie, en plongeant pensivement dans vos yeux avides. C'était un homme d'une espèce entièrement différente de celle à laquelle appartenait mon père – ou même Phil, me dis-je alors.

Un homme, un vrai, quoi.

J'avais soudain pris conscience de la frontière qui sépare les hommes ordinaires et les hommes, les vrais. Les hommes dotés d'insignes et de marteaux et ceux qui gribouillaient toute la journée sur des blocs-notes. Les hommes qui étaient allés à la guerre et ceux qui avaient étudié la comptabilité. Et il se trouvait que j'étais en fait intéressée par les premiers. Je me mis à regarder avec attention les sportifs et les cow-boys à la télévision – ces hommes munis de ballons et de casques, ou de chevaux et de fouets, ces hommes qui dévoraient leurs dîners, toujours pressés, sans jamais dire deux mots à leurs femmes ou à leurs admiratrices. Après tant d'années passées à entendre et à croire que les hommes devraient être gentils et sensibles, qu'ils devraient avoir une bonne écoute et porter des chaussons...

Un soir, tard, je regardais une émission de télé sur des archéologues qui avaient trouvé un homme préhistorique congelé dans un bloc de glace. Les archéologues avaient peur que la glace fonde et que l'homme préhistorique en émerge vivant. Sur l'écran, ils avaient l'air pris de panique, mais moi, dans notre salon de Garden Heights, cette éventualité me donnait le vertige. Sous cette glace, on voyait qu'il ne portait qu'un petit pagne et qu'il avait une matraque. Je pouvais m'imaginer l'odeur de cet homme en train de décongeler – une odeur forte d'algues, de crasse et de microbes, cette odeur de chien mouillé que prend la neige quand elle se transforme en boue.

« Apprenez à votre homme à exprimer ses sentiments », déclaraient en fanfare les magazines féminins étalés sur le présentoir situé près des caisses au supermarché, mais pourquoi ? J'en avais assez de ces sentiments qui ne cessaient de s'exprimer. Tout ce bavardage sur les sentiments transformait les adultes en enfants et les enfants en adultes. À la place de ces hommes à émotions, je me mettais à penser à des hommes à fusils. Des hommes dans des tranchées. Des chasseurs, des flics, des vétérans de la guerre du Viêtnam. Des hommes qui gardaient pour eux leurs dangereux sentiments.

Je me disais que l'inspecteur Sciezsciez était peut-être un de ces vétérans de la guerre du Viêtnam. Qu'il avait peut-être des visions cauchemardesques de cette période. Peut-être que, quand il fermait les yeux la nuit, il voyait des villages entiers ravagés par le feu, ou ses copains transformés en baudruches molles par les mines. Il portait peut-être tout cela en lui quand il arpentait les rues de Toledo. Contrairement à mon père ou à Phil, l'inspecteur Scieziesciez était peut-être dangereux. Il avait peut-être commis des atrocités au nom de la démocratie, tué des enfants, violé des femmes, simplement pour protéger des endroits comme Garden Heights, dans l'Ohio, pour que d'obscurs et ternes banlieusards comme nous puissions avoir nos magnétoscopes et dîner devant la télévision.

Je repensai au premier policier que j'avais jamais vu de près – l'agent McCarthy –, qui était venu nous voir dans notre classe, à l'école primaire, pour nous faire une conférence sur des drogues que nous n'avions jamais songé à prendre, dont nous n'avions même jamais entendu parler. Je me souvenais de la façon dont ce policier armé se tenait devant nous, comment il haussait les épaules en nous mettant en garde contre le fait de renifler quelque chose que nous ne pensions pas du tout vouloir désespérément un jour renifler ; on essayait de s'imaginer – pendant qu'il ne cessait de sermonner et de mettre la classe en garde avec des mots comme « raides », « défoncés » ou « morts » – comme une série de cerfs-volants blancs lâchés au-dessus de l'Ohio, une fois rompu le fil qui les reliait à la terre.

Voir l'agent McCarthy en uniforme avait éveillé quelque chose en moi, comme quand j'avais vu l'inspecteur Scieziesciez ce matin-là. L'agent McCarthy, m'étais-je alors dit, était le genre de père que j'aurais voulu avoir – le genre qui portait un uniforme et qui esquivait des balles toute la journée. Le genre qui saurait réparer la chaîne de mon vélo, qui enlèverait son uniforme en rentrant du travail pour faire cette réparation, qui remonterait ses manches en les roulant, qui se salirait le visage, jurerait et en mettrait partout, au lieu de passer des heures à lire son journal dans son fauteuil en sirotant du rhum dans un verre un peu voyant, raidi par un stress que les enfants ne peuvent comprendre – ce stress qui ramollit les muscles d'un homme au lieu de les renforcer.

Je voulais un père qui saurait garder la maison, la nuit, avec son fusil, qui saurait prédire de quel côté la tempête allait se diriger, qui se dresserait contre ma mère quand elle l'insultait en le regardant droit dans les yeux, qui serait capable de dire un mensonge.

Les hommes tuaient des créatures que les femmes faisaient cuire. C'était comme ça depuis les temps préhistoriques. C'était comme ça que les choses devaient être.

Mais ni mon père ni Phil n'avaient jamais tué quoi que ce fût. L'un ou l'autre, ou peut-être même les deux avaient certes pu écraser un opossum sur l'autoroute, mais alors, ça les avait certainement rendu malades. Ils ne chassaient pas, ne pêchaient pas, ne posaient pas de pièges. Je me demandais même, en fait, si mon père avait jamais tenu de la viande crue dans ses mains. C'était toujours ma mère qui faisait cuire la viande. Toutes ces grosses boules brutales de viande hachée. Tous ces poulets découpés. Cet endroit sombre et froid à l'intérieur de la dinde, que vous devez aller fouiller pour retirer le petit sac de plastique rempli du foie et du gésier – congelé, horrible.

Mon père n'aurait jamais pu mettre la main là-dedans. S'il avait fallu compter sur mon père pour nous chasser le dîner, pour préparer la viande ou pour la farcir, nous serions morts de faim depuis longtemps.

Il ne s'occupait même pas du barbecue.

Pour autant que je sache, pendant toutes ses années de mariage, mon père n'a jamais confectionné un repas. Après le départ de ma mère, il pouvait lui arriver de préparer une laitue, d'ouvrir un bocal d'olives, mais il avait besoin de moi pour aller au supermarché, pour aller chercher notre nourriture sanglante et la rapporter à la maison.

« Pourquoi veulent-ils que tu passes au détecteur de mensonges ? ai-je demandé à mon père, incrédule.

— C'est la routine, a répondu mon père, dans des affaires comme ça. Enfin, j'imagine que c'est pour ça. »

Et il avait haussé les épaules, l'air un peu perdu.

On ne parla plus jamais du détecteur de mensonges. Mon père ne m'a jamais dit quand il allait passer le test, ou ce qu'on lui avait demandé quand il l'avait passé, mais, quelques semaines plus tard, une femme a appelé du bureau de l'inspecteur et elle a laissé un message sur le répondeur, d'un ton joyeux, comme un docteur qui vous appelle pour vous dire si vous êtes enceinte ou non.

« Monsieur Connors, vous avez réussi le test du détecteur de mensonges. L'inspecteur *Shh-shh-shh* voulait vous prévenir que toute enquête de ce genre était maintenant terminée. »

J'ai écouté le message quand je suis rentrée du lycée, soulagée par le ton de la voix de cette femme, par les bons résultats de mon père – j'étais peut-être même un peu fière, je me sentais plus forte, comme si mon enfant avait été élu trésorier ou secrétaire du conseil des élèves, une position peu prestigieuse mais qui impliquait quelques modestes responsabilités –, et j'ai laissé le message sur le répondeur, pour que mon père puisse l'entendre aussi. Quand il est rentré, je lui ai dit : « Il y a un message pour toi », en montrant du doigt la petite lumière rouge qui clignotait près du téléphone. Je suis restée derrière lui pendant qu'il l'écoutait ; il l'a ensuite effacé et s'est tourné vers moi avec un visage sans aucune expression.

« Youpi », a-t-il dit.

Quand le printemps a vraiment fini par arriver, avec sa boue, son herbe humide et la danse nuptiale des rouges-gorges dans les flaques d'eau, je ne pus m'empêcher de penser que ma mère allait peut-être réapparaître. La neige allait fondre, et ma mère serait là, dans le jardin derrière la maison, là où elle était depuis le jour de sa disparition. Les bras chargés de bourgeons. Un nid d'oiseau fébrile perché et calé dans ses cheveux.

Ce n'est pas que je pense qu'elle soit morte, ni que je croie un seul instant qu'elle pourrait ressusciter, mais je suis persuadée que, où qu'elle soit, quoi qu'elle soit devenue, ma mère a changé.

Bien sûr qu'elle a changé.

Une longue période s'est écoulée, et tout le monde change. Surtout les femmes. Je l'imagine qui nous revient, plus jeune. La peau fine comme du papier, exquise, elle porte un seau plein de cerises dont chacune a un ver lové paresseusement autour du noyau.

Ou je l'imagine qui revient en vieille femme, qui se balance dans un rocking-chair, en tricotant des chaussettes toute la journée – entourée par des piles de chaussettes humides et palpitantes.

Même dans mes rêves, elle n'a qu'une infime ressemblance avec la mère que je pensais jadis qu'elle était.

Ce mois de janvier-là, il y a un an, quand mon père a parlé pour la première fois à la police de la discussion qu'il avait eue avec ma mère, du coup de fil de cette dernière, le lendemain, quand elle avait juré qu'elle ne reviendrait jamais ; quand il a longuement raconté, de sa voix tremblante, aux trois flics en bleu assis en rang d'oignons devant nous, comment la propre mère de ma mère avait fait la même chose, elle avait quitté un mari et une fille au beau milieu d'un après-midi comme les autres ; comment ma mère avait une conduite bizarre depuis des mois, elle avait acheté une minijupe et un canari et elle s'était mise à disparaître pendant des heures sans explication, ou bien elle s'endormait en pleine journée comme une femme qu'on aurait tirée d'une tourbière ; quand il a raconté tout cela, les policiers ont demandé s'il pensait qu'elle pourrait être morte. Ils ont demandé s'il pensait qu'elle était suicidaire, si elle avait pu commettre un acte impulsif et violent.

Les bouches de ces policiers avaient l'air d'avoir été cousues trop serré. Même quand ils nous souriaient d'un air rassurant, leurs lèvres ne formaient toujours qu'une ligne, avec les coins tirés vers l'arrière, une ligne plate au milieu de leurs visages.

Mon père m'avait alors regardée. J'étais assise à côté de lui sur une chaise pliante, dans l'un des bureaux de ces officiers de police. Nous avions tous les deux les mains jointes sur nos genoux, comme si nous étions en train de prier, ou comme si nous retenions des papillons – légèrement, en secret, entre nos paumes – et j'avais simplement secoué la tête.

Non, avais-je alors pensé ; et je pense toujours que non. Elle n'est pas morte. Le monde est encore trop plein de ma mère. Je pense à un tas de feuilles pourries que mon père a rassemblées au râteau dans le jardin l'automne dernier, mais qu'il a oublié de mettre dans un sac, pour les faire enlever...

Il a suffi de quelques mois de pluie et de neige pour que ces feuilles retournent à la terre. Elles ont d'abord formé une couche de chaume, en quelque sorte, en se fondant ensemble pour ne plus être qu'une seule chose – un fin matelas noir qui semblait exhaler un souffle frais mais suppurant. Puis elles ont commencé à se rabougrir, à se racornir, elles absorbaient la lumière comme une peau, comme s'il suffisait de creuser pour trouver la nuit elle-même au cœur de ce matelas. Et, pour finir, un jour, elles ont disparu, tout simplement, elles se sont mêlées à la terre, elles ont été avalées, comme une ombre ténébreuse, en laissant une trace, épaisse comme de la sauce, là où elles s'étaient trouvées auparavant.

En regardant ça, j'avais senti ma peau se flétrir sous les asticots, sous ces insectes doux et édentés qui pénètrent votre corps quand vous n'en avez plus usage, et j'avais frissonné.

Il m'est impossible d'imaginer ma mère dans cet état. Je ne peux me la représenter, ramollie, fondue, pourrissante, devenant de plus en plus douceâtre à mesure qu'elle se décompose. Je la vois plutôt piégée dans un miroir. Une image permanente d'elle, les yeux grands ouverts, enfermée dans un rectangle de lumière dure.

Quand elle est partie, elle a laissé son break, et mon père me l'a donné lorsque j'ai eu mon permis. Maintenant, quand je conduis en ville, je la sens à côté de moi, qui m'indique le chemin, qui critique le paysage, les autres conducteurs, le temps, ce grand poing fait de terre et de ciel, dans lequel nous nous débattons.

Et je l'entends le matin quand je verse des céréales dans un bol, elle me dit ce qui ne va pas dans ce que je m'apprête à manger.

Maintenant, pour le dîner, je prends sa place à table, pour avoir la perspective qu'elle avait. Mon père a l'air à la fois séduisant et ennuyeux, de cette place-là, et mon ancienne place brille de mon absence, plutôt que de celle de ma mère – des grains de poussière, rien de plus. J'essaie de m'imaginer ce qu'elle aurait pensé de l'inspecteur Scieziesciez, et je me souviens de la façon qu'elle avait de se moquer de la faiblesse de mon père.

« Espèce de lavette, lui avait-elle dit un jour, quand nous étions dans le parc de loisirs de Cedar Point et qu'il avait refusé de faire un tour sur le Nil.

— Mais je vais me mouiller, avait répondu mon père.

— Ce n'est pas de ça que tu as peur », avait-elle répliqué et il n'avait pas osé la regarder dans les yeux.

Je me souviens aussi de la façon dont elle regardait Phil évoluer chez nous – le corps long et mince d'adolescent, la poitrine osseuse, la colonne vertébrale qui se glissait en une jolie courbe dans son jean –, elle le regardait comme une femme qui a une idée derrière la tête. Je voyais bien alors la jeune femme qu'elle avait été observer la femme qu'elle était devenue et se dire : Quoi, j'en suis là ? Toutes ces longues années de sensualité, passées à quitter et à regagner mon corps, comme un lac d'érotisme ou un lit blanc et frais ?

Avais-je suivi ma propre chair jusque-là ?

J'ai fait le tri, dans les vêtements de sa penderie, pour prendre les jupes et les pulls qui me vont et que j'aime, je me suis également emparée des vêtements les plus chers, les pulls de cachemire, les jupes en lin. Mais, la veille du jour où je les porte pour aller au lycée, je les enfourne en tas dans le bas de ma penderie, pour les froisser, pour qu'ils n'aient plus l'air des vêtements d'une mère de banlieue chic. Quand ils sont sales, je ne me soucie même pas de les faire nettoyer à sec. Je les descends simplement au sous-sol et je les fourre dans la machine à laver, puis dans le sèche-linge. Ils en sortent abîmés. Saccagés, mais plus doux. Je me dis que quand elle rentrera, elle n'aura qu'à s'acheter de nouveaux vêtements. Certains après-midi, quand mon père n'est pas là, je me couche dans leur lit, à la place de ma mère, un peu comme je la trouvais parfois dans mon lit en rentrant de l'école, et je regarde ce plafond qui a été suspendu au-dessus d'elle, nuit après nuit.

« Alors, ça fait quoi ? demande le docteur Phaler. Voilà un an que votre mère est partie. »

Je hausse les épaules.

Elle est très jolie aujourd'hui, avec son tailleur de laine blanche. Les petites lunettes à monture d'argent sont joyeusement perchées sur son nez. Comme toujours, elle est maquillée avec goût, légèrement. Une base rose-beige. Un rouge à lèvres classique. Ses paupières, aujourd'hui, sont bleues, un bleu très clair, mais elle a bien posé le fard, pas comme les filles de *Drôles de dames*, pas ce vilain bleu des années soixante-dix.

Non. Le bleu léger posé sur les paupières du docteur Phaler les fait briller comme d'éclatants petits lacs, comme on pourrait en voir du hublot d'un jet survolant la Californie. Je voudrais pouvoir lui dire comment je ressens le fait que ma mère soit partie depuis un an, mais ce que je dis, en fait, c'est ce qu'à mon avis une personne raisonnable dirait dans une situation pareille.

« Je me sens perturbée, dis-je. Peut-être même folle de rage. »

Le docteur Phaler a l'air déçue. Elle espérait peut-être que j'éclaterais en sanglots. La seule fois où j'ai pleuré dans son cabinet, j'ai cru remarquer une légère rougeur sur son cou, comme si elle était excitée. Elle avait attrapé la boîte de mouchoirs en papier si rapidement que j'avais compris que ça faisait longtemps qu'elle attendait ce moment-là. Ces mouchoirs roses étaient un peu collants, ils avaient l'odeur d'une fine pellicule de peau sur laquelle on aurait appliqué de la lotion.

Mais, aujourd'hui, je ne pleure pas. Je ne me sens pas triste – je ne me sens pas particulièrement perturbée non plus, ni folle de rage, d'ailleurs. J'avais seulement dit ça parce qu'il n'y a pas d'adjectifs pour décrire la légèreté, la blancheur légère que je ressens. C'est comme si j'avais été prise dans un filet diaphane – je suis désincarnée, le filet ne retient que mon essence, qui flotte dans la brise. Ou alors, comme si j'avais des poids attachés à mes poignets et à mes chevilles, mais ces poids sont plus légers que moi, comme si je portais une robe faite d'émotions – un tricot humide et invisible. Comment pourrais-je lui dire tout cela ?

« Après une année entière ? » demande-t-elle, et je baisse les yeux vers mes mains, qui tremblent un peu sur mes genoux.

Ce fut une belle année, aurais-je pu ajouter.

Le printemps a commencé en avance par un matin de mars, avec une nuée de cris d'oiseaux inattendus et fragiles, puis les primevères et les violettes ont ouvert leurs frais bijoux au ras du sol. L'été est venu au monde comme un magnifique accident de voiture, ouvrant des milliers d'yeux sur nos corps, sous la lumière vive. L'automne, ensuite – avec l'odeur sale et âcre des entrailles des citrouilles. Et enfin, l'hiver nous est tombé dessus en petits fragments célestes brillants d'oxygène et d'éther, qui viennent frapper le sol comme de minuscules éclats de verre froid.

Une année dans un Éden où aucune Ève n'avait jamais vécu.

Quand j'étais petite fille, ma mère avait essayé de me boucler les cheveux.

« Kat, disait-elle après mon bain, alors que, postée à la porte, elle me regardait m'essuyer, alors que de la buée montait entre nous, comme si nous avions juste pénétré ensemble un ciel hollywoodien. Il faut faire quelque chose avec ces cheveux. »

Peut-être même que dans cette brume hollywoodienne nous avions des ailes...

Je me souviens que je regardais mon visage dans le miroir de sa trousse de beauté pendant qu'elle enroulait mes mèches sombres autour des bigoudis rose vif. J'avais environ sept ans et, dans ce miroir, tout l'avenir m'attendait, comme une sorte de ligne d'horizon faite de bouteilles de parfum et de tubes argentés de rouge à lèvres.

Elle voulait que moi, sa fille, je sois une sorte de sylphide. Une fille légère comme une houppette à poudre. Sans âme, sans poids, vivant dans l'air pur plutôt que sur terre.

Mais j'étais maladroite et trop grosse, et j'avais les cheveux très raides – j'avais tant de corps sur mes os que je n'aurais jamais pu vivre dans cet air pur.

Et ces nuits gâchées par les bigoudis rose vif ne semblaient jamais avoir de fin. Je rêvais de Hansel et de sa grande sœur, Gretel, perdus dans une forêt très sombre et semant derrière eux des cailloux et des miettes de pain phosphorescentes, pleins d'espoir.

Durant toutes ces nuits, sachant que j'allais me réveiller sans boucles, à la grande déception de ma mère, je n'osais pas bouger dans mon lit, parce que les bigoudis, posés très serré, me rentraient dans le crâne. Dans mes rêves, je cherchais à attraper, prise de panique, les poings de cette sorcière qui tirait sur mes cheveux, puis je me réveillais et me souvenais de qui et d'où j'étais, avec ces bigoudis sur ma tête.

Et, le matin, ma mère avait parfois l'air presque contente.

« Bon, d'accord, il n'y a pas de boucles, mais il y a un peu plus de volume. »

Et elle n'avait pas tort, pour un bref instant du moins. Les cheveux se dressaient sur ma tête comme s'ils étaient offensés, mais, à mesure que la journée s'écoulait, ils s'aplatissaient et ma mère me regardait, de l'autre bout de la table du dîner, avec une expression agacée sur le visage. Puis elle regardait mon père, se retournait vers moi à nouveau, pendant que nous mangions la dinde qu'elle nous avait préparée, tout comme son silence, en fines tranches blanches.

« Passe-moi le beurre, disait mon père.

— Pas de s'il te plaît ? protestait-elle, en prenant le beurre mais en le gardant hors de portée de mon père.

— S'il te plaît », répétait-il.

Pas de couilles. Pas d'imagination. Une pellicule de salive sur sa lèvre inférieure.

Elle supportait à peine de manger en sa présence.

Je voyais, à l'expression de ma mère, qu'elle voulait lancer son couteau à l'autre bout de la table et le regarder pénétrer le mur en vibrant. Elle pensait peut-être au bruit qu'il ferait, en tournoyant au-dessus de la tête de mon père.

Quand je me mettais également à demander le beurre, elle bouillonnait de colère.

« Tu n'en as pas besoin, me disait-elle. Tu en as environ cinq kilos sur chaque hanche.

— Ève, enfin... » intervenait mon père, les yeux baissés, tout en comptant les petits pois dans son assiette.

Les premières fois qu'on a essayé de me boucler les cheveux, c'était son idée à elle. Mais un soir, je devais avoir neuf ans, on allait prendre la photo de classe le lendemain, et même les filles de la maternelle de Garden Heights porteraient des perles, de petits pulls roses, elles auraient une trace de brillant à lèvres, un nuage de poudre sur le nez et un peu du rouge à joues de grande surface de leurs mères ; alors, ce soir-là, j'ai demandé à ma mère de me les boucler, et ma mère a haussé les épaules en me regardant comme si elle était en train de sucer quelque chose d'acide.

« Pourquoi ? demanda-t-elle. Tes cheveux ne bouclent pas. »

Que Dieu bénisse ma mère, me dis-je parfois, quand je suis allongée de son côté du lit, ce lit qu'elle a partagé pendant vingt ans avec mon père, et que je regarde le plafond, en essayant de l'imaginer de son point de vue à elle.

Elle était tellement méchante. Un cas très classique de ressentiment et d'ambivalence, qui vient cogner et frotter contre l'instinct maternel. L'amour et la haine, en elle, étaient aussi vastes que l'espace – rien que des météorites, pas d'atmosphère.

Je la revoyais, qui m'attendait dans son break devant mon école primaire, elle portait un pull noir à col roulé et de petits anneaux d'or aux oreilles – une beauté furieuse. Moi, je sortais en sautillant par la double porte orange, avec mon cartable et mes nattes, comme n'importe quelle petite fille de publicité, heureuse de voir sa mère, après avoir appris, ce jour-là, les noms des continents. Le poumon gonflé de l'Afrique, le bras cassé et plâtré de l'Europe. Maintenant, je savais les repérer sur une carte. Mais, quand elle me regardait, ma mère semblait avoir oublié qui j'étais, pourquoi je sautais dans sa voiture, en tenant une atrocité construite en papier et coloriée, sur laquelle était écrit « pour maman ». Elle paraissait surtout exaspérée par mes chaussettes qui tombaient. Ou par une moustache de lait sec sur ma lèvre. Sur le chemin du retour, elle me posait des questions sur ma journée, mais dès que je commençais à lui parler de dessin ou de gym, elle me disait de me taire, elle montait le son de la radio, pendant que le speaker racontait quelque chose qu'elle préférait entendre, sur des victimes quelconques, sur des accidents ou des prisonniers de guerre.

Et pourtant, chaque après-midi, ma mère – prévisible, fiable – venait m'attendre. Et, le matin, quand elle me lâchait devant l'école, elle me serrait dans ses bras, elle m'embrassait les cheveux deux ou trois fois, puis la joue et le haut de mon crâne.

« À tout à l'heure, après l'école », disait-elle, en me regardant avec douceur, comme une chanson triste que l'on a entendue tant de fois à la radio que l'on n'en perçoit plus la tristesse.

Et chaque année, pour Noël, elle faisait cinquante douzaines des petits gâteaux les plus compliqués qu'on ait jamais vus. Des cloches, des colombes et des étoiles. Des petits gâteaux soigneusement confectionnés en forme de couronnes et de sucres d'orge, avec de la pâte colorée en vert et en rouge, avec des nœuds, des petites fleurs de poinsettias miniatures, dont elle avait découpé les pétales aux ciseaux à ongles. Des biscuits finlandais aux marrons, trempés dans du chocolat fondu. Des gâteaux allemands aux noix. Des petits gâteaux découpés en forme d'animaux, des Saint-Nicolas aux yeux bleus brillants, aux joues rosées, à la barbe en copeaux de noix de coco. Des sapins de Noël couronnés d'anges blonds microscopiques qui jouaient de la trompette.

Il lui fallait une loupe pour décorer leurs visages.

Elle devait utiliser un minuscule pinceau trempé dans du blanc d'œuf coloré pour laquer les arbres de sucre fondu et les faire briller comme si une neige toute fraîche venait juste de tomber sur leurs branches.

Cinq douzaines par fournée.

Cinquante douzaines quand elle avait fini.

Avant juin, chaque année, elle faisait la pâte, dix livres de pâte enveloppées dans du papier sulfurisé, qui allaient attendre dans le congélateur du sous-sol.

On avait déjà épuisé deux congélateurs, à faire ça. Il y avait des années, le Ice-Master avait rendu l'âme dans le sous-sol. Ce fut le tour du Frigidaire, ensuite. Et maintenant, le Coldspot.

Nous n'avons pas touché au Coldspot et à son contenu. La pâte qui s'y trouve appartient à ma mère et le congélateur n'est plus pour nous qu'une étagère sur laquelle repose notre fouillis poussiéreux. Une chaussette qui est sortie du sèche-linge, crépitante d'électricité statique, en ayant mystérieusement perdu sa sœur. Des piles de vieux journaux. Mon père s'est récemment mis à les déplacer du sol, sur lequel ils traînaient depuis environ dix ans, vers le couvercle du congélateur.

Mais, pendant des années, ma mère a fait des petits gâteaux avec cette pâte congelée, des gâteaux que lui enviaient toutes les autres mères, ainsi que leurs enfants. Sur d'innombrables assiettes en papier, l'étalage de sa perfection sans faille...

Mais cela ne l'empêchait pas de me faire les gros yeux quand je mangeais ces petits gâteaux.

« Mon Dieu ! disait-elle quand je mordais dans la poussière douce de l'aile d'un ange. Mais tu grossis d'heure en heure, Kat ! »

Voilà, ma mère était comme ça. Et alors ?

Nous avons tous eu des enfances merdiques. Et alors ?

Mais bien sûr, ma mère ne m'a jamais giflée. Nous habitions une banlieue où la violence n'existait pas. Mon père ne buvait pas. Il ne fumait même pas. Nous jouissions de plus de paix et d'argent que ce que pouvait imaginer quatre-vingt-dix-neuf pour cent du reste du monde dans ses rêves les plus fous – autant de nourriture que nous pouvions en avaler, autant de Pepsi que nous pouvions en boire. L'hiver, il nous suffisait de tourner le cadran du thermostat aussi haut que nous le voulions et nous avions de la chaleur. Il nous suffisait de presser une poignée pour chasser nos excréments. Et nous avions de l'eau, aussi froide, ou bien aussi chaude, qu'on le souhaitait. Qu'est-ce que je voulais, exactement ? Quelle autre chose aurais-je pu encore avoir en abondance ?

Et pourtant, allongée dans mon lit la nuit, je m'imaginais qu'une énorme bombe silencieuse explosait au-dessus de notre maison, emplissant l'air d'un gaz propre et empoisonné qui pénétrerait dans mes yeux et m'aveuglerait, un gaz qui sentirait le chlore, et qui nous tuerait dans notre sommeil.

Et mes cheveux, me disais-je le matin quand je passais devant le miroir du couloir et apercevais un éclat de ma propre lumière, le reflet d'une fille comme ma mère n'en voulait pas, la fille qu'elle avait et qu'elle n'avait pas voulue.

Où est-elle ? Voilà ce que je me demande maintenant, en passant devant ce miroir et en cherchant mon reflet.

Chaque soir, je repasse devant ce miroir quand je regagne ma chambre dans la pénombre du couloir, et on dirait une fente dans le mur, une fissure emplie de rêves, qui résonne, infestée d'étoiles, une porte menant à une autre dimension.

Où est-elle ? Telle est la question que je pose à ce miroir, tout en me regardant. Et pourquoi est-elle partie ?

« Je ne suis pas sûre », dis-je, et le docteur Phaler hoche la tête.

Son tailleur de laine est chatoyant.

Le docteur Phaler a des vêtements qui ressemblent à des humeurs. Des lainages stoïques, doux et pastel. Des tailleurs bleu marine plus amers et des foulards décorés de formes géométriques, aussi tranchantes que des mots que vous auriez prononcés sans pouvoir les reprendre, des mots que vous devez porter, maintenant, comme une punition, autour de votre cou.

Elle a également quelques robes prémenstruelles, un peu trop serrées, qui ont beaucoup de mal à enfermer et à contenir trop de chair, des robes prêtes à tout laisser échapper dans une explosion de peau qui ferait sauter les boutons de perle, arracherait les rubans et la dentelle – même si le docteur Phaler a dépassé la cinquantaine. Elle doit en avoir fini avec cette histoire de sang. Ou peut-être pas...

Un jour, je suis arrivée à mon rendez-vous avec vingt minutes d'avance et je l'ai surprise dans les toilettes qui se trouvent dans le couloir que l'on prend pour aller dans sa salle d'attente. Elle enveloppait quelque chose dans des Kleenex, cela avait l'air d'un tampon, ou bien d'un petit chat nouveau-né – une petite chose sanglante, avec une queue. Quand j'ai vu ça dans sa main, j'ai failli en avoir le souffle coupé.

« Je suis à vous dans vingt minutes », m'a-t-elle dit, d'un ton très professionnel, tout en jetant la chose dans la poubelle.

Mais aujourd'hui, elle est plutôt du genre bourgeoise conservatrice, qui va se marier à la hâte à la mairie. Mais c'est peut-être une mariée qui a un secret : sous sa jupe blanche, je vois les marques du slip – un secret qu'elle essaie de supprimer.

« Elle ne me manque pas », poursuis-je.

Le docteur Phaler se mordille la lèvre inférieure.

« Non. »

Elle secoue la tête, et ses cheveux blonds, qu'elle a fait couper depuis la première fois où je suis venue la voir, il y a un an, se collent en mèches sur ses yeux et ses lèvres. Elle les écarte du bout des doigts.

« Non. Je ne pensais pas qu'elle vous manquait. »

En janvier dernier, encore, le docteur Phaler ne m'aurait certainement pas gratifiée de cela, de cette petite allusion qui montrait qu'elle savait qui j'étais, qu'elle soupçonnait la nature de mes sentiments. Au début, elle ne voulait que m'écouter parler de mes rêves – de toutes ces tempêtes de neige dans lesquelles j'avais perdu ma mère, de tous ces coffres fermés à clé et de ces appentis glacés, de ces bus qui glissaient sur la glace et tombaient dans des ravins. Et elle ne faisait que hocher la tête.

Ce hochement de tête, je dois l'admettre, me donnait une certaine confiance. C'était comme si ce geste conférait un ordre au chaos, une sorte d'accord : le docteur a déjà entendu tout ça, l'a déjà lu dans un de ses livres, le docteur a déjà passé et réussi un examen sur ce sujet.

Ce hochement de tête donnait l'impression que ces détails, quel que fût le désordre dans lequel ils apparaissaient, avaient un sens et formaient un tout pour le docteur Phaler, qu'ils s'accordaient avec ses opinions professionnelles, avec ses élaborations scientifiques, et je me mis moi-même alors à y repérer un schéma, je commençai à comprendre comment ces blizzards représentaient la distance de ma mère, symbolisaient sa retenue émotionnelle, comment sa désapprobation était devenue une métaphore dans mes rêves depuis qu'elle m'avait abandonnée pour de bon, après tant d'années de distance froide, de regards glacés lancés en travers de la table du dîner vers mon père et vers moi...

Et, quand j'en arrivais à ces conclusions, le docteur Phaler hochait la tête.

Une seule fois, elle m'a dit : « Votre mère semble avoir le cœur bien froid », et nous avions alors toutes deux hoché la tête pour approuver la manière dont toutes ces pièces – les adjectifs et les noms, l'expérience et les rêves – s'emboîtaient parfaitement : nous avions hoché la tête devant la simplicité, dans toute sa complexité, de l'âme humaine. Nous nous imaginions peut-être alors un cœur, figé par le gel en plein battement, enfermé dans une chambre froide humaine.

Ce fut à la fin de l'une de ces séances, au milieu de l'une de ces révélations, que je pus enfin pleurer et que le docteur Phaler saisit avec dextérité sa boîte de Kleenex roses comme de la peau.

Mais, à mesure que l'année avançait et que je passais chaque jeudi, de quatre heures à cinq heures moins dix, cinquante minutes dans son cabinet aux bibliothèques à moitié vides et aux confortables fauteuils bordeaux, elle se mit à me demander des détails précis. Je lui ai raconté que ma mère, depuis que j'étais enfant, me disait que j'étais grosse, qu'elle ne m'avait jamais laissé avaler un morceau de nourriture sans le regarder d'abord d'un œil torve – sans le contaminer, sans le maudire ou l'empoisonner. Je lui ai raconté comment, dans les semaines qui ont précédé son départ, elle avait pris l'habitude de déambuler dans la maison à moitié nue, de flirter avec Phil, de me traiter de truie devant lui, et le docteur Phaler, dont les yeux bleus dardaient la pièce de flèches, m'en demandait plus encore. Je lui ai parlé de la nuit où ma mère est entrée dans ma chambre et a tiré violemment les draps et la couverture dans lesquels je dormais, pour me demander si je baisais avec Phil, elle m'avait ensuite traitée de putain en ajoutant que j'étais trop grosse et trop moche pour plaire à un garçon comme ça – et, alors, après toutes ces heures de calme impérial et de hochements de tête significatifs, le docteur Phaler a enfin eu l'air horrifiée.

« Mais quelle mère peut faire une chose pareille ? »

C'était la première fois qu'elle proférait un jugement, j'en fus abasourdie.

Inexplicablement, je sentis quelque chose jaillir dans ma bouche, du placenta, des tentacules, des glaires, et, sans laisser passer une seconde, je lui répondis.

« Ma mère. »

Bien sûr, tout cela était rhétorique et, en répondant à cette question, je m'étais montrée défensive et rageuse, j'avais mis toute la nudité de mon désir et de mon manque dans ces deux mots.

Après cela, au moins une fois par séance, le docteur Phaler me posait la même question, mais je n'y répondais plus.

Pour l'instant, le docteur Phaler tresse la chaîne d'argent au bout de laquelle ses lunettes d'argent dansent sous ses doigts. Des doigts élégants. Les doigts des jolies femmes ne ressemblent-ils pas toujours à de jolis biscuits, à de petits boudoirs ?

Je m'imaginais très bien le docteur Phaler quarante ans plus tôt, une petite fille qui porte un plat de boudoirs et qui traverse la pelouse vert jade d'une garden-party donnée en son honneur.

« Non, dit-elle. Je ne m'attendais pas à ce que vous me disiez que votre mère vous manque, bien sûr, mais je me demandais comment vous viviez son absence, ce que vous pouviez ressentir, après une année complète. »

J'avale ma salive.

« Surprise, je crois, lui dis-je. Je pense que je suis surprise.

— Que voulez-vous dire ?

— Je crois que je veux dire que je suis surprise qu'elle ait pu tenir si longtemps, sans donner signe de vie. Je crois que je pensais qu'elle reviendrait au moins prendre de l'argent, ou des chaussures ou quelque chose dont elle aurait besoin.

— Et vous ? dit le docteur Phaler en posant sur moi ses yeux bleu pâle. N'est-ce pas surprenant qu'elle ait tenu si longtemps sans vous faire un signe ? »

Le docteur Phaler regarde maintenant le sol, elle fixe méchamment le visage de ma mauvaise mère projeté sur son luxueux tapis oriental. Elle n'approuve pas ma mère. Elle est payée pour condamner ma mère. C'est comme ça que les psychologues comme elle gagnent leur vie à travers ce pays : en se scandalisant des échecs de nos mères.

Mais pourquoi ? Parmi d'autres espèces animales, on trouve assez naturel que des mères gobent et avalent leurs petits.

Une mère, ça a faim.

Une mère, ça s'ennuie.

Et qui pourrait le lui reprocher ? Bébé, tu étais grosse, tu vomissais, tu étais ennuyeuse. Tu ne connaissais que quelques mots, mais elle devait passer sa journée à essayer de parler avec toi. Tu gardais ta bouche bien fermée quand elle voulait te donner à manger, puis tu lui arrachais la cuiller des mains et tu riais quand elle tombait par terre. Tu chiais dans ta culotte quand elle te mettait de jolis vêtements, puis tu hurlais quand elle te changeait. Tu jetais ta chaussure par la fenêtre de la voiture. Tu gravais ton nom dans le panneau de bois qui ornait le break.

« Tu l'aimes, ta maman ? » demandait-elle, et toi, tu secouais la tête, non, non, non.

Non coupable, pour cause de folie, voilà ce que tout jury raisonnable pourrait conclure.

« Kat, dit-elle, je vous ai posé une question. N'êtes-vous pas surprise qu'elle ait pu tenir si longtemps sans vous faire un signe ? »

Cher docteur Phaler, vous qui êtes si jolie.

Cher ange de naïveté.

Cher ange des questions stupides.

Cela fait un an que son caractère prévisible, que sa foi en la simplicité et en la banalité de l'âme humaine m'intéresse, me surprend et m'insulte...

« Non, dis-je en secouant la tête. Je ne suis pas surprise du tout. »

Elle porte une chemise de nuit blanche, elle se tient à l'entrée de ma chambre.

« Kat, dit-elle, j'ai mis les mains dans l'eau et elles ont disparu. »

Elle lève les bras, les manches de sa chemise de nuit glissent en découvrant ses coudes, je vois alors qu'elle n'a plus de mains.

« Quelle eau ? »

Je veux savoir, je suis sa fille, après tout. Je m'inquiète pour mes propres mains.

« L'eau de la vaisselle, répond-elle. Je cherchais une cuiller au fond de l'évier. L'eau était trop froide. »

Je regarde mes doigts, qui sont plus longs que ce dont je me souvenais. Ils paraissent fragiles et trop minces. Désormais, je serai plus prudente, me dis-je.

Je regarde à nouveau ma mère.

Il n'y a pas de sang.

Comme si ses poignets avaient avalé ses mains, comme quelque chose qu'on aurait regardé trop longtemps et qui se retrouve enfermé dans deux yeux bien scellés.

La mère de Phil ausculte la pièce, l'oreille aux aguets, elle penche la tête d'un côté et de l'autre.

« Tu as entendu ?

— Non, lui réponds-je. Entendu quoi ?

— On dirait un grattement, dit-elle, avant d'imiter le bruit, *scratch, scratch, scratch.*

— La chaudière, peut-être ? »

Elle n'a pas l'air convaincue par ma proposition.

« Non, dit-elle. C'est plutôt électrique. Comme des parasites. Mais très régulier. En rythme. »

Phil semble exaspéré. Un des bons côtés, quand on a une mère aveugle, c'est qu'on peut lever les yeux au ciel juste devant elle sans risque qu'elle vous fiche une claque. Le visage de Mrs Hillman est tourné vers lui, mais elle ne peut voir l'expression de Phil, ni l'ennui et l'irritation consommée avec lesquels il la regarde.

Il n'empêche que je suis gênée pour elle. Je regarde ses pieds. Elle n'a pas de chaussures et, enveloppés dans le collant beige, ses pieds ont un peu l'air de deux petits poulets aux ailes tordues et déplumées, ou bien de deux poings noueux. Assise dans le fauteuil raide de ma mère, qui, lui aussi, a des ailes rabougries de chaque côté du dossier, elle n'a pas les jambes assez longues pour que ses pieds touchent le tapis. C'est une petite femme, aux boucles ternes. Pas de maquillage. Elle porte une robe d'intérieur ornée de grosses fleurs marron (a-t-on jamais vu des fleurs marron ?), comme si le jardin s'était flétri, comme si toutes les roses avaient été trop cuites par le soleil ou avaient rouillé sous la pluie, à la suite d'une trop longue négligence du jardinier.

Si ça se trouve, les vendeuses ont dû rire longuement et silencieusement derrière la caisse quand cette femme aveugle a acheté cette robe.

Mrs Hillman ne ressemble en rien aux autres mères de Garden Heights, avec leurs gros bijoux en or et leurs pantalons de marque. Elle ne ressemble en rien à ma mère à moi, qui, en dépit de son penchant pour Phil, ne pouvait pas supporter Mrs Hillman.

« Je connais les nouveaux voisins », ai-je dit un jour, en essayant de n'avoir l'air de rien. Mrs Lefkowsky, qui avait vécu à côté de chez nous depuis notre emménagement à Garden Heights, était morte.

C'était l'hiver, aussi, et une neige humide s'était mise à tomber en de gros flocons blancs se détachant contre le ciel bleu-gris de cette fin d'après-midi. Ma mère rentrait à la maison et je vis la neige derrière elle quand elle ouvrit la porte et qu'elle entra dans le salon : une couverture blanche cachait Garden Heights sous un camouflage de pureté. Elle avait un peu de neige dans ses cheveux.

À côté, la lumière du perron de Mrs Lefkowsky était allumée, mais, bien sûr, il n'y avait personne à la maison. Cela faisait un mois qu'elle était morte. Les stores étaient baissés à chacune des fenêtres carrées, comme pour séparer la pénombre vide du dehors de celle du dedans. La neige avait enterré les marches du perron et emmitouflé le toit d'une chevelure blanche de cadavre. Je me souvins alors des adages amers que ma mère proférait à propos de la neige, des phrases qu'elle tenait de sa propre mère. *C'est la femme du fermier, dans le ciel, qui plume une poule blanche.* Ou bien : *Dieu est encore en train de battre ses anges.*

J'ai pensé à notre voisine morte, à cette Mrs Lefkowsky qui, dans sa nouvelle vie agitée, portait une paire d'ailes squelettiques. Et Dieu qui lui court après, les poings serrés. Un fouillis d'os et de plumes, qui s'argentent et se grisent, en touchant le sol.

Nous ne l'aimions pas beaucoup, nous ne pensions pas souvent à elle, à cette Mrs Lefkowsky. Elle était juste la Dame aux jonquilles, la Veuve d'à côté. Et puis elle était morte, et sa fille, accompagnée de son mari, un homme replet, était arrivée avec une remorque de location et avait emporté les affaires de sa mère. Ma mère et moi, nous les avions regardés de la fenêtre de la cuisine, un samedi après-midi.

Leurs doudounes en duvet les gênaient et ils avaient du mal à traverser le jardin devant la maison, en se battant avec une cantine militaire vert kaki qu'ils portaient à deux.

Cette cantine devait vraiment être très lourde. Je me demandais ce qu'il pouvait y avoir dedans. Des briques qu'ils récupéraient ? Des doublons d'or ?

La cantine leur échappa et déchira la doudoune de la fille ; un souffle de plumes s'envola alors. De la fenêtre de la cuisine, on aurait dit que le corps de la fille était un matelas bourré de duvet. Je vis le mari ôter les plumes de ses yeux, de ses cheveux, recracher le duvet dans le vent, comme une neige sèche et étouffante.

Mon père était assis dans son fauteuil, une cheville posée sur son genou, il agitait sa pantoufle écossaise.

« Ils ont des ennuis, là-bas, lui dit ma mère. Tu devrais peut-être leur proposer ton aide. »

Ma mère s'était un peu inquiétée, après que la maison de Mrs Lefkowsky avait été vidée, elle avait peur que cette maison soit vendue à quelqu'un de vulgaire, quelqu'un qui mettrait des ornements de plastique dans le jardin, ou quelqu'un qui aurait des enfants collants. J'étais donc bien contente de lui apporter la bonne nouvelle de l'arrivée de Phil et de sa mère. Ma mère revenait juste de chez le dentiste, dont elle disait souvent le plus grand bien depuis des années, et elle était souriante.

Apparemment, le docteur Heine était un dentiste attentif. Il polissait les dents de ma mère comme s'il s'agissait de petites fenêtres miniatures, il étouffait gentiment ma mère avec ses gros doigts, quand il se penchait au-dessus d'elle en une étreinte silencieuse et intime, mêlant son haleine mentholée à celle de ma mère. Quand elle ouvrait plus grand la bouche, il pressait son épaule blanche contre le cou de ma mère.

« Bien, bien, disait-il en passant les doigts sur les gencives de ma mère. Il faut prendre grand soin de ces petites perles. »

Ma mère avalait sa salive, la bouche toujours ouverte, et elle essayait de sourire, comme si elle donnait son consentement à cet étranglement, sa bénédiction à cet étouffement. Puis il approchait une glace pour qu'elle puisse voir ses propres dents, elle était très belle dans ce miroir, avec son épaisse et belle chevelure sombre, légèrement bousculée et décoiffée.

« On se revoit dans six mois ? » disait alors le docteur Heine, avec une légère note rauque de désir dans la voix.

Un jour, après un rendez-vous avec lui, ma mère avait l'air si contente au dîner, elle chantait les louanges du dentiste avec tant d'éloquence, que mon père a fini par se lever de table et monter l'escalier à pas lourds.

« Ton père est jaloux de mon dentiste », m'a alors dit ma mère, comme si je n'avais rien remarqué.

« Alors, qui sont les nouveaux voisins ? » demanda-t-elle en faisant glisser son manteau le long de ses bras et en cherchant un cintre dans la penderie.

Le salon brillait de la lumière statique venant de la télévision et mon visage devait probablement lui apparaître bleuté comme celui d'une noyée, dans cette lueur. J'avais encore les joues bien pleines. Mes cheveux bruns étaient raides, coupés plus ou moins à la page. J'avais les yeux bleus, la bonne couleur, au moins, comme disait ma mère. Quand j'aurais – si toutefois cela arrivait – perdu un peu de cette graisse, j'aurais au moins cette bonne couleur et cette belle ossature, que j'avais directement héritées d'elle.

« Phil Hillman et sa mère, dis-je. Ils emménagent dans la maison de Mrs Lefkowsky. Phil est dans mon lycée. Phil Hillman.

— Comment le sais-tu ? demanda ma mère.

— Il me l'a dit aujourd'hui. Il m'a dit qu'ils avaient acheté la maison à côté de chez nous.

— Et comment savait-il où tu habitais ? »

Je compris que ça l'intriguait et que ça l'ennuyait de voir qu'un garçon savait où j'habitais. Cela faisait des années qu'elle se pensait comme un océan et qu'elle me voyait comme un petit bateau flottant dessus.

J'ai haussé les épaules.

« Il a dit qu'il m'avait vue dans le jardin, ai-je répondu.

— Tu l'aimes bien ? demanda-t-elle, en me tournant le dos pour accrocher son manteau. C'est pas un voyou, au moins ?

— Il est super, dis-je. Je l'aime beaucoup. »

Je fis une pause, je voulais annoncer la suite gentiment, sachant ce que je savais d'elle, ce que je représentais pour elle.

« Il m'a demandé de sortir avec lui. Samedi prochain. On va à un bal. »

Ma mère se retourna vers moi, la bouche soudain ouverte en un petit trou de surprise, qu'elle s'arrangea à faire passer pour un bâillement.

« Bien, bien, dit-elle, l'air de rien, indifférente. Bien », répéta-t-elle, comme si elle ne m'avait entendue qu'à moitié, comme si, après des heures passées sur un engin sonore, elle avait du mal à entendre.

Ma mère avait aspiré un petit « oh » dans son bâillement, avant de l'expirer sur mon épaule, mais son cœur battait vite et fort, je le voyais bien. J'aurais pu tout aussi bien l'avoir tirée par les cheveux jusqu'au congélateur, lui avoir flanqué la tête dedans pour lui faire respirer des volutes de givre. Là-dedans, elle aurait peut-être vu son propre visage dans les mains d'un dentiste, dans un plateau à instruments dentaires couvert de buée, elle aurait vu ces traits dont elle était si fière se dissoudre sous son propre regard.

Ma mère s'approcha de moi, j'étais assise sur le divan, elle repoussa les mèches raides qui me tombaient sur le front, laissa courir un doigt de mon front à mon menton, passa le pouce sur mes lèvres, l'exacte copie des siennes, mais plus lisses, plus jeunes, plus douces.

« Eh bien, dit-elle. Maintenant, tu es la fille d'à côté, pour lui, non ? Plutôt romantique. »

Je secouai la tête pour faire retomber ma frange.

« On verra, dis-je. C'est juste une sortie, pour l'instant. »

Les grosses filles doivent être réalistes, l'avais-je un jour entendu dire à propos d'une cousine de mon père, une grosse fille qui avait épousé un handicapé. Elle avait dit cela comme si elle parlait de cette cousine, mais j'avais bien compris qu'elle parlait de moi.

Il n'empêche que c'était mon premier rendez-vous et que j'étais sa fille unique, son double plus jeune, tout ce qu'elle avait, tout ce qu'elle avait jamais eu et qu'elle aurait jamais, j'étais toute sa vie, qui se poursuivait sans elle, qui sortait avec un garçon qu'elle n'avait même pas rencontré, qui allait à un bal où elle ne serait même pas présente, et puis qui irait voir un film qu'elle n'aurait pas vu et qu'elle ne verrait peut-être jamais.

Déjà, elle commençait à s'évanouir et à disparaître.

Et je ne m'étais même pas encore rendue à ce rendez-vous.

J'étais encore grosse.

J'étais toujours vierge.

Mais ma mère voyait déjà ce qui allait se passer ensuite.

Elle voyait mon petit lit, aux draps amidonnés, soudain vide. Elle m'imaginait en robe de mariée. Elle me voyait dans un supermarché, traînant mon enfant par son bras grassouillet devant les fruits et légumes. Elle me voyait dans un cercueil blanc, portant une robe de dentelle, avec le visage comme un masque de cire et un délicat bouquet de fleurs blanches dans mon poing serré.

Mais il se passe quelque chose de fou dans ce cercueil. Elle regarde de plus près. Il me pousse des bourgeons, des feuilles et des boutons de fleurs. De la mousse. Il y a des insectes. Des vers. Elle se penche sur mon cadavre pour m'embrasser sur les lèvres, mais elles sont chaudes, elles ne sont pas froides, elle se rend alors compte que la fille morte, ce n'est pas moi du tout. Qui est-ce, donc ? Qui est cette fille morte vibrante de vie ?

Elle comprend, soudain.

C'est elle.

On avait échangé nos corps. Le mien pour le sien. Peut-être même a-t-elle hoqueté quand elle a vu ça.

Quelques jours plus tard, Phil et sa mère ont emménagé, et ma mère fut la première personne à aller leur dire bonjour.

« Bienvenue dans le quartier, dit-elle. Je suis Ève Connors. Votre voisine. »

Une femme a glissé sa main fine au-dehors, et cette main a traversé lentement la brume froide sans sembler avoir de direction précise. Ma mère a dû l'attraper en plein vol. Elle l'a pressée dans la sienne et elle a senti que cette main aux os fins, à la peau mince et fraîche, s'offrait à elle.

« Je suis Gina Hillman. »

Une courte pause.

« Entrez. »

Un peu d'humidité parcourait le froid, un courant de chaleur circulait par en dessous, ce courant sentait la glace fondue, les vieilles feuilles, l'odeur des atomes océaniques, comme si un énorme ventilateur, tourné vers nous, avait été mis en marche au large des côtes de Floride et qu'au moment où le vent soulevait cet air pour l'amener au nord-ouest, vers notre poche de l'Ohio, il avait accumulé les odeurs des autres États traversés : les couvoirs de poisson, la laine luisante des éleveurs de moutons, les montagnes dénudées et les terrains de football boueux du Kentucky, la légère brume bleutée des vieilles Ronéos des années soixante, qui flottait toujours au-dessus de centaines d'écoles primaires – cette irritante odeur de papier, de déchets industriels, l'odeur de dentelle des vieilles dames, humide et douceâtre, pulvérisée en pluie fine sur nos visages. Les poteaux du téléphone se dressaient raides et noirs contre le ciel blême, comme des crucifix sans Christ.

« Ravie de faire votre connaissance », a dit Mrs Hillman en laissant entrer ma mère.

Ma mère n'était jamais entrée dans la maison de Mrs Lefkowsky. L'atmosphère y était oppressante. Le plafond beige était bas à vous rendre claustrophobe. La moquette était usée par plaques, comme si quelqu'un s'était toujours tenu aux mêmes endroits, nuit après nuit, pendant des années, raclant le sol comme un cheval peut le faire durant des heures, avant de passer à un autre endroit.

Cette maison était une triste réplique de la nôtre.

En plus, nos nouveaux voisins avaient des meubles assez laids, aussi laids que ceux de Mrs Lefkowsky, si c'était possible : des rideaux écarlates, des fauteuils de salon recouverts de vinyle, une table basse aussi longue qu'un cercueil, ornée d'une ancre de chaque côté. Il y avait même, sur le sofa aux coussins trop rembourrés, un plaid sur lequel était brodée la cloche de la Liberté de Philadelphie.

Mon Dieu, mon Dieu, a peut-être pensé ma mère, en regardant cette cloche. On aurait dit un énorme sein, et la fissure qui la traversait d'un côté, brodée à grands points maladroits avec un gros fil noir, avait un aspect violent, sexuel. Il n'y avait rien sur les murs, à part les vieux clous auxquels Mrs Lefkowsky devait avoir accroché quelque chose, son propre *Paysage marin*, peut-être, que sa fille et son beau-fils, aussi avides l'un que l'autre, avaient emporté.

Aucun projet esthétique dans tout cela, aucun plan, aucun principe organisateur. Ma mère avait dû en rester bouche bée, en parcourant du regard cette maison ; ma mère, qui se donnait tant de mal pour notre propre maison, avec son esthétique fondée sur la dénégation polie, sur une sorte de grâce conservatrice. Ma mère, qui avait toujours peur d'en faire trop, a dû, à ce moment-là, apprendre une leçon, sur ce qui arrive quand on fait n'importe quoi, au contraire.

La décoratrice qui avait officié là, a dû se dire ma mère, s'était en fait employée à nier l'idée même de décoration.

Cette décoratrice, se rendit-elle alors compte, devait être aveugle.

« Bienvenue dans notre quartier », répéta-t-elle en direction des yeux vides de Mrs Hillman, pendant qu'un de ces yeux flottait sur le visage de ma mère comme une petite lune laiteuse.

Mrs Hillman a fait un geste vers la cloche de la Liberté, comme si ma mère devait s'asseoir tout près de cette cloche ; quand elle s'est posée dans le sofa, les coussins se sont gonflés tout autour d'elle, comme un bain recouvert d'un plaid. Puis Mrs Hillman a cherché à tâtons le sofa avant de s'asseoir confortablement. Au premier, on entendait quelqu'un – probablement Phil Hillman – qui chantait sous la douche. Le chant d'un jeune homme nu, étouffé par l'eau qui tombait.

« Bienvenue, bienvenue, ne put s'empêcher de répéter ma mère, tout en se sentant absurde, engourdie d'embarras.

— Merci, répondit Mrs Hillman, en hochant la tête, le visage dirigé vers celui de ma mère. Vous prendrez bien une tasse de café ?

— Non », répondit ma mère, trop vite, avant de baisser les yeux vers ses mains.

Des mains blanches. Même si elle ne venait que de la maison d'à côté, elle se dit qu'elle aurait dû porter des gants. Ou, mieux, qu'elle n'aurait pas dû venir.

« On m'a dit que vous aviez un fils, reprit ma mère, un fils de l'âge de ma fille.

— Oui, répondit Mrs Hillman, les yeux vides. Et il paraît qu'ils vont sortir ensemble. »

Elles se mirent à rire toutes les deux.

Deux mères : dont l'une, se dit alors ma mère – prise d'une panique aussi cinglante qu'un claquement d'élastique sur la peau délicate d'un poignet – n'a peut-être jamais vu le visage de son propre enfant.

Attention, ma mère n'a jamais eu de préjugés à l'encontre des handicapés. Elles ne les trouvait ni possédés, ni dangereux, ni surnaturels. Ce n'était pas le genre de personne à détourner son regard de quelqu'un assis dans un fauteuil roulant. Non, elle regardait plutôt cette personne dans les yeux en lui disant bonjour, comme pour lui faire comprendre qu'elle n'était ni superstitieuse ni froide. Elle ne se jugeait pas supérieure. Elle savait parfaitement que seules quelques secondes, dans un break automobile qui dérape sur une plaque de verglas, la séparaient d'une chaise roulante, comme celle qu'elle voyait alors.

Mais, comme tout le monde, ma mère transportait partout avec elle un million de peurs, de phobies, de tremblements et de sujets d'anxiété, dont la plupart étaient sans fondement, se disait-elle. Des fables et des légendes de vieilles épouses.

Cela ne l'empêchait pas de les transporter avec elle, comme dans une jolie petite boîte de fer-blanc, comme celles dans lesquelles les grands-mères rangeaient les perles et les boutons, une boîte pleine de petits poissons, d'étoiles et de breloques.

Et les aveugles en faisaient partie – avec les femmes à barbe, le cancer, les amputés –, ces aveugles qui cherchaient leur chemin à coups de canne aux carrefours et qui avançaient dans sa direction.

Avez-vous remarqué que si un aveugle marche vers vous, quel que soit le côté vers lequel vous tentez de vous échapper, il ira toujours de ce côté-là ?

Elle avait jadis eu un instituteur aveugle, à l'école primaire. Mr Ferguson. Il enseignait la musique. Dans sa classe, les enfants se passaient des petits mots, faisaient des grimaces, ou bien posaient leur tête sur les tables pour dormir un peu.

C'était la première personne aveugle que ma mère eût jamais vue, il avait un visage mal rasé et pâle, couvert de marques de boutons. Il portait des lunettes noires, mais ma mère avait vu que les yeux, derrière les lunettes, étaient toujours ouverts, aussi vides et morts que des balles de ping-pong. Il avait une voix frêle et tremblante, et, quand il chantait, il levait toujours le menton vers le plafond et se balançait tout doucement...

Ma mère se l'imaginait seul dans son lit tous les soirs, dans le noir, chantonnant comme cela pour le silence, elle détestait ce tableau. C'est ainsi qu'elle se représentait la mort. La nuit qui se referme sur vous comme un couvercle. Pas de sortie de secours. Du blanc éclatant et vide, ou une pure obscurité fluide.

Elle s'est peut-être souvenue de cela en regardant Mrs Hillman dans les yeux, en regardant ensuite autour d'elle, dans cette maison, dont la disposition était identique à la nôtre. Si ce n'était pour l'odeur, Mrs Hillman n'aurait sans doute pas pu faire la différence entre sa maison et la nôtre, et cette pensée filait à ma mère un frisson qui commençait derrière les genoux : elle imaginait Mrs Hillman dans notre maison, se disait qu'un jour elle pourrait garer sa voiture dans l'allée et trouver Mrs Hillman qui titubait dans le jardin, croyant que c'était le sien, ou pire encore, dans notre couloir. Comment pouvait-elle savoir où elle se trouvait, ou bien où elle ne se trouvait pas ? Ma mère imaginait Mrs Hillman cherchant son chemin à tâtons dans notre salle de bains, se lavant les mains dans notre lavabo, se glissant dans l'un de nos lits sans même jamais ouvrir les yeux.

« La soirée de fin de premier trimestre, dit ma mère, d'un ton un peu trop enjoué. Oui, c'est vrai. Demain, Kat et moi allons voir dans les magasins pour lui choisir une robe. »

Voir, le mot revint en écho contre les murs nus. Elle regretta d'avoir employé ce mot.

« Oui, bien sûr, dit Mrs Hillman en hochant la tête. Phil va louer un smoking.

— Kat est tout excitée, dit ma mère.

— Phil aussi. »

Le menton de Mrs Hillman se tourna lentement vers la cuisine, et ma mère regarda également dans cette direction. Un son de pas se fit entendre au premier, ainsi qu'une porte qui s'ouvrait.

Ma mère vit d'abord ses jambes, vêtues d'un jean. Puis la grosse boucle en bronze de son ceinturon, puis la peau de son estomac et les quelques poils épars et humides de sa poitrine, entre ses mamelons, ces deux boutons de chair, sombres et durs. Elle vit ses côtes – il avait encore une maigreur d'adolescent – qui pointaient vers sa taille, comme si les doigts osseux d'une sorcière l'avaient attrapé par-derrière, comme si la sorcière lui appuyait sur le ventre. Son visage allongé était rasé. Des sourcils sombres. Mais il avait les cheveux clairs – du blond paille de l'enfance –, mouillés et coiffés en arrière. Quand il vit ma mère, il fit : « Oh... »

« Phil, dit Mrs Hillman sans se tourner vers lui et en s'adressant toujours à sa cuisine, c'est la mère de Kat. Mrs Connors. Notre nouvelle voisine.

— Désolé, dit Phil en couvrant son ventre nu avec ses bras. J'ai entendu quelque chose. Je ne savais pas qu'il y avait quelqu'un dans la maison. Enchanté, madame Connors. »

Puis il remonta à toute vitesse au premier.

Il y avait un petit creux, là où sa colonne vertébrale se glissait joliment dans son jean.

Phil et sa mère sont chez nous cet après-midi, parce que leur sous-sol a été inondé la nuit dernière, et, maintenant, les plombiers et les ouvriers qu'on doit payer quarante dollars l'heure sont chez eux pour écoper et réparer. Ils ne cessent d'entrer et de sortir de la maison, le pas alourdi par leurs grosses chaussures, les portes sont grandes ouvertes, alors qu'il fait moins quinze en cet après-midi d'hiver.

La veille au soir, tandis que Mrs Hillman prenait son bain – avec de l'eau chaude et des bulles qui giclaient autour d'elle –, elle a entendu le fracas des tuyaux qui sautent et l'océan houleux de l'eau des canalisations qui devient folle. « Phil ! » a-t-elle hurlé en sortant avec peine de la baignoire, les deux mains agrippées au rebord glissant.

Phil a d'abord fait semblant de ne pas l'entendre. Il s'est dit qu'elle voulait simplement quelque chose, comme une éponge, ou bien qu'elle avait laissé échapper son gant de toilette, qu'elle avait glissé ou qu'elle ne parvenait pas à trouver son peignoir qui était peut-être tombé de son crochet ; il ne supportait pas l'idée d'aller dans la salle de bains, de voir dénudés les longs seins pendants de sa mère, de la voir recouverte de savon, qui tendait les mains vers lui, pleine de besoins, camouflant sa panique sous de l'impatience.

« Où étais-tu donc ? demanderait-elle. Ça fait dix minutes que je t'appelle. »

Mais il avait alors entendu l'arrivée d'eau dans le sous-sol, lui aussi. L'eau, m'avait-il dit au téléphone quelques heures plus tard, ça fait le même bruit que le feu, et sa première pensée avait été que la maison était en proie aux flammes, qu'il devrait sortir sa mère nue dans la neige, qu'elle attraperait une pneumonie et mourrait – ou pire encore, qu'elle allait longtemps souffrir et se plaindre.

Maintenant, Mrs Hillman s'est remise à hocher la tête dans notre salon, comme une sorte de Mère Noël mécanique dans la vitrine d'un grand magasin. Phil, la cheville posée sur son genou, remue nerveusement le pied, en dévisageant sa mère. Cet après-midi, il a l'air efflanqué, avec sa chemise de flanelle sur son maillot de corps d'hiver, comme un jeune garçon blond qui jouerait le rôle d'un bûcheron dans une pièce montée par le lycée.

Elle écoute. Ses yeux vitreux sont grands ouverts.

« C'est rien, maman, lance Phil. Comme dit Kat, c'est sûrement la chaudière.

— Vous voulez encore un peu de café ? » dis-je poliment, pour essayer de compenser la froideur de Phil.

Il a le ton d'un adolescent en colère, d'un fils irrespectueux, le genre de fils qui a besoin d'un père pour lui faire peur de temps en temps.

« Non, répond Mrs Hillman en tripotant le rebord de sa tasse, l'air soucieux.

— C'est peut-être mon père », dis-je.

Il est en haut, mais il ne descendra pas tant que Phil sera dans la maison. Même si mon père admire Mrs Hillman, son énergie, son courage simple (« C'est une brave femme, dit-il. Le genre de femme sur laquelle on pourrait se reposer, en cas de besoin »), il refuse d'entrer dans une pièce où se trouve Phil. Cela fait plus d'un an que ça dure, maintenant ; ça a commencé avant le départ de ma mère, l'après-midi où il m'a surprise avec Phil dans mon lit, où il a vu les fesses nues de Phil s'élever et retomber sur l'ombre pâle de mon corps.

Ça avait été un accident. Jusqu'alors, Phil et mon père s'étaient bien entendus, ils étaient certes nerveux et polis l'un vis-à-vis de l'autre, mais ils parlaient de football en regardant tous les deux le vide qui entourait la silhouette de l'autre quand il haussait les épaules ou hochait la tête.

Mais mon père était rentré trop tôt du show nautique de Toledo.

« Papa ! avais-je crié dans son dos quand il s'était précipité dans le couloir. C'était mon idée. »

Mais il ne s'était pas retourné. J'avais entendu de l'eau couler dans le lavabo de la salle de bains pendant plus d'une heure.

« Je vais aller voir, dis-je en direction de Mrs Hillman. Si ça peut vous rassurer.

— Je suis sûre que j'ai entendu quelque chose », insiste-t-elle, ce qui signifie qu'elle veut que j'aille faire un tour.

Les poings de Phil se serrent, comme s'il venait d'attraper deux gorges minces. Il est possible qu'il la déteste, et qui pourrait le lui reprocher ? Être son fils est une situation quasiment impossible, du fait de l'entêtement et des besoins de cette femme.

« Qu'est-ce que je vais faire ? » me demanda Phil en colère, un après-midi, pendant que nous roulions ensemble jusqu'au supermarché pour faire des courses demandées par sa mère.

« Je ne pourrai jamais partir, maintenant que mon père l'a fait. Elle n'est même pas capable d'ouvrir une boîte de conserve.

— Mais Phil, lui répondis-je, tu es son fils, pas son père. Il faudra bien qu'elle te laisse partir.

— Elle ne le fera pas », conclut-il.

Je vis alors battre une veine bleue sur sa tempe. Je ne voulais pas me demander si ce qu'il disait était vrai ou non, mais je voyais bien qu'il était très difficile pour lui d'imaginer le reste de sa vie, d'imaginer où tout cela le mènerait, sauf si elle mourait. Il était un peu dans la situation de celui qui travaille dans une usine fabriquant les petits gâteaux chinois vendus avec des messages, celui qui passe sa vie debout devant la chaîne, pendant que des bribes d'optimisme lui arrivent entre les mains sur de petits bouts de papier – « Vous allez hériter d'un million de dollars », ou « Vous allez partir en vacances dans un endroit très exotique » –, sans jamais bouger, en restant coincé sur place pendant que la pâte molle des gâteaux glisse devant lui, pendant que tous ses avenirs possibles viennent se nicher dans cette mollesse qui ne fait que passer.

Un jour, alors que je regardais dehors par la fenêtre de ma chambre, j'ai vu Phil avec sa mère dans le jardin, derrière leur maison, qui portaient à deux un panier plein de linge mouillé. Elle lui expliquait comment le pendre à la corde, et les draps trempés avaient la lourdeur et la mollesse de femmes mortes. Je voyais bien qu'elle avait peur qu'il laisse tomber du linge propre sur la pelouse. Elle faisait de grands gestes, elle lui tirait le bras et, pour finir, une culotte est tombée des mains de Phil sur le sol. Phil l'a laissée un moment par terre, avant de la piétiner méchamment, délibérément, et de la suspendre ensuite à la corde – une culotte blanche, décolorée par la Javel, trop intime et si sale.

J'ai détesté voir leur linge sécher dans leur jardin.

Mais il s'est alors mis à pleuvoir, et Mrs Hillman a demandé à Phil de tout décrocher et de rentrer le linge.

Mrs Hillman est têtue et obstinée comme une bûche. C'est peut-être nécessaire, étant donné qu'elle est aveugle. Si elle n'insistait pas pour défendre chacune de ses perceptions, qui croirait en la justesse de ces perceptions, justement ?

« Elle a conduit mon père dans le gouffre », m'a un jour dit Phil.

Je m'étais alors imaginé Mr Hillman assis en voiture à côté de sa femme aveugle qui est au volant, il hurle, les mains sur les yeux, pendant qu'elle roule à cent cinquante à l'heure à travers des terrains de football, des forêts et des jardins pleins de linge qui claque sur les cordes, jusqu'au moment où, miraculeusement, elle appuie à fond sur le frein juste avant qu'ils atteignent le bord du gouffre, la ligne où finit le monde, le bord du cratère dans lequel Mr Hillman plonge, à travers le pare-brise, fracassant la vitre, un mari éclatant et sanglant qui disparaît dans les abysses.

Ils avaient été mariés pendant quinze années, belles et lumineuses comme des draps mouillés ; ils s'étaient mariés juste après le lycée, quand le père de Phil était tombé amoureux de Mrs Hillman, après l'avoir aperçue dans la salle de classe spécialisée où elle passait ses journées. Comme un champignon exotique, quelque chose fait de chair cireuse et pâle qui ne poussait qu'à la lumière de la lune. Il l'avait regardée de loin en se demandant quel effet cela pouvait faire d'embrasser une fille aveugle, de lui ôter ses vêtements à l'arrière d'une voiture. Comme un bouc qui attrape une bergère en douce. Ou un ours qui emporte une vierge dans les bois. Il y avait quelque chose de sale dans tout cela, mais tout le monde penserait qu'il était un gars bien, pour faire ce qu'il faisait, pour aimer une fille dont personne d'autre ne voudrait.

Mais après plus d'une dizaine d'années de cette vie, Mr Hillman décida que son existence était une erreur qu'il pouvait encore corriger, il décida que, puisque Phil était maintenant assez âgé pour s'occuper de Mrs Hillman, il pouvait s'en aller, il pouvait devenir un déserteur, un déserteur pas totalement démuni, en fait, puisque le travail qu'il lâcha en abandonnant Phil et sa mère était un bon travail et qu'il économisait de l'argent depuis longtemps et l'investissait judicieusement, précisément en vue de cette désertion.

Après cela, Phil et sa mère quittèrent leur luxueux foyer pour Garden Heights, pour la maison de feu Mrs Lefkowsky – une petite maison, qui n'était pas sordide, bien sûr, mais qui n'avait rien à voir avec ce qu'ils venaient de lâcher.

Un jour, peu après que nous avions commencé à sortir ensemble, Phil m'a emmenée en voiture jusqu'à cette première maison, dans le quartier de High Hollow.

« C'est celle-là », dit Phil, en me montrant une énorme façade de brique.

À l'intérieur, je vis une femme noire qui se déplaçait de pièce en pièce. Elle semblait nettoyer l'air avec un chiffon.

« J'ai grandi ici, reprit Phil en avançant la voiture dans l'allée, avant d'en ressortir en marche arrière. C'était notre femme de ménage. »

Un conte de fées à la fin tordue, un conte dans lequel le soleil se couche comme du napalm sur le prince et sur la princesse au moment où ils s'éloignent, couverts de flammes.

Je reviens de la cuisine.

« Va voir là-haut, suggère Mrs Hillman. Juste au-dessus de nous. On dirait un écureuil qui creuse.

— Pour l'amour du ciel, proteste Phil en se levant, assieds-toi, Kat. Il n'y a pas d'écureuils, sauf dans la tête de ma mère.

— Phil, dis-je en le regardant avec de grands yeux, sachant que sa mère ne remarquera rien, c'est rien d'aller voir. C'est sûrement mon père. »

Mais ce n'est pas lui. Mon père dort sur son lit, allongé sur le dos. Il porte un sweat-shirt orné de deux grosses lettres bleues, « UM », comme une sorte d'hésitation sur sa poitrine.

« Tu ne comprends pas, c'est tout, me dit Phil un peu plus tard. C'est pas toi qui dois vivre avec elle. »

Nous sommes dans la voiture de son père et allons jusqu'à la supérette chercher le rafraîchisseur d'ambiance que sa mère désire. « Parfum floral », a-t-elle précisé, une fois de retour chez elle, après le départ des ouvriers. Elle a tendu son portefeuille à Phil.

« Je les sens encore, a-t-elle expliqué à son fils. Ça sent la vidange et les bottes. Prends trois dollars. »

Phil en a pris dix de plus qu'il a glissés dans son portefeuille à lui.

« Je sais bien », ai-je répondu en regardant la route dérouler son ruban de boue devant nous.

Il fait plus chaud, et la grande fonte de neige, courante en janvier, vient de faire sa visite annuelle de deux jours, en nous laissant croire à tort que l'hiver est bientôt fini, alors qu'en fait il vient de commencer.

« Mais, ai-je poursuivi, elle mérite d'être traitée avec respect, Phil. Ce n'est pas sa faute si elle est aveugle. »

Il me jette un coup d'œil et la voiture vire un peu trop près du trottoir. Son visage est tout renfrogné et ses yeux sont presque fermés. Je regarde ailleurs, vers le trottoir peint en jaune. Comme un signal de danger. Quand je le regarde à nouveau, il a les yeux fixés sur moi.

« Parce que tu crois que je ne le sais pas ? » me demande-t-il.

Quelque chose frémit sous mon bras, alors. Comme si une petite souris s'y était cachée. Une artère qui pompe plus fébrilement. Je me rends compte que je suis terrifiée.

« Laisse tomber, dis-je dans un murmure vers le pare-brise. Excuse-moi d'avoir dit ça.

— Parce que, putain, toi tu crois que je ne le sais pas, que c'est pas sa faute si elle est aveugle ?

— Bien sûr que non, dis-je en secouant la tête. Elle me faisait mal au cœur, aujourd'hui, c'est tout.

— D'accord, répond Phil en regardant à nouveau la route et en tournant lentement, apparemment satisfait. D'accord, mais tu sais, on pourrait passer notre vie à chercher partout les choses que ma mère croit entendre ou sentir dans cette putain de maison. Dix fois par jour, faut qu'elle me demande : Dis-moi, tu ne sens pas une odeur de moisi ? Phil, va voir dans le grenier, je crois que j'ai entendu une chauve-souris. »

Il imite la voix de sa mère, enfantine et geignarde, mais dure, aussi, au croisement de la voix de Betty

Boop et de celle de ma mère, dont, je m'en rends alors compte, j'ai presque oublié la voix, qui resurgit fugitivement dans l'imitation de Phil.

Je hausse les épaules.

« Ça m'a pas dérangée d'aller vérifier dans la maison. Alors, je ne vois pas pourquoi ça devrait te gêner. Après tout, elle avait raison, hier, pour la plomberie, non ?

— Et alors ? dit Phil en arrêtant la voiture dans le parking de la supérette, en la serrant entre deux petits vans aux flancs rembourrés. Et alors, putain ? » ajoute-t-il en claquant la portière et en se pressant vers le magasin.

Je détache ma ceinture, j'ouvre la portière et j'avance sur le parking brillant d'une glace qui fond, regèle et refond depuis deux mois, j'essaie de me dépêcher derrière Phil, mais le sol glisse sous mes pas, des plaques grises se déplacent sous mes bottes et je me mets à déraper. Tout en glissant, je vois cette boue floue monter vers moi, comme si j'avais marché sur un miroir nébuleux.

« Phil ! » je crie et, l'espace d'un instant, j'aperçois mon visage surpris dans ce miroir, au moment où je tombe parmi les nuages tournoyants et le bouillon sale...

Dans le reflet, je suis vêtue d'un voile de cette eau sale. Par en dessous, le trottoir me pique les paumes des mains, et la douleur, brûlante, me tire les larmes des yeux.

« Ça va ? » demande-t-il en se tournant vers moi pour me trouver à quatre pattes, les yeux levés vers lui, apparemment en larmes.

Il vient jusqu'à moi mais il ne se baisse pas, il me domine et projette une ombre pâle. Je m'assois, résignée, pendant que l'eau sale commence à pénétrer mon jean. Je la sens qui s'étale sur ma culotte, qui touche ma peau nue, les larmes me brûlent, comme lorsqu'on fait pipi après avoir pris un bain d'eau glacée, comme le gel qui commence par un effet de froid et se termine en brûlure.

« Comment ça va, avec Phil ? » me demande le docteur Phaler, dix minutes avant la fin de ma séance.

Depuis quelque temps, nous avons totalement cessé de faire semblant de poursuivre une psychanalyse, de faire semblant qu'il y a quelque chose de scientifique ou de médical dans ces heures que nous passons ensemble. Nous ne cherchons plus les problèmes dans les détails de mon enfance ou dans mes rêves. Ce travail laborieux n'a apporté aucun fruit – quelques noix ternes, comme des noix de cajou pas salées, juste un collier d'images, qui n'étaient pas des symboles, des souvenirs de fêtes d'anniversaire enfantines où on ne s'amusait pas, ou des insultes subies dans les toilettes de l'école primaire. Même le sujet de ma mère est pratiquement épuisé, sauf lors d'occasions spéciales, comme son anniversaire ou celui du mariage de mes parents. Nous passons les séances à bavarder des moments triviaux du présent, des ennuis mineurs et des peines quotidiennes.

C'est un peu comme si, une fois par semaine, j'échangeais des ragots avec une amie, sauf que le sujet des ragots, c'est moi.

Et, pour cent dollars l'heure, le docteur Phaler est une bonne donneuse de conseils insignifiants. Elle ne semble jamais distraite. Elle contrôle les expressions de son visage pour ne montrer que ce qu'il faut de détachement et de compassion, elle se souvient toujours des noms des personnages secondaires de ma vie, mon prof de chimie, mes amies Beth et Mickey, le sous-directeur qui m'a surprise en train de fumer sur le parking et qui m'a donné un avertissement.

Le docteur Phaler, c'est la mère que vous auriez toujours voulu avoir. La mère que vous auriez été heureuse d'acheter pour cent dollars l'heure. Sauf qu'on n'a pas les moyens de se payer une telle mère. Si on devait vraiment acheter sa mère, on se retrouverait avec une vieille femme qui vit dans une caravane avec une douzaine d'autres enfants. Ou une mère qui en aurait marre de vous et qui partirait, comme la mienne.

« Pas très bien, dis-je. Et je ne comprends pas.

— Qu'est-ce que vous ne comprenez pas ?

— Eh bien... » dis-je en levant les yeux vers le plafond de son cabinet, qui est tapissé de plaques blanches.

Elles paraissent poreuses, fausses, trop légères pour faire un plafond, comme si c'était de la poussière pressée avec des cheveux mousseux et cassants de vieilles dames, comme si elles allaient s'envoler au premier éternuement et nous laisser sans toit, à la merci du ciel.

« Il dit qu'il m'aime, mais on ne fait plus rien ensemble. Nous ne parlons plus. Nous ne nous donnons même plus la main. Quand j'essaie de l'embrasser, il se raidit, dis-je en me voyant sur ce plafond, projetée sur les plaques blanches, comme sur l'écran d'un cinéma en plein air : j'embrasse Phil, qui se redresse et recule, comme devant un chien trop affectueux qui pourrait devenir méchant.

— Et que dit-il quand vous lui en parlez ?

— Il dit qu'il a plein de problèmes en tête, en ce moment. Il dit de lui lâcher un peu les tennis. Je crois qu'il veut dire les baskets... »

Le docteur Phaler rit. Elle est maintenant familière de cet aspect de la personnalité de Phil, qui se bat toujours pour s'exprimer en clichés, sans jamais trouver la formule exacte ; c'est devenu une blague entre elle et moi.

« Il dit que s'embrasser, ça ne lui fait rien du tout. Il se sent engourdi, à l'intérieur. Il se plaint beaucoup de sa mère, aussi, il dit qu'elle lui fout sa vie en l'air avec ses gémissements, et qu'il a besoin d'espace.

— Pensez-vous parfois à mettre fin à cette relation ? demande le docteur Phaler, l'air sérieux, même si elle sourit encore de notre blague.

— Pour faire quoi ? je demande en baissant les yeux du plafond pour la regarder.

— Vous voulez dire pour quoi faire ?

— Non, dis-je en haussant les épaules. Pour faire quoi ? Il n'y a pas d'autres garçons avec qui sortir, par ici, y a que des cons et des sportifs. Et je n'en veux pas, de ceux-là. En plus, je ne suis pas souvent invitée, en ce moment. Ce n'est pas comme si Phil m'empêchait de mener une autre vie, plus exaltante.

— Et alors ? fait le docteur Phaler qui fait semblant de ne pas comprendre. Vous devez rester dans une relation qui n'est pas satisfaisante parce qu'il n'y en a pas d'autre possible en vue ? Vous ne seriez pas mieux sans petit ami, qu'avec quelqu'un qui ne veut même pas exprimer son affection ? Kat, dit-elle en se penchant vers moi sur sa chaise et en me regardant droit dans les yeux, est-ce que cela ne ressemble pas beaucoup à ce que vous avez décrit de la relation de vos parents ? N'avez-vous pas toujours dit que votre mère avait épousé votre père parce qu'il n'y avait personne d'autre à épouser autour d'elle ? Kat, continue-t-elle en regardant la pendule qui va bientôt marquer la fin de la séance, je voudrais que vous passiez un peu de temps, cette semaine, à réfléchir au mariage de vos parents. Vous pouvez faire ça ? »

Je ne me donne même pas la peine de lui répondre. Bien sûr, bien sûr. On peut faire tant de rapprochements. Il y a tant de parallèles évidents. Il faut vraiment un doctorat pour voir ça ?

De toute façon, ma séance est terminée.

J'ai soudain l'idée de raconter au docteur Phaler mes fantasmes concernant l'inspecteur Scieziesciez, comment il m'est venu à l'esprit de prendre rendez-vous avec lui sous le prétexte que j'ai besoin de discuter de la disparition de ma mère, et que ce rendez-vous pourrait bien se terminer avec mes cuisses écartées sur le bureau de l'inspecteur.

Mais le docteur Phaler a l'air satisfaite, comme si elle m'avait confié une boîte d'explosifs pour que je l'emporte dans l'avion. Elle se lève et ouvre sa porte pour me faire sortir, elle sourit avec sympathie, sans rien ajouter d'autre que « À la semaine prochaine » au moment où je sors de son cabinet en disant au revoir d'un sourire poli.

En partant, je vois une jeune femme, de vingt et un ans peut-être, qui est assise dans la salle d'attente ; elle attend le docteur Phaler. C'est la troisième ou la quatrième fois que je la vois, pâle et mince comme un souffle d'air. Elle tremble imperceptiblement et sent la fumée de cigarette mêlée à un parfum léger. Une boulimique, à mon avis. Il y en a quelques-unes, à notre lycée, et je sais reconnaître ces filles. Celle-ci a l'air d'une femme parfaitement capable de rentrer chez elle pour dévorer quinze litres de glace à la vanille avec une grosse cuiller en argent, comme si elle mangeait le plaisir lui-même, crémeux, sucré, gelé, éphémère. Avant d'aller recracher le tout dans les toilettes, de se laver le visage dans le lavabo, de se rincer la bouche et de repartir droit vers sa cuisine et un grand paquet de chips.

Mais, à mon avis, ces chips vont poser davantage de problèmes.

Toutes ces petites pastilles dorées...

Lorsqu'elles remontent, c'est peut-être comme si l'idéalisme lui-même s'était fiché dans votre gorge. Mais cela pourrait aussi être plutôt satisfaisant. Un boulot difficile mais bien fait, la perfection que l'on expulse et que l'on rend au monde extérieur.

Aujourd'hui, la boulimique a mis trop de rouge à lèvres, elle en a recouvert ses lèvres, en dessous comme au-dessus. Elle lève les yeux de son magazine de mode pour me regarder, son front a l'air frais et humide. Mais ces lèvres ! On dirait qu'elle a embrassé quelque chose qui a été peint en rouge, alors que la peinture n'était pas encore sèche, ou qu'elle revient des urgences d'un hôpital, où elle aurait embrassé un visage ensanglanté.

Quand elle me sourit, je vois la forme de mon propre sourire se découper dans la pâte molle de son front et je me dis qu'elle doit bien voir un reflet déformé de son visage quelque part sur moi.

Troisième partie

JANVIER 1988

Mes grands-mères sont venues pour Noël et, même si cela fait un mois qu'elles sont parties, j'ai toujours l'impression que je pourrais, au détour d'un couloir de la maison, tomber sur l'une d'elles, la gueule de loup grande ouverte, les bras écartés, prête à me dévorer toute crue.

La mère de ma mère, Zeena, et celle de mon père, Marilyn, s'adorent littéralement. Chaque matin, durant leur long séjour chez nous, quand je descendais, je les trouvais assises sur le canapé, les genoux serrés, se tenant les mains, elles discutaient de la disparition de ma mère en chuchotant, elles s'émerveillaient de voir comme elle s'était bel et bien évanouie dans la nature.

Ça fait deux ans. Presque deux ans.

Grand-mère Zeena est mince, dure et solide. Elle est toujours cette femme qui, des dizaines d'années auparavant, a abandonné son unique enfant, qu'elle a laissée dans l'Ohio, avant de partir vers le désert, pour y commencer une toute nouvelle vie, sans jamais regarder en arrière. Ma mère gardait une photo de Zeena coincée dans le cadre du miroir situé au-dessus de sa coiffeuse, et cette photo est toujours là. Comme le reste, ma mère l'a laissée quand elle est elle-même partie.

Sur cette photo, Zeena sourit à côté d'une roue de loterie. La roue étincelle de chiffres et de lumières, de pierres brillantes et de lettres dorées ; Zeena est sur le point de la mettre en mouvement. Elle a une expression tout à fait franche et ouverte, son visage est rond comme un cadran de pendule sans aiguilles, elle semble totalement dénuée de tout sentiment de responsabilité ou de peur. Quoi qu'il arrive, c'est ce que la photo suggère, elle continuera à sourire, un sourire non pas timide, mais plein d'une joie réelle et sans faille.

Il est possible que Zeena ait envoyé cette photo à sa fille restée dans l'Ohio comme une sorte d'excuse, en une tentative d'exprimer comment on vit tous, à la merci du hasard, des accidents de nos propres pulsions et de l'aléatoire de nos désirs individuels. Et, maintenant que ma propre mère est partie, je me dis que, peut-être, durant toutes ces heures qu'elle a passées devant son miroir, à s'affairer sur sa mise, à boutonner et à déboutonner des chemisiers, à mettre et à enlever des boucles d'oreilles, elle avait cette photo de Zeena, comme un modèle, à côté de son propre reflet, à côté de l'image d'elle-même qu'elle était en train de construire.

Grand-mère Zeena a réussi à vivre dix ans sans voir sa fille. « Le temps a filé, c'est tout », l'avais-je entendu dire à ma mère un jour de Noël. Zeena était alors venue en avion passer les fêtes chez nous, comme cette année, elles se trouvaient toutes les deux dans la cuisine et épluchaient des pommes de terre devant l'évier. Moi, je regardais ces deux femmes tenant des tubercules arrondis dans leurs mains, deux femmes dont j'étais directement issue, et je me représentais le Temps comme un moineau mécanique doté, dans son ventre, d'un petit radio-réveil, qui voletait sans cesse entre elles deux.

Quand ma mère, après ces dix années, avait fini par s'envoler pour Las Vegas, à l'âge de vingt ans, Zeena l'avait accueillie, d'après ma mère, avec un sac de plastique plein de cadeaux – un ours en peluche, un petit bracelet avec des breloques –, comme si elle s'attendait à voir l'enfant qu'elle avait laissée dans l'Ohio descendre, inchangée, de cet avion dix ans plus tard. Ma mère avait dit que Zeena avait eu l'air un peu soupçonneux quand elle lui avait tapoté sur l'épaule.

« Maman, c'est moi, avait dit ma mère.

— Qui ? » avait demandé Zeena, pendant que les pièces tombant dans les machines à sous du hall de l'aéroport cliquetaient et jouaient une petite musique mécanique.

Plus tard, devant des margaritas, assises au bar d'un casino, alors que d'autres machines faisaient un bruit d'enfer derrière elles – bruits de piécettes, de roues, de sifflets –, Zeena annonça à ma mère qu'elle n'avait jamais aimé le père de ma mère et que c'était pour cela qu'elle était partie. Dans la lumière salée de son verre de margarita, les yeux de Zeena avaient le bleu de l'aigue-marine, comme deux fausses pierres qui seraient tombées de la tiare d'une danseuse de casino pour s'enfoncer dans la poussière.

« J'étais enceinte, tu sais, continua-t-elle. On m'a virée de la maison. J'étais trop jeune pour savoir quoi faire. »

Tout en parlant, Zeena se mâchonnait un ongle abîmé peint en rouge et, plus tard, chaque fois qu'elle revoyait ce moment dans sa tête, ma mère, pendant des années, a pensé à ce bout d'ongle comme à une griffe sanglante prise dans la bouche de sa mère. La griffe d'une chouette, ou bien un hameçon. Sa mère avait beau se l'être elle-même plantée dans la bouche, elle n'en semblait pas moins gênée, sans trop savoir quoi en faire, dans ce casino de Las Vegas.

« Et comment va ton père ? demanda-t-elle. Tiens, voilà bien un homme qui ne connaît absolument rien aux femmes », ajouta-t-elle, avant même que ma mère ait pu répondre.

Ma mère n'eut d'ailleurs jamais l'occasion de répondre, car il fallait qu'elles se dépêchent. Le nouveau petit ami de Zeena, Roger, devait les prendre devant le « Lady Luck » dans sa nouvelle décapotable. Ils allaient montrer les lumières de la ville à ma mère.

« Allez, cul sec ! dit Zeena en tapotant son verre contre celui de ma mère. Il faut qu'on y aille. »

La dernière gorgée de margarita a peut-être eu le goût, dans la bouche de ma mère, d'une sueur masculine, et elle s'est peut-être sentie nauséeuse et barbouillée. Le vendredi précédent, elle avait eu son diplôme universitaire et avait, dans la foulée, traversé le pays en avion. Zeena lui avait envoyé le billet dans une carte à l'intérieur de laquelle était imprimé le mot « FÉLICITATIONS », mais le premier volet de la carte était orné d'un couple en train de s'embrasser, au lieu d'une toque universitaire ou d'un diplôme, et, quand son père l'avait accompagnée à l'aéroport, il avait dit à ma mère :

« Ne lui donne surtout pas d'argent. Elle a dit que c'était un cadeau. »

C'était la première fois que ma mère prenait l'avion, et regarder par le hublot le paysage glisser sous elle comme quelque chose qu'on aurait renversé la rendit malade. Dès qu'elle et Zeena furent sorties de l'aéroport glacé par l'air conditionné, la chaleur l'assomma comme si un mur embrasé lui était tombé dessus.

« Tu sais, lui dit Zeena, il va falloir que je t'emprunte de l'argent pour payer le taxi pour rentrer à la maison. J'ai dépensé mon dernier sou dans ce billet d'avion, Ève. »

Ma mère fouilla dans son porte-monnaie et tendit un billet de vingt dollars à sa mère. Il faisait quarante degrés, dans cette chaleur vide du désert, sous un ciel plat et incolore. Pendant qu'elles attendaient un taxi sur le trottoir, ma mère avait du mal à garder bien longtemps les deux pieds sur le béton qui bouillait sous les fines semelles de ses sandales. Elle devait sautiller d'un pied sur l'autre, à mesure qu'ils brûlaient trop, et elle se faisait l'effet d'un oiseau en robe blanche – un gros poulet blanc égaré dans le désert, qui danse sur du sable.

Ma mère raconta cette histoire devant Zeena lors de ce fameux dîner de Noël, ce qui fit bien rire cette dernière. Elle arborait la même expression dénuée de tout regret que sur la photo avec la roue de loterie.

Même maintenant, les cheveux de Zeena sont blonds. Elle porte des jupes droites très étroites, de fins sweaters et des soutiens-gorges à balconnets. Son corps est étrangement solide et musclé, pas comme celui d'une jeune femme, mais plutôt comme celui d'une statue, même si elle porte bien sur son visage chacune de ses soixante-sept années, passées, pour moitié, sous l'impitoyable soleil du Nevada, qui inonde le ciel de lumière toxique.

Mais elle a de petites dents pointues. Ce sont les dents d'une femme capable de mâchonner des clous de tapissier et de les recracher n'importe où dans la maison. Pas étonnant, me dis-je en la regardant, que ma mère soit devenue le genre de mère qu'elle était.

« Kat, me demanda Zeena la veille de Noël, en s'asseyant au bord de mon lit et en se penchant vers moi, tu sais où est ta mère ?

— Grand-mère, dis-je d'un ton qui exprimait le fait que j'étais sincèrement choquée, parce que tu crois que je ne te le dirais pas, si je le savais ? »

Zeena avala ça, comme une cuillerée d'échardes.

« Non, je crois que tu me le dirais, dit-elle, avant de se raviser. Mais ta mère était une fille très secrète. Tu pourrais l'être aussi. Tu sais, ajouta-t-elle en se regardant les ongles, des ongles longs recouverts d'un vernis nacré, cet inspecteur au nom impossible m'a encore appelée il y a quelques semaines pour me demander si j'avais eu des nouvelles d'Ève.

— Et alors ? demandai-je.

— Alors, je lui ai dit : Mon vieux, vous feriez mieux de classer cette affaire. L'enfer sera gelé bien avant que cette femme revienne. C'est ma fille, elle a la fuite dans le sang. »

J'avalai ma salive.

Je repensai au dos de l'inspecteur Scieziesciez, à son trench-coat. Parfois, le soir, je pense encore à lui. À son visage rude écrasé entre mes cuisses. Je l'imagine qui arrive dans sa sombre voiture, comme il l'a fait ce jour-là, il s'engouffre par la porte de notre maison de banlieue, son arme à la main, il m'emporte dans ses bras et jette par terre le couvre-lit froufroutant d'un seul et unique geste.

« Tout a l'air parfaitement normal », dira-t-il alors comme la dernière fois, sauf que, là, il m'arrachera ma culotte tout en parlant.

J'espérais bien pouvoir revoir l'inspecteur Sciesciez au moins encore une fois avant qu'il classe l'affaire ; j'espérais aussi que ma grand-mère n'avait rien dit qui puisse réduire un peu plus mes chances de le revoir.

Marilyn apparut à ce moment sur le pas de la porte, vêtue d'une robe d'intérieur rouge entourant de dentelles et de rubans ses hanches généreuses et les deux gros ballons pleins d'eau que forment ses seins ; elle bloquait la lumière venant du couloir. Contrairement à Zeena, Marilyn est douce, comme un parterre de pétunias après une longue et forte averse. Ses cheveux sont rouges. (« Ils ne sont pas seulement teints, disait toujours mon père, ils sont morts, aussi. ») Elle a, derrière elle, plus d'années de veuvage que de mariage et elle aime tout le monde à la folie. Elle ne cesse de répéter des choses comme « Je t'aime », ou « Oh, comme je l'aimais ! », ou bien encore « Tu sais, je l'aimais passionnément, ton grand-père Sam ! », ce grand-père qui était un jour mort d'une attaque, pendant que Marilyn faisait cuire des côtelettes de porc ; il s'était écroulé sur le sol de la cuisine, comme si quelqu'un s'était glissé derrière lui et avait serré trop fort un cordon autour de son cou. Elle disait également : « J'adorais tout simplement chacun de mes fils. » Quand elle avait fini sa litanie, vous vous sentiez très gênée de voir que vous aimiez si peu de monde et si mal, gênée de voir combien vous aviez été avare de vos affections.

« Tu ressembles tellement à ta mère, me dit Marilyn. C'est même étrange. Ça me file des frissons. Je l'adorais, ta mère, vraiment. »

Elle tremble pour nous montrer qu'elle pense ce qu'elle dit.

Dehors, il y avait comme un bourdonnement, des lignes électriques, ou bien des avions, ou peut-être des Pères Noël circulant au-dessus de nos têtes dans leurs traîneaux électriques.

Le téléphone sonne un matin pendant que je me prépare pour aller au lycée ; je suis en train de tirer mes collants jusqu'à ma taille, en sautillant dans la salle de bains pour faciliter l'opération.

Avant de perdre du poids, je portais tout simplement ce qui était propre dans ma penderie, le premier vêtement dans lequel je pouvais encore entrer, celui qui, je l'espérais, susciterait le moins de plaintes de la part de ma mère quand je sortirais de ma chambre pour entrer dans son champ de vision. (« Mon Dieu, Kat, tu ne vas tout de même pas porter cette horreur ? »)

Mais depuis que je suis mince, m'habiller le matin est devenu chose plus complexe. La veille, allongée dans mon lit, j'imagine différentes associations de jupes et de pulls, je me vois dans des poses variées, celles que je pourrais adopter dans ces tenues et dans lesquelles on pourrait me voir : penchée au-dessus de la fontaine dans le couloir du lycée, en train d'avaler cette eau tiède, à température de nos fluides corporels, un fleuve chaud et humain qui, une fois dans ma bouche, me file la nausée. Ou bien assise à ma table en cours de littérature, les jambes croisées au niveau des chevilles, pendant que Mr Norman ronronne sur *Le Paradis perdu* de Milton.

Mr Norman porte des lunettes à monture d'écaille et il ne pèse qu'une petite cinquantaine de kilos, mais, dans ses cours, Satan semble sexy et séduisant, comme quelqu'un que Mr Norman lui-même pourrait admirer secrètement.

Tout en écoutant, j'imagine que Satan et l'inspecteur Scieziesciez m'attendent sur le parking du lycée, dans une Thunderbird argentée, en fumant des cigarettes, ils attendent de voir ce que je porte cet après-midi-là.

Dieu sait qu'il n'y a personne d'autre, dans ce lycée, pour lequel je pourrais m'habiller, personne qui importe, personne qui me regarderait deux fois, quand bien même je traverserais le couloir gris complètement nue. Phil ne remarquerait rien, et mes meilleures amies, Beth et Mickey, ne sont pas vraiment des bêtes de mode. Au lycée Theophilus Reese, en terminale, vous êtes ce que vous avez toujours été jusque-là. Votre destin est scellé très tôt. Votre destin, comme le groupe auquel vous appartenez.

Et au moment où les jeux se faisaient, au moment où les enfants les plus beaux avaient été distingués des autres, j'étais grosse. Maintenant, quel que soit mon poids, jusqu'à la journée de remise des diplômes, je resterais la Grosse.

Mais, depuis peu, je remarque que des hommes – dont certains sont plus vieux que mon père – me regardent marcher quand j'entre ou sors des restaurants, quand je m'éloigne du break de ma mère – qui est à moi, maintenant –, quand j'entre dans le McDonald, dans la bibliothèque ou dans le centre commercial.

« C'est à vous ? » m'a demandé un après-midi un homme qui portait un luxueux costume noir, alors que je faisais la queue à la caisse avec une boîte de tampons.

Il était essoufflé et tenait une moufle rouge dans sa main. J'ai fait non de la tête, en regardant la moufle, cette main ensanglantée, tendue vers moi.

« Bon, fit-il d'un air déçu, puis douloureux. Mais peut-être voudriez-vous que je vous offre un sandwich quelque part ? »

C'était pathétique, nous avons ri tous les deux. J'ai tendu mes tampons à la caissière ; même elle avait l'air timide.

« Je ne peux pas », ai-je répondu.

Il m'a regardée pendant quelques secondes en silence.

« Vous êtes une femme terriblement séduisante. »

Et il s'en est allé, en se retournant pour me faire un clin d'œil au moment où les portes automatiques s'ouvraient vivement devant lui. La caissière a mis les tampons dans un sac en plastique.

« Il y a des hommes... » dit-elle, tout en s'efforçant de ne pas me regarder dans les yeux.

Il avait à peine disparu que je ne me souvenais déjà plus de ce à quoi il ressemblait, ni de la raison pour laquelle j'avais refusé ce sandwich qu'il voulait m'offrir.

Être remarquée est pour moi une nouveauté et je dois, chaque jour, me prouver que cela peut se reproduire si je veux croire que cela m'est vraiment arrivé.

Dans ma tête, chaque soir, je volette et m'observe dans la pièce où je me trouverai le lendemain, telle une petite fée Clochette, je me regarde sous tous les angles, je me jauge de face, de dos, d'en haut, d'en bas – comme avec un œil électrique.

Bien sûr, le matin, j'ai peur au moment de choisir mes vêtements, et il me faut des heures pour me préparer. Quand je suis enfin prête, le sol de la chambre ou de la salle de bains est jonché de vêtements abandonnés, comme si les filles qui les portaient s'étaient dissoutes, autant de pulls et de jupes qui tombent par terre, faute de corps à couvrir.

Je me donne vraiment beaucoup de mal. Et dans quel but ?

Mais le matin, devant nos vestiaires, loin de la lumière piquante du gymnase, Beth me dit : « Tu es super, aujourd'hui, Kat. J'adore ton pull. » Bien sûr, quels que soient mes vêtements, quel que soit mon air, Beth dira toujours ça : c'est son rôle. Comme une ouvreuse de théâtre qui vous tend le programme en vous disant « Bon spectacle ! », Beth est toujours là pour moi. Même quand je suis d'humeur difficile, ou que je suis fatiguée parce que je vais avoir mes règles – que je suis pleine de crampes, déprimée, et méchante avec Beth –, elle me dira encore que je suis super, que je sens bon, que j'ai fait ce qu'il fallait faire.

Il n'empêche que je devine toujours quand elle le pense vraiment, et, ces derniers temps, c'est le cas. Depuis quelque temps, tout ce que je porte me va bien. Le gardien me salue d'un « Bonjour ma minette » éloquent, tout en passant et en repassant sa serpillière sur le sol.

« Il en pince pour toi », me dit Beth en faisant un geste vers le gardien ; il boite et il a le nom – à moins que ce ne soit le mot – « Dick »[1] brodé juste au-dessus du cœur.

Je connais Beth depuis le cours élémentaire, depuis l'époque où nous étions toutes deux de grosses petites filles, qui se tiennent à l'écart dans la neige pendant les récréations et regardent les autres filles sauter à la corde. Nous étions toutes les deux trop grosses pour être invitées à les rejoindre, si bien qu'on a fini par prendre l'habitude de bavarder ensemble. Les autres filles sautaient de plus en plus vite, dans un méli-mélo de jambes et de cordes, pendant qu'on attendait, dans nos grosses bottes de caoutchouc, que la cloche sonne pour nous rappeler vers la chaleur de la classe de Mrs Mulder.

Pour finir, mues par un ennui extrême, nous avons inventé un jeu à nous, à la balançoire à bascule. Nous montions et redescendions plusieurs fois, en papotant gentiment, puis l'une de nous, celle qui était en bas, se levait, mine de rien, et s'éloignait de la bascule, et l'autre, qui était en haut, s'écrasait lourdement au sol.

Le but du jeu était de quitter la bascule au moment où l'autre s'y attendait le moins – au milieu d'une phrase, ou d'un sourire –, afin de faire monter la peur et l'excitation de se trouver soudain à retomber sous l'effet de la gravité, comme une grosse fille qui tout d'un coup avait des ailes.

La première fois que Phil et moi on a couché ensemble, je me suis souvenue de ce jeu auquel je jouais avec Beth. J'ai repensé à la joyeuse anticipation

1. « Dick » est également un mot argotique, qui désigne le pénis. *(N.d.T.)*

du danger et de la douleur, quand je regardais le visage impassible de mon amie, qui regardait le mien.

Même si j'ai perdu quinze kilos, Beth s'entête à garder ses trente kilos de trop. Elle est devenue une sorte de célébrité au lycée, elle est admirée, mais pas aimée : elle est un objet de pitié envieuse. Son titre de gloire, c'est le piège implacable de son cerveau.

Elle a gagné toutes les compétitions que l'État de l'Ohio pouvait lui offrir et les murs de sa chambre sont tapissés de certificats, de plaques et de lettres de félicitations signées par l'un des assistants du gouverneur. Même quand elle ne fait rien de plus que manger une tarte aux fruits à la cafétéria, son cerveau enregistre, calcule et traite les données du monde.

« Kat, me dit-elle un jour, quand je lui ai annoncé combien j'avais perdu de poids, cela fait treize mille sept cent quatre-vingt-six grammes de graisse ! »

Je ne suis plus sûre des chiffres.

« Bon sang, Beth, tais-toi ! lui ai-je répondu. Je ne veux pas savoir des choses comme ça. Qu'est-ce qui te fait croire qu'on a envie de savoir ces trucs-là ? »

Je me suis rappelé ma mère, quand j'ai dit ça.

Le visage terne de Beth eut soudain l'air triste, sous ses cheveux châtain clair. Elle a toujours le même visage, celui du jeu de la balançoire. Celui d'une petite fille grassouillette. Un peu désespéré, douloureusement intelligent, bouffi d'une rage secrète.

La troisième du groupe s'appelle Mickey.

« Les trois sorcières », c'est ainsi que nous appelait ma mère, ou bien « les trois souris vertes ».

Mickey est comme moi, elle a maigri, elle a abandonné le visage de grosse fille qu'elle avait quand on s'est rencontrées en cinquième, elle l'a plaqué comme on plaque un petit ami décevant. Elle est maintenant pom-pom-girl, elle a réussi, à l'arraché, à obtenir une de ces positions enviées, pleines de pompe et de prestige mythiques, malgré le fait qu'elle était impopulaire et couverte de cicatrices dues à l'acné.

Il est clair que, même s'ils n'entendaient pas confier cette position à une fille comme Mickey, les membres du comité ne pouvaient tout simplement pas lui refuser une place dans l'équipe. Même Miss Beck, l'entraîneur des filles, tout en sourires pimpants et en pommettes saillantes, teint de pêche et œil bleu, avait dû reconnaître que Mickey était l'incarnation de la joie, du dynamisme et de l'esprit de compétition.

Nos différentes équipes s'appellent toutes les « Sauvages ». Le boulot de Mickey, c'est de les encourager à aller encore plus loin.

Mais, d'après Mickey, les autres pom-pom-girls refusent de s'asseoir à côté d'elle dans le car qui cahote à travers l'Ohio pour suivre l'équipe dans ses déplacements. Ce car, me dit toujours Mickey, sent la culotte de fille.

Vaporisateur intime, parfum : *Averse de printemps.*

Un peu comme si la fraîcheur d'un après-midi de mai était piégée entre les cuisses de ces filles, une légère brume qui s'élève de leur entrejambe pour se condenser sur les vitres du car.

Ces jeunes beautés refusent, apparemment, d'accepter Mickey dans leur groupe. Elles se blottissent les unes contre les autres et se passent une brosse à cheveux qui devient de plus en plus belle à mesure qu'elle circule de main en main et se couvre de fils de soie blonde.

Mais, comme je le disais, Mickey pourrait communiquer son esprit d'équipe à un cadavre, quand elle fait la roue ou saute en ciseaux avec un zèle frénétique et irrésistible. Lorsqu'elle danse sur le rythme plat de la musique de la fanfare, elle devient une véritable machine à remonter le moral. Les bras, les jambes, la voix, le coup de tête, le mouvement des hanches, tout est synchronisé. Plus d'une fois, Beth et moi sommes allées ensemble, dans le vent froid, regarder des matchs de football pour voir notre amie se démener comme une diablesse pleine de désir sur le terrain et sauter sous la lumière aveuglante du stade et du panneau des scores en criant « Hé, hé, hé, nous allons vous faire payer ! » Nous la regardions, pleines d'une incrédulité admirative. Après un jeu serré, souvent, Mickey était enrouée, voire aphone, pendant des jours et des jours.

Mais les cicatrices d'acné qui couvraient sa mâchoire et son menton se violaçaient parfois sous la peau, de méchantes cicatrices permanentes qui, rageuses, remontaient à la surface quand le temps était humide, surtout sous la lumière dure des fins d'hiver et des débuts de printemps. Je ne connaissais pas Mickey quand elle avait encore ses boutons, même si j'ai l'impression de la connaître depuis toujours, avec ses cicatrices. Elle est peut-être née avec ces marques.

« Fais-toi d'autres amies », me disait toujours ma mère, quand Beth et Mickey quittaient ensemble notre maison, leurs deux silhouettes ternes sortant par l'arrière de la maison. Elle refusait d'apprendre leurs noms. Elle les appelait Becky et Mindy en les regardant dans les yeux.

« Elles sont morbides, ces deux-là. Qu'est-ce qui ne va pas, chez elles ? » disait ma mère.

Mais je n'ai jamais voulu d'autres amies. J'aime, justement, ce qui ne va pas chez mes amies.

« T'es belle, maintenant que t'es mince », me dit un jour Beth avant Noël. Elle était peut-être un peu ivre. Nous étions assises sur le vieux canapé de vinyle, pendant que mon père, en haut, s'activait dans la cuisine, semblant arpenter les lieux, ou bien marcher sur place. Mickey avait versé, dans nos boîtes de Coca allégé, un peu du gin qu'on avait chapardé, je fumais sans avaler la fumée, je la laissais simplement circuler dans ma bouche et sur ma langue et ressortir comme un nuage amer, ou bien comme une grosse virgule grise indiquant une très longue pause. Le sous-sol était froid et suintait d'une vie souterraine, comme une matrice humide. Il n'y avait que deux fenêtres dans la partie aménagée, elles ne laissaient pénétrer qu'un filet de lumière carcérale et froide qui, dès qu'elle entrait, était avalée par l'isolant qui couvrait les murs et par la chute de moquette grise.

« Mais tu te comportes toujours comme si t'étais grosse », ajouta Beth.

J'ai réfléchi à ça en regardant ma courte jupe de daim, mes collants noirs et mon joli pull blanc. Je savais que, maintenant, je m'habillais comme une personne mince. Mes vêtements m'allaient bien. Je m'étais mise à porter du rouge à lèvres, à me raser les jambes, à me faire des brushings, et des mèches de cheveux bien coiffées encadraient mon visage de manière flatteuse, comme le joli visage d'une poupée de plastique, mais je me sentais toujours grosse.

« C'est ma mère, ai-je répondu. Elle est en moi, avec un ballon de baudruche, et elle attend le moment où elle me fera exploser. »

Et je me suis souvenue d'une fois où, avant Noël, j'étais allée avec elle au centre commercial, quand j'étais encore enfant. Elle voulait que je m'assoie sur les genoux du Père Noël. J'ai revu la façon dont elle m'avait tendue à lui, les bras du Père Noël m'avaient alors semblé chauds, ses genoux bien doux et ses yeux, perdus dans toute cette fausse barbe, un peu vitreux mais chaleureux. On entendait, venant de quelque part au-dessus de nous, des chants de Noël, fragiles et pleins de lumière, comme une paille de verre posée doucement sur les lèvres d'une soprano.

« Je peux l'emmener à la maison, cette petite fille ? avait-il demandé à ma mère, qui m'avait alors récupérée vivement.

— Il t'aimait bien parce que tu es grosse, avait dit ma mère.

— Elle aimait bien quand j'étais grosse, ai-je dit.

— Phil aussi », dit Beth.

Nous sommes des amies intimes. Beth, Mickey et moi ne parlons que des choses les plus personnelles : nos règles, nos parents, nos rêves. À l'heure qu'il est, on peut dire que nous avons fouillé les plus sombres recoins de nos maisons respectives. Ensemble, nous avons trouvé les diaphragmes de nos mères dans les placards situés sous les lavabos – comme de petits OVNI, ou bien comme ces pièces des sables, les petits oursins plats, rappelant vaguement l'océan, qui certes possédaient un caractère intime, mais pas plus sexuel que les éponges gratteuses avec lesquelles ces mêmes mères faisaient la vaisselle. Ce qui nous impressionnait le plus, ce n'était pas que nos mères puissent réellement coucher avec nos pères, mais que quelque chose puisse encore en naître – l'idée que la fertilité, pour nos mères ou pour nous, puisse persister aussi longtemps, comme s'il devait y avoir, pour toujours, de petits nids de mésanges dans nos utérus.

Nous avions vu nos pères respectifs, en sous-vêtements, tituber jusqu'aux toilettes la nuit, à moitié éveillés – comme des spectres gris de virilité, d'âge moyen, voûtés par la honte.

« Moi, je ne peux plus manger de boulettes de viande, annonça Mickey, un soir dans le sous-sol, depuis que j'ai vu ton père sans caleçon, Beth. Les burnes de ton père sont exactement comme les boulettes que prépare ma mère. »

Elle avait conclu sa déclaration en agitant la main en l'air comme pour chasser les horribles burnes de Mr. Warnke.

« Tu le regretteras, me disait ma mère. Ce sont les plus belles années de ta vie, et tu n'auras jamais que ces deux mochetés pour te les rappeler.

— Je m'en fous », lui avais-je répondu en lui tournant un dos aussi vide qu'un souvenir perdu.

Et je me dis : Quelle importance si je ne vais jamais regarder mes albums de lycée et me pencher, avec attendrissement, sur les petites photos de mes camarades de classe, me rappeler l'amitié de cette époque, les petits tonneaux de bière lancés contre les doubles vitrages le samedi soir quand les parents trop confiants de l'un d'entre nous avaient quitté la ville, ou mon nom bombé à la peinture rouge sur le mur est du lycée, là où les élèves les plus populaires immortalisent, traditionnellement, leurs noms et leurs relations en grosses lettres stupides durant les derniers mois de la terminale : profusion de cœurs, d'étoiles, de points d'exclamation, jusqu'au moment où survient le gardien armé de son seau de peinture blanche, qui efface à la brosse sur les blocs de parpaing une autre année d'élèves populaires ?

Être une de ces lycéennes populaires, c'était un peu comme être un lapin, une créature tremblante et éphémère, un simple désir vaporeux, plein de sagesse rétrospective, qui sautille. Une essence, une légère bulle d'air, de l'énergie fantasque qui entre et sort vivement d'un bas de jolie fourrure claire, sur le point d'être dépecée, membre par membre, par le chien égaré du Temps.

Pourquoi donc même imaginer que je pourrais vouloir être l'une d'entre elles ?

En plus, ma vie dans cet endroit ne durera pas. Mes demandes d'inscription à l'université ont déjà été postées. Quatre demandes. Toutes accompagnées d'un petit texte personnel, soigneusement rédigé, qui commence par : « Je souhaite bénéficier de la meilleure éducation possible, ce qui pour moi implique de suivre les cours de l'université de... »

À la vérité, l'université a toujours été le dernier endroit où je voulais aller. Cette institution plane dans mon imagination comme une sorte de Cité fantastique peuplée de gosses de riches, avec leurs lunettes de soleil, leurs bandanas autour du cou et la lumière verdâtre de leurs bouteilles d'Heineken. Au milieu, un horrible petit homme mène la danse.

Ce n'est pas un professeur, c'est un administrateur, comme mon père. Si vous pouviez le voir, vous en resteriez bouche bée de déception et de compréhension soudaine.

Mickey et Beth sont folles de joie à l'idée d'aller à l'université. Phil ne songe même pas à faire sa demande.

J'entends mon père, il décroche le téléphone, qui n'a pas sonné aussi tôt depuis le matin suivant le jour où ma mère a disparu, le matin où elle a appelé mon père pour lui dire qu'elle ne reviendrait jamais. Je ne l'ai pas vraiment entendu sonner, cette fois-là, d'ailleurs, et, je m'en rends compte maintenant, cela fait des mois que je ne pense plus au téléphone comme à un moyen commode, pour ma mère, de nous contacter. J'imagine plutôt qu'elle choisirait maintenant un message tracé par un avion dans le ciel, ou bien la télépathie, ou bien encore un groupe d'oiseaux dans la baignoire. Je me tache la paupière de mascara quand j'entends le téléphone sonner et je dois essuyer le tout avec un disque de coton mouillé.

Il y a deux ans, quand mon père est allé signaler la disparition, les flics nous ont dit de rester près du téléphone pendant quelques semaines, parce que nous pouvions recevoir un appel à tout moment, jour ou nuit, un appel urgent.

On a donc acheté un répondeur, juste au cas où nous serions sortis quand viendrait le fameux appel, et mon père a enregistré le seul message auquel nous pouvions penser : « Il n'y a personne à la maison pour le moment. Laissez, s'il vous plaît, un message après le signal sonore. »

Aucun message ne vint jamais de ma mère, ni à son sujet, sauf ceux du service de *Shh-shh-shh* annonçant qu'il n'y avait pas de nouvelles.

Avec cette tache de mascara sur mes paupières, j'ai l'air d'avoir l'œil au beurre noir, et plus j'essaie de la frotter, plus elle devient sombre, alors je finis par déposer des points de mascara sur l'autre paupière et tentai de camoufler le tout en une sorte d'action délibérée : je me mets du fard à paupières noir. J'entends mon père parler au téléphone, en bas, avec sa voix enrouée du matin, puis il raccroche rapidement.

Plus tard, dans la voiture, alors qu'on roule vers le lycée, mon père me parle de la mystérieuse personne qui a appelé. Il plie et serre ses doigts gantés sur son volant, en regardant droit devant lui. Janvier est en train de fondre en eau tout autour de nous. Quand il gèlera à nouveau, tout sera dangereusement glissant. Je me souviens du matin de l'an dernier, quand j'ai vu le parking de la supérette tout près de mon visage, je ressens à nouveau la brûlure sur mes mains.

« La personne qui a appelé, annonce mon père, était une femme. »

Il se plonge ensuite dans un silence qui semble aspirer tout l'air contenu dans la voiture. Je regarde le profil de mon père. Ses cheveux sont à présent de la couleur de l'argent, de l'argent sale. Il est assez beau. Il ne semble plus faible du tout. Quand a-t-il cessé d'avoir l'air faible ?

« Ah oui ? » lui dis-je, en me rendant compte que je dois avoir l'air peu aimable.

Je suis une adolescente. Je ne sais pas où est partie ma douceur de petite fille. C'est comme la faiblesse de mon père, elle a simplement disparu. Je me suis réveillée un matin et cette douceur était partie.

Il avale sa salive.

« Eh bien, c'est une femme qui vend des livres scolaires, je l'ai rencontrée au bureau. Elle voudrait que j'aille dîner avec elle. »

Je ris très fort avant de me couvrir le visage de ma main gantée.

« Ça te gêne ? demande mon père, qui regarde toujours droit devant lui, vers un camion de pompiers.

— Putain, mais non ! dis-je. Pourquoi tu ne sortirais pas avec une femme, papa ? Ça me ravit de voir que tu as rencontré quelqu'un. »

Je touche même sa main posée sur le volant : c'est pour vous dire comme je suis une gamine ouverte et amicale.

Mon père rit un petit peu, on dirait le rire d'un homme pris de panique dans un ascenseur bondé qui descend trop vite, mais pas encore assez vite pour qu'il hurle. Il doit continuer à garder son calme.

« Bien », dit-il d'un ton plus léger.

Il porte un manteau marron sur son costume bleu marine et il a une écharpe de laine rouge autour du cou.

« Elle est gentille », ajoute-t-il en agitant la main dans ma direction, comme s'il lançait des confettis.

Je reconnais ce moment, cet espace intime que nous habitons et le profit potentiel que je peux en tirer. Toutes les adolescentes ne naissent-elles pas équipées d'un radar, pour repérer ces moments-là ?

« Mais alors, papa, lui dis-je, si je ne l'aime pas, est-ce que je peux t'emmerder autant que tu m'emmerdes avec Phil ? »

Il regarde dans le rétroviseur, gare la voiture devant le lycée et soupire. Puis il se tourne vers moi.

« J'imagine, dit-il d'une voix docile et un peu pâteuse, que je devrais cesser de t'emmerder – il dessine des guillemets dans l'air quand il prononce ce mot – avec Phil, c'est ça, ce que tu veux dire ? »

Je lève les sourcils et marmonne :

« Mouais », en essayant de prendre un air radieux et pétillant, tout en lui donnant un baiser rapide, avant de bondir hors de la voiture.

Je me rends compte maintenant que je joue le rôle de la fille joyeuse et vive d'un père veuf, sérieux et soucieux, même si ma mère – encore assez vivante – pouvait très bien nous attendre, à ce moment précis, au ranch désert.

Est-ce que cela la gênerait si, en rentrant à la maison, elle trouvait mon père avec une petite amie ?

Est-ce que ma mère était une femme jalouse ?

L'avait-elle jamais été ? Est-ce que ma mère avait jamais ressenti ce sentiment qui m'envahissait chaque fois que je voyais Phil appuyé contre son vestiaire, pendant qu'une fille – peut-être Bonnie Pinter, qui ne portait jamais de soutien-gorge et dont les lèvres étaient toujours humides et entrouvertes, en une sorte d'invitation permanente à la pipe – gloussait en face de lui ?

« Tu dis n'importe quoi, me disait-il quand je l'accusais de flirter avec elle. C'est un vrai boudin. »

Mais moi, j'avais l'impression que quelqu'un m'avait bourré la bouche de coton. Je ne pouvais supporter l'idée qu'il puisse penser à quelqu'un d'autre. Je pouvais très bien déboucher dans le couloir de ce lycée et le voir sous la lumière crue en train de parler avec Mickey, je parle de Mickey, de ma meilleure amie, et je me retrouvais alors à glisser le long de cette pente savonneuse qui parcourait mon estomac, comme une enfant sur un tricycle qu'elle ne contrôle plus, et je déboulais ce flanc de colline pendant que quelque chose d'inaudible hurlait en moi.

Est-ce que ma mère avait jamais ressenti cela ?

Quand mon père ôte son gant pour me faire au revoir d'un signe de la main, je m'aperçois qu'il a enlevé son alliance. Hier, au dîner, il la portait encore.

Je suis sûre que ma mère n'a jamais été jalouse, sûre qu'elle n'a jamais pensé, même pendant une seconde, qu'une autre femme pourrait s'intéresser à mon père. À ses yeux, il était sans doute le dernier homme sur cette terre qu'une femme pût désirer. N'est-ce pas pour cela qu'elle est partie si vite, sans même se soucier de prendre son sac ?

Rester piégée avec cet homme ne valait, pour elle, ni argent, ni cartes de crédit, ni rouges à lèvres.

Mais lui, en revanche, il avait été un mari jaloux.

Un jour, durant le pique-nique de fin d'été organisé par son club de golf, mon père avait bu trois bières trop vite, avant que les hot-dogs soient servis, et, tout rouge, trempé de sueur, désireux de se vanter auprès de ses potes – tous étaient plus riches que lui et tous jouaient mieux au golf –, il avait marmonné quelque chose, sans aucun rapport avec la conversation.

« Ma petite Ève n'a pas pris une livre depuis notre mariage. »

Les autres femmes présentes au pique-nique ouvrirent toute grande la bouche, feignant l'admiration, l'envie irrésistible, alors que tout ce qu'elles ressentaient pour mon père, pour sa vantardise grossière, pour son ébriété rubiconde et pour le corps si mince de sa femme, n'était que morne détestation.

« Oh, mais j'en suis malade ! » dirent-elles en soupirant, comme s'il s'agissait d'un compliment, pendant que leurs maris excités jaugeaient lentement le corps de ma mère, pendant que les saucisses grésillaient dans leurs peaux et qu'un mirage de chaleur nourrie d'engrais flottait au-dessus du terrain. Les clous, sous les chaussures de mon père, brillaient au soleil, qui se couchait comme un gros visage rouge à l'ouest. Agacée, ma mère mâchonnait un glaçon acide venu de sa vodka-tonic et elle lança en direction de mon père un regard mauvais comme un jet de pointes argentées.

Mais mon père ne remarqua que les regards que les autres hommes envoyaient à ma mère, pas celui qu'elle lui décocha. Il voulait se vanter, mais il ne voulait pas qu'ils la désirent. Il ne comprenait d'ailleurs pas pourquoi ils le feraient. Ne savaient-ils donc pas qu'elle était à lui ? Il n'était pas très religieux, mais il connaissait bien l'histoire du *Tu ne convoiteras pas la femme de ton prochain,* et lui-même ne le ferait pas. Ce ne serait pas poli.

Et, de toute façon, que représentaient les femmes, pour lui ? N'avait-il pas toujours été le genre d'homme qui, quand il voit une prairie ondoyante, des hectares couverts de fleurs sauvages et de merles aux ailes rouges qui volent de roseau en roseau dans leurs brillants atours, pense que cette prairie ferait un très beau terrain de golf ? Il voit où il placerait les bunkers et il s'imagine en train de parcourir ces monticules à l'herbe rase et soignée dans une petite voiture.

C'est pourquoi, sur le chemin du retour, en revenant du pique-nique, il se mit à bouder.

Ma mère regardait défiler le paysage, tout n'était qu'angles brouillés dans le crépuscule et dans les brumes de chaleur estivales ; visiblement, elle refusait de lui demander ce qui n'allait pas : un peu étourdie par la vodka, elle attendait qu'il parle, comme on attend que le dentiste vous coince un bout de coton entre les lèvres et les gencives.

« Je n'aime pas que tous ces gars matent ma femme, finit-il par lâcher.

— Oui, eh bien dans ce cas, tu ferais peut-être mieux de ne pas parler de moi et de ne pas les encourager à me regarder », répondit-elle.

Un silence.

Il pensait aux terrains de golf...

Il fut un jour où les merles, les roseaux et les fleurs sauvages prospéraient librement sur ces collines de l'Ohio.

Mais ce que mon père voulait, c'était un parcours facile, dans un petit véhicule motorisé, sur des prairies domestiquées, avec de petits fanions de golf en plastique qui claquent dans la brise, tout en vous guidant joyeusement de fairway en fairway, de trou en trou.

Les deux grands-mères ont joué le grand jeu de Noël pour mon père et moi. Elles ont bourré les bas rouges accrochés à la cheminée avec des chaussettes de sport. Elles ont fait du gâteau de riz. Elles ont passé des chants de Noël sur la stéréo toute la journée, comme pour noyer dans la musique le bruit blanc de cet après-midi d'hiver.

« Il est né le divin enfant... »

Toute la journée, un gros rôti a sifflé et grésillé dans le four. L'odeur de la chair calcinée, cette torture domestique infligée à une vache nous a fait saliver pendant des heures, bien avant que nous passions à table.

Phil est arrivé avec Mrs Hillman juste avant que les grands-mères se mettent à charger la table de viande, de sauces et de pains variés ; elles firent comme si Mrs Hillman n'était pas aveugle et comme si mon père ne traitait pas Phil en ennemi mortel – en le dévisageant quand Phil ne regardait pas, puis en détournant son regard quand Phil se tournait vers lui.

« Un très, très joyeux Noël à tous », déclara Marilyn en levant une coupe de cristal pleine de champagne au-dessus de sa tête.

Nous avons également levé nos verres – le service de cristal datant du mariage de mes parents –, qui ont attrapé la lumière tombant du plafond pour la renvoyer tout autour de la table en petits éclats nets d'air et d'eau qui venaient toucher nos visages.

Quand un peu de champagne tombé du verre de Mrs Hillman a atterri sur la purée de mon père, Phil a levé les yeux au ciel.

« Brock, reprends donc encore un peu de viande », a dit Marilyn à mon père, son fils.

Mais, assis à côté de moi, mon père restait pâle devant ces monceaux de nourriture cachés sous des couvercles de sauteuses ou sous des feuilles de Cellophane. Il avait l'air d'un homme assistant à une fête des morts, effrayé par toutes ces victuailles, entouré par les fantômes des Noëls passés : des femmes floues qui lui montrent le poing, ou bien une flopée de Vierges Marie dans leurs robes bleues, qui tapent du pied avec impatience, visiblement agacées d'avoir à attendre dans cette crèche, alors qu'elles avaient rendez-vous ailleurs.

Mon père a toujours eu un côté radin, de toute façon ; c'est un rapiat inquiet. Le genre d'homme à essayer de faire baisser le prix du sapin de Noël de vingt à dix dollars : il reste planté derrière la camionnette garée sur le parking du supermarché, harcèle le vendeur, un gars mal rasé portant une chemise de flanelle, secoue la tête pour dire *non, non, non,* dans le froid embaumant la résine et la sève, pendant que ma mère et moi l'attendons dans la voiture, les vitres remontées, avec le chauffage qui nous étouffe de son air sec.

Mon père finissait toujours par revenir à la voiture, très rouge, et sans arbre.

« Allons voir ailleurs », disait-il.

Ma mère baissait alors les yeux vers ses gants de cuir, et on voyait palpiter les muscles de sa mâchoire.

« Mais papa, ai-je certainement pu dire parfois, cet arbre-là était parfait. »

Et il l'était : riche en branches, sentant bon la verdure et la joie.

Mais cela n'avait aucune importance.

On finissait toujours par rentrer à la maison avec un arbre à dix dollars. Avec le jumeau maladif de celui que mon père avait refusé d'acheter.

Bien sûr, une personne généreuse aurait pu dire que mon père avait simplement l'esprit pratique. Après tout, nous n'étions pas vraiment riches. Il gagnait bien sa vie, mais ma mère ne travaillait pas. Et les traites de la maison de Garden Heights n'étaient pas insignifiantes, le droit de vivre dans une banlieue tranquille avec un grand garage n'était pas gratuit. Nous payions pour être entourés de calme, comme s'il s'agissait d'un mur hérissé de diamants.

Une personne généreuse, donc, aurait fait remarquer que mon père s'occupait avant tout de nous protéger, il engrangeait pour mes études supérieures, tout en s'assurant que nous avions de jolis vêtements et des meubles solides. C'était un homme qui savait ce qu'était le gaspillage, et comment il s'accumulait dans le vide que l'on crée pour lui : des tas d'os rongés, des boîtes de conserve vides, des assiettes en papier sales, des arbres de Noël trop chers que l'on ne gardait que deux semaines, avant de les jeter à la décharge. Mon père détestait le gaspillage.

Mais ma mère ne voyait jamais mon père – et n'en parlait jamais – sous un jour favorable. Elle appelait toujours mon père son « rabat-joie »...

« Combien ont encore coûté ces nouveaux rideaux ? » pouvait demander mon père, bouche bée devant les tentures, quand ma mère avait passé toute la journée à les installer.

Dès qu'il quittait la pièce, elle disait, en regardant le dos de mon père : « Lui, c'est mon rabat-joie. » Je m'imaginais alors mon père rabattu et aplati par une presse à vapeur, comme un personnage de dessin animé – un carré trempé de chair pâle, dont juste le visage dépassait encore.

Mon père, le rabat-joie abattu...

À table, cette année-là, mon père arborait sa grimace de Noël habituelle, comme si les dépenses occasionnées avaient raboté ses dents pour en faire des chicots engourdis.

Il avait offert à sa mère et à sa belle-mère des radios-réveils identiques, j'en ai eu un, moi aussi, avec, en plus, un petit porte-monnaie garni de quelques billets.

« Achète-toi ce qui te fera plaisir », dit-il pendant que l'arbre clignotait dans ses yeux.

Je n'ai pas compté les billets.

« Encore un peu de viande », proposa l'une des grands-mères, en poussant le plat vers lui.

Mon père entreprit de choisir quelques morceaux de bœuf avec sa fourchette, mais il ne finit par prendre qu'un bout de gras grisâtre, qu'il coupa en deux moitiés gélatineuses, avant de les enfourner et de les mâchouiller un bon moment puis de les avaler.

« Mais, dit Mickey, si tu le trouves mignon, cet inspecteur, pourquoi tu ne vas pas le voir à son bureau pour le draguer ? »

Nous fumons des cigarettes mentholées dans le break de ma mère sur le parking du lycée. Un ruban de fumée à la menthe flotte au-dessus de nous, comme quelque chose que ma mère aurait pu rapporter de chez le dentiste par une journée de printemps.

« Tu te fous de moi, ou quoi ? Il a au moins quarante ans. Et même si je pouvais le séduire, tu crois pas qu'il pourrait aller en prison pour s'être fait une jeune ?

— Non », répond Mickey, qui étudie sérieusement la question.

On dirait une comptable qui examine des colonnes de chiffres inscrites au-delà du pare-brise. Elle porte son costume de pom pom-girl, ses jambes nues sont piquetées par le froid sous la petite jupe plissée vert et or. Ses courtes socquettes blanches sont à hauteur réglementaire, juste au-dessus des chevilles, et son blouson de cuir, dont la fermeture Éclair est tirée jusqu'en haut, est orné d'un grand « R » vert. C'est à nouveau la saison du basket-ball, ces longs mois de gymnases moites, avec les slips et les coquilles qui sentent la sueur, le roulement de tonnerre qui monte des gradins et les hurlements étouffés par les blocs de parpaing.

Parce que Mickey est pom pom-girl, si je voulais traverser l'océan Atlantique à la nage, elle m'y encouragerait, elle me persuaderait que je peux le faire sans aucun problème : dois-je donc prendre son conseil au sérieux ?

« Je ne pense pas, continue-t-elle. Je crois que l'âge légal du consentement, dans l'Ohio, est de seize ans. En plus, Kat, c'est un putain de flic, après tout.

Il trouverait sûrement un moyen de ne pas se faire pincer.

— Et Phil, dans tout ça ?

— Et Phil, tu me demandes ? » réplique-t-elle, et nous éclatons de rire toutes les deux.

« T'as qu'à faire à Phil, poursuit-elle, toujours en riant, le coup que ta mère a fait à ton père. » Je cesse de rire. Je pense à ma mère.

« Oh ! Kat, me dit Mickey, excuse-moi. Je n'aurais pas dû dire ça, c'est ça ? »

« Où crois-tu que ta mère se trouve ? me demanda Zeena, alors que nous étions en train de débarrasser la table du repas de Noël et de glisser les plats graisseux dans l'eau grise de l'évier.

— Je n'en ai pas la moindre idée, grand-mère, lui répondis-je.

— Ton père a une mine terrible, ajouta-t-elle en léchant un peu de sauce sur la louche avant de la plonger dans l'eau. Tu sais, j'ai quitté deux maris, mais jamais de cette façon-là. Je leur ai dit à tous les deux où j'allais. »

Marilyn arriva alors derrière nous.

« Mais ce ne serait pas dans le style d'Ève, dit-elle en secouant la tête tristement. Son genre à elle, c'est de disparaître dans la nature, comme ça – elle eut un geste de la main, comme si elle faisait jaillir de la poussière d'étoile de ses doigts –, elle s'évanouit en fumée. »

Zeena sortit un torchon du tiroir, le sentit, puis elle me regarda.

« Essaie de deviner, Kat, me suggéra-t-elle, en agitant joyeusement le torchon à carreaux qu'elle tenait dans une main. Pour ta mère, juste une idée, où pourrait-elle être ? »

Zeena est joueuse jusqu'au bout des ongles.

Bon, me dis-je alors, d'accord, pourquoi pas ?

Essaie de deviner.

Je voulais bien jouer, moi aussi.

J'ai fermé les yeux pour réfléchir sérieusement pendant que mes grands-mères me regardaient, mais la seule chose qui me venait à l'esprit, c'était le message sur le panneau d'affichage devant lequel nous passions quand nous allions au centre commercial. Ce message disait, en austères lettres noires : « LE PRIX DU PÉCHÉ, C'EST LA MORT. »

J'ai secoué la tête.

« Je suis désolée, grand-mère, je ne peux même pas deviner.

— Pas de problème », me répondit-elle.

Le lendemain, leurs avions ont décollé exactement à la même heure vers des directions opposées du pays, mes deux grands-mères planant tout d'un coup à des kilomètres dans le ciel, dans d'identiques boîtes de fer munies de grandes ailes, traversant les nuages, les averses et le ciel gris du Middle West qui maintenant les séparait.

Phil et moi les avons conduites à l'aéroport, sous un petit blizzard, un jeudi après-midi. Nous étions tous deux assis devant, Phil était au volant, et les deux grands-mères se tenaient les mains sur la banquette arrière. Zeena portait une robe et des bottes en jean. Marilyn avait sa veste de lapin bien fermée, et, avec la capuche qui couvrait ses cheveux rouges, elle avait l'air d'un petit animal de compagnie que l'on ne s'était pas attendu à voir grandir autant quand on l'avait ramené du magasin. Vous étiez sorti pour acheter quelque chose de petit pour votre gosse, mais cette chose n'avait jamais cessé de grandir. De devenir toujours plus folle. Peut-être même un peu méchante, aussi. L'autoroute déroulait son ruban de froid noir devant nous.

« Vos vols vont peut-être être annulés, dis-je par-dessus mon épaule. À cause du temps.

— Pas question, répondit Zeena, pendant que Marilyn secouait également la tête. Jamais un vol que je devais prendre n'a été annulé.

— Pareil pour moi », dit Marilyn.

Sur la banquette arrière, dans la voiture du père de Phil, les grands-mères étaient radieuses, comme si la vieillesse les embrasait de lumière, elles étaient comme deux filaments dans deux ampoules, chacune était emprisonnée dans sa lumineuse cage de verre.

Où peut bien être ma mère ? me demandai-je alors.

J'essayai d'y penser. Mais les possibilités semblaient aussi innombrables que les étoiles, et vouloir les examiner toutes ensemble, c'était un peu comme essayer de décider où finissait l'univers, ou bien qui avait inventé Dieu si jamais Dieu avait créé le monde, un peu comme essayer de distinguer quelque chose de blanc sur un fond blanc.

« Qu'est-ce donc que l'infini ? » nous avait un jour demandé Mrs Valentine en classe de géométrie, alors qu'elle traçait à la craie un cercle parfait sur le tableau.

Personne n'a levé la main. Et, quand j'ai essayé de chercher une réponse dans le silence de la classe, je me suis retrouvée suspendue, étourdie, au-dessus de mon cerveau, qui ne semblait plus être contenu dans mon crâne, mais qui flottait au-dessus de moi, invisible et vide, sans questions, sans réponses non plus, se contentant d'indiquer des possibilités par des rêves et par des choses fugitives auxquelles je pensais peut-être.

Ces pensées d'infini m'épuisaient, tout comme le fait de regarder le cercle parfaitement vide qui ornait le tableau ; et Mrs Valentine attendait sa réponse, pendant que je me demandais où pouvait bien être ma mère.

Ce cercle était comme le « o » du mot « orgasme » sur la couverture du livre de ma mère, *Comment atteindre l'orgasme : un guide pour les femmes.*

Ou bien comme le « O » de Ohio, le grand, le majuscule, séparé pour toujours du petit par cette exclamation ridicule : « Hi ! »

Hi ! Hi ! Hi !

Alors que je regardais ce cercle, des flocons de neige isolés semblèrent voleter dans mon imagination, soulevés par l'air qui la traversait, certains se posaient, d'autres s'élevaient et retombaient comme un voile devant mon visage, ou bien comme un ruban de souffle que je poursuivais – que je voulais attraper et garder dans un petit gobelet de carton.

« Et vous, qu'en pensez-vous ? demande le docteur Phaler. Pensez-vous que votre mère aurait pu avoir une liaison ?

— Je ne sais pas, dis-je. Je ne sais pas quoi penser, à propos de ma mère. »

Mais je pense quelque chose, en fait : qu'elle était une femme au foyer, sa femme au foyer à lui.

Pendant vingt ans, elle lui a servi son dîner à dix-huit heures. Après, elle faisait la vaisselle avec du Palmolive, pour garder ses mains douces et blanches. Une année, il avait proposé de lui acheter un lave-vaisselle pour Noël, mais elle avait été très claire, elle ne s'en servirait jamais, car laver la vaisselle du dîner de son mari était un des plus grands plaisirs qu'une femme pût éprouver. Il ne s'était même pas rendu compte qu'elle se moquait de lui.

Voilà ce que je sais sur mon père :

Quand ils se sont fiancés, il aurait voulu que sa mère et ses frères la voient, bien habillée, avec à son doigt la bague qu'il lui avait offerte – un solitaire tout à fait conventionnel, un quart de carat, le genre de bague de fiançailles que les bijoutiers gardent dans un tiroir doublé de velours sur lequel est écrit le mot « Rapiats ». Il aimait voir la pierre briller au doigt de ma mère. Un peu de lumière terne, qu'il lui avait donnée parce qu'elle avait accepté de devenir sa femme.

Tout simplement, cela inscrivait, sur le doigt de sa femme, quelque chose de simple sur son compte à lui.

Parfois, il aimait écrire le nouveau nom de ma mère sous le sien sur un bout de papier :

Brock Connors

Ève Connors

Puis : *Mr et Mrs Brock Connors.*

Et enfin, le nom qui faisait grincer les dents de ma mère, *Mrs Brock Connors,* comme si, avec le mariage, mon père était non seulement lui-même, mais qu'il investissait aussi l'identité de sa femme.

Tout juste fiancée, attendant le jour J comme on attend devant un séduisant dentiste qui agite son plateau d'instruments d'acier dans votre direction – une douleur nécessaire à venir –, peut-être que ma mère se voyait déjà dans une quelconque banlieue résidentielle : portant un tablier blanc sur une jupe droite écossaise, les cheveux tirés en arrière en un brillant chignon, elle branche un aspirateur qui l'avale aussitôt.

« Alors, pourquoi l'a-t-elle épousé ? demande le docteur Phaler.

— Parce qu'il était là, dis-je. Et qu'il voulait l'épouser. »

Elle avait vingt-sept ans, elle était réceptionniste aux bureaux des aciéries Waterhouse, et elle vivait avec son père, qui passait ses journées à construire des maquettes d'avions dans son atelier. Le soir, il faisait voler autour de la maison un hélicoptère radiocommandé, il transpirait, menait les opérations avec une certaine agitation, il se cognait dans les lampes et cassait des objets.

Quand elle a été embauchée à Waterhouse, le président de l'entreprise lui a promis une longue et brillante carrière, mais, cinq ans plus tard, elle était toujours enchaînée à la réception, elle répondait au téléphone et écoutait les autres secrétaires installées derrière elle, qui discutaient en murmurant de mises au chômage et de réductions de salaires, avec des voix pleines d'asthme et de toussotements nerveux.

« Ici les aciéries Waterhouse. À qui désirez-vous parler ? » demandait-elle des centaines de fois par jour.

Elle répétait même la question dans son sommeil. Mais, dans ses rêves, il n'y avait personne à l'autre bout de la ligne quand elle répondait, juste le son de son sang qui palpitait dans son oreille. Son propre sang. Pâle et frémissant. Un peu de souffle, aussi. Des parasites – comme si, très loin, un petit oiseau marron aux pattes minces et sèches sautillait sur du papier sulfurisé et se dirigeait vers elle.

Et elle se mit à penser que le son émis par ce vide allait peut-être constituer la musique de sa vie... Du vent, de sales oiseaux, et rien d'autre.

Elle était allée à l'université, et s'y était plutôt bien débrouillée. On lui avait même accordé quelque attention. Pour son cours de littérature de dernière année, elle avait fait une dissertation sur les *Chants d'innocence* et les *Chants d'expérience* de William Blake, qu'elle avait intitulée « L'Agneau sacrificiel », avec, en exergue, une citation extraite du poème « Le Tigre » : « Celui qui créa l'Agneau t'a-t-il créé ? »

Elle y parlait de la double nature de l'existence humaine, telle qu'elle était décrite dans les poèmes de Blake. Le professeur Norman Owen, qui était un poète mineur à ses heures – un homme à la barbe grise, mais à la poitrine très musclée, au développement de laquelle il avait sans aucun doute consacré une bonne partie de sa vie active –, avait lu la dissertation de ma mère en classe lors du dernier cours et il lui avait même demandé de se lever pendant que les autres étudiants l'applaudissaient. Et pourtant, pendant la majeure partie du semestre, elle était restée assise au fond de la classe, à prendre des notes, et il ne lui avait jamais adressé la parole, n'ayant d'ailleurs jamais eu aucune raison de le faire jusqu'à ce dernier cours.

« Ève, déclara-t-il en lui tendant sa dissertation, voilà un travail splendide ! »

C'était aussi ce qu'il avait écrit sur la copie : *Ève, voilà un travail splendide !* Note : 20/20.

Et les choses s'arrêtèrent là.

Après le cours, Owen quitta l'amphi où il officiait, suivi par trois ou quatre jeunes gens – qui portaient tous des lunettes et des chemises blanches mal rentrées dans leurs pantalons étroits – qui pérorèrent sur T.S. Eliot avec lui tout en l'accompagnant jusqu'à son bureau.

On était alors en 1962.

Le lendemain, le père de ma mère vint la chercher à Colombus, il était heureux de la voir, heureux de sortir de la petite chambre du dortoir aux murs pelés en lui portant ses vêtements et ses livres entassés dans de minces cartons, heureux de la ramener à la maison avec sa splendide dissertation et son diplôme, ce bout de parchemin à l'odeur de gâteau rassis.

Une fois arrivés dans leur vieille ferme située en dehors de Toledo, quand ils eurent remonté les affaires de ma mère dans sa chambre de petite fille, le père de ma mère s'effondra dans leur canapé défoncé.

« Dieu merci, c'est fini, tout ça ! » dit-il. Il parlait de l'université.

Comment cela avait-il pu passer si vite ?

Elle avait à peine eu le temps de se retourner qu'elle était déjà rentrée à la maison.

Ma mère avait donc eu une éducation supérieure. Pendant quatre ans, elle s'était promenée dans l'une des plus grandes bibliothèques de l'Ohio : elle avait vu toutes ces pages jaunies mangées par les vers et par les doutes ; elle en avait rapporté dans ses cheveux l'air un peu moisi, quand elle regagnait le dortoir le soir.

Elle n'avait jamais réussi à intégrer une association d'étudiantes. Elle avait étudié la littérature anglo-saxonne pendant quatre ans, tout en travaillant dans une cafétéria, où elle découpait des cubes de desserts gélatineux et de gâteaux à l'aide d'un couteau plat, avant de les placer avec soin dans une vitrine réfrigérée.

Je ne saurais dire pourquoi l'idée d'une véritable carrière ne lui est jamais passée par la tête, durant les années qui s'écoulèrent entre la fin de ses études et la rencontre avec mon père.

Qu'elle n'ait rien fait de cette bonne éducation reste une énigme. Cela devait l'être aussi pour elle. Ces quatre années d'université étaient peut-être devenues, après cinq ans passés à Waterhouse, un autre cube frais et tremblotant dans sa tête. Elle avait peut-être peur, après tout ce temps, de le retourner dans sa mémoire, peur de le sortir à nouveau sur l'assiette ordinaire, blanche et plate de sa vie.

Son travail l'ennuyait.

Son père n'était pas très bavard.

Elle avait fini par chercher un peu de distraction, la nuit, dans les bars de Toledo, en quête d'un homme, en quête d'un futur. Elle était belle et intelligente. Une femme sexy, spirituelle et désespérée.

Un jour, dans un magazine que j'avais lu dans la salle d'attente d'un dentiste – peut-être celle du docteur Heine, pendant que j'attendais ma mère –, c'était sûrement un magazine féminin, j'avais lu une statistique surprenante : l'endroit où une Américaine d'environ vingt-cinq ans avait le plus de chances de mourir était le siège du passager avant d'une voiture.

J'avais essayé de m'imaginer ça. À travers toute l'Amérique, des jeunes femmes, assises à cette place, regardent le continent se dérouler sous leurs yeux, elles comptent les corbeaux, les vaches, les aires de repos, elles croisent et décroisent les jambes, baissent le pare-soleil pour se regarder dans le petit miroir – elles sont jolies, avec leur rouge à lèvres et leurs cheveux bien coiffés derrière les oreilles – tandis qu'un homme les conduit dans un endroit où elles ne veulent peut-être pas aller. Un bar, une salle de cinéma, un lit.

Pendant un certain temps, ma mère fut l'une de ces femmes.

Elle était célibataire, elle avait vingt-sept ans, elle travaillait comme réceptionniste chez Waterhouse. Elle vivait avec son père dans une ferme, en dehors de Toledo, un père qui soudain devenait un vieil homme. Il fallait qu'elle se marie, mais ce qu'elle voulait, c'était un peu de passion, et c'est cela qu'elle cherchait, soir après soir, dans la voiture d'un musicien, d'un pilote ou d'un militaire en permission.

J'imaginais assez facilement ma mère dans ces voitures, assise à la place fatidique. Tout y était. Cette foi en rien, aussi forte que la foi en Dieu, qui lui faisait laisser le type décider quand changer de direction, laisser ce type (et il a peut-être bu de la bière toute la nuit, il est peut-être complètement défoncé, et il n'a sans doute jamais été très finaud, même à jeun) traverser les carrefours à l'orange.

C'est comme la foi en Dieu, sauf que le gars n'a rien d'un dieu. Il porte un pantalon écossais. Il a raté ses études au lycée, ou bien il a étudié le marketing à l'université. Si ça se trouve, il ne voit pas le semi-remorque qui s'approche, ou bien il entraîne la voiture qu'il conduit, avec cette jeune femme à ses côtés, dans un fossé. Peut-être, juste avant qu'ils viennent la secourir et la ramener vers la vie (elle est coincée dans la carcasse, pendant qu'il fume une cigarette sur le bord de la route, tout en se sentant coupable et en expliquant aux flics que c'est un accident), voit-elle tout cela défiler devant ses yeux. Elle se dit : *Cela devait arriver.* Il y a du sang, et pire encore – quelque chose de doux et de visqueux – sur sa langue, et puis c'est fini.

« C'est Ève, à l'appareil ? » demanda mon père quand il appela une semaine après qu'ils s'étaient rencontrés au bar de l'hôtel Franklin. Il s'y trouvait pour un congrès. Elle était venue voir jouer un bassiste avec lequel elle sortait.

« Vous aimez danser ? » lui demanda-t-elle lors de leur première sortie.

Ils étaient assis sur les banquettes recouvertes de vinyle rouge d'un restaurant du centre de la ville. Mon père, armé de son couteau, se débattait avec des travers de porc, rouges de sauce barbecue. Il avait les mains grasses.

« Non », répondit-il en secouant la tête.

Ma mère repoussa son assiette et posa les mains sur ses genoux. Elle s'imagina, un diamant au doigt, en train d'annoncer au président de Waterhouse : « Je pars. » Mais elle ne pouvait supporter de regarder mon père, qui avait une traînée de sauce rouge barrant son visage du coin de la bouche jusqu'à l'oreille.

« Désolée, annonce le docteur Phaler, mais la séance est terminée. »

Je porte une chemise de nuit faite de brume, dans laquelle je suis invisible. Ma mère époussette ma chambre avec un énorme éventail en plumes, dont le mouvement et le vent qu'il soulève s'agitent autour de moi.

« Maman, lui dis-je, arrête, je vais m'envoler. » Mais elle ne me voit ni ne m'entend.

Elle nettoie le dessus de ma commode, les rebords des fenêtres, et les quatre coins de la pièce. Ses plumes déclenchent un cyclone de poussière et, d'une certaine façon, je sais que c'est en fait de mon père qu'elle essaie ainsi de se débarrasser. Je le vois au tremblement haineux des plumes, à la façon dont elle les secoue, comme un poing tout doux, tout autour d'elle, pour transformer le calme en tempête. Mais je ne suis que du brouillard...

Je sens que mes pieds quittent le sol.

Elle ouvre la fenêtre, je me sens aspirée dans un million de petits tourbillons et je traverse la moustiquaire.

« J'étais là, moi aussi, lui dis-je en glissant devant elle. Mais tu ne m'as pas vue. »

« Je sais qu'elle n'avait pas d'orgasmes », dis-je au docteur Phaler.

Bien qu'elle ne laisse transparaître qu'un infime changement dans son expression professionnelle (Quoi, d'ailleurs ? Les yeux qui s'ouvrent un tout petit peu plus ? Les sourcils qui se lèvent à peine ?), je vois bien qu'elle est intéressée.

« Comment le savez-vous ? me demande-t-elle d'une voix parfaitement contrôlée, comme si cette voix était protégée par de la cire.

— Il y a un livre, dans sa commode, dans une boîte à chaussures. Ça s'appelle *Comment atteindre l'orgasme : un guide pour les femmes.*

— Pourquoi avez-vous regardé dans sa commode ?

— Oh ! dis-je en haussant les épaules, je l'ai fait il y a des années. J'étais curieuse.

— Vous avez regardé à nouveau ? Est-ce que le livre y est toujours ?

— Oui.

— Vous croyez que cela veut dire quelque chose d'important ?

— Je n'en suis pas sûre. Je crois que c'est une autre preuve de l'insatisfaction de ma mère. De sa frustration, j'imagine. Je crois que sa vie sexuelle avec mon père a dû être bien morne.

— Et qu'est-ce que cela vous fait, à vous ? »

Je réfléchis un bon moment. Je pense à ma mère qui lisait ce livre, l'après-midi, pendant que mon père était au travail, pendant que j'étais au lycée. Elle avait renversé du café dessus, elle avait cassé le dos du livre, avant de le remettre dans son tiroir, dans cette boîte à chaussures, pour le cacher, mais elle n'aurait jamais pu y apprendre autre chose que ce qu'elle savait déjà.

Il faut vous décontracter, disait le livre.

Vous devez apprendre à vous détendre.

Vous devez vous convaincre que vous méritez le plaisir, puis vous mettre à le rechercher.

Ce livre était plein de suggestions idiotes, dans l'esprit New Age.

Quand vous êtes toute seule à la maison, déshabillez-vous et regardez-vous longuement dans un grand miroir, et puis dites-vous que vous aimez ce que vous voyez. Dites-le à voix haute. Dites : « J'aime mon corps », dites-le pour vous. Dites « Je t'aime » à votre miroir.

Je ne pouvais m'imaginer ma mère en train de faire ça. Je ne pouvais supporter, en fait, l'idée de ma mère faisant cela.

« Elle vieillissait, dis-je au docteur Phaler, mais ma voix me semble bien lointaine. Elle ne voulait pas mourir comme ça.

— Comme quoi ? » demande le docteur Phaler.

Je la vois à travers un écran de cendres froides, comme si nous nous trouvions dans l'une de ces boules de plastique que l'on secoue pour agiter la neige.

« Elle en avait assez de faire des petits gâteaux pour Noel... »

Je lève les yeux vers le plafond du docteur Phaler et je vois ces feuilles de papier sulfurisé, ces boîtes et ces fours pleins de biscuits, ainsi que toute cette pâte froide dans le congélateur. Ça me rappelle la sorcière de Hansel et Gretel, qui vivait dans la forêt, dans une maison faite de bonbons et de pain d'épice, consumée par la rage.

Je me souviens aussi du soir où, alors que Phil et moi sortions ensemble depuis quelques mois seulement, ma mère est descendue et nous a surpris en train de faire l'amour sur le canapé.

À cette époque, nos corps étaient comme deux plantes qui grandissaient de partout, qui ne cessaient de se rapprocher, de s'emmêler, de s'étouffer et de s'agripper – des corps tordus dans la nuit, déployant d'énormes feuilles dans la pénombre, ainsi que des épines, des fleurs et des nids d'oiseaux – avec précipitation, mais en des mouvements lents, malgré tout. Je pense qu'elle a dû nous sentir de son lit, qu'elle a entendu les halètements et les froissements de tissu, le bruit des pores qui s'élargissent, des hormones qui s'activent et circulent dans nos deux chevelures mêlées.

Quand nous nous sommes aperçus qu'elle était dans l'escalier et qu'elle nous regardait, pris de panique, nous nous sommes relevés très vite. J'ai rabaissé mon pull sur mon ventre. Phil a remonté la fermeture de son pantalon. Mais mes lèvres étaient gonflées, obscènes, comme un organe sexuel.

« Maman, ai-je dit.

— Eh oui, dit-elle, c'est bien moi. »

Elle ne portait pas de peignoir, juste sa chemise de nuit ; elle descendit lentement et se planta devant nous. La seule lumière allumée se trouvait derrière elle et découpait sa silhouette, solide et sombre, faite de hanches et de seins, sous la soie fine. J'ai vu que Phil levait les yeux vers elle, puis détournait son regard, un peu trop vite.

« Écoutez, dit-elle, vous faites ce que vous avez à faire, les jeunes, mais vous ne me salissez pas mon canapé, vu ? »

J'ai baissé les yeux.

Phil a tressailli.

Peut-être que, de retour dans son lit, elle est restée éveillée pour nous écouter dans le noir.

La maison tout entière respirait lourdement. La chaudière, chargée de poussière, ronflait. La congélateur du sous-sol s'agitait pareillement, malgré sa rigidité glaciale. De l'eau montait doucement dans le réservoir des toilettes. Les fusibles bourdonnaient. La ligne téléphonique étirait sa longue et silencieuse plainte dans la nuit.

Mon père dormait d'un sommeil troublé à côté d'elle, elle entendait ses orteils crisser contre les draps.

Elle détestait ces orteils.

Puis l'obscurité qui s'étalait sous elle sembla s'étendre encore davantage : elle devina qu'on avait remis ça, qu'on s'agrippait et se pétrissait à nouveau...

Peut-être s'est-elle alors souvenue du jour où elle a vu Phil pour la première fois, quand elle est venue se présenter à Mrs Hillman. Quand il avait descendu l'escalier torse nu, avec cette crête de poils qui marquait sa poitrine. Un torse naturellement musclé, mais les muscles d'un garçon, pas ceux d'un culturiste. Elle s'est peut-être alors vue, vêtue d'une ancienne robe oubliée depuis longtemps – une robe de mousseline, brodée et ornée de perles de verre bleu. *Mais où ai-je bien pu porter cette robe ?* devait-elle se demander, avant que tout lui revienne en mémoire : le mouchoir en papier et la lotion dans son sac, la musique sentimentale, les grosses mains d'un garçon qui la recouvrent et la submergent comme le virus de la grippe. Ces baisers qui l'avaient rendue malade.

La pénombre, sous elle, semblait gonfler comme de la pâte, comme de la farine, de la levure et de l'eau mélangées avec la nuit.

Nous étions cachés dans cette obscurité qui pouvait très bien gonfler et gonfler encore, repoussant tout sur son passage vers la porte du salon et l'escalier, qui pouvait très bien l'étouffer dans son sommeil, de toute cette chair familière étalée. Elle y pensait peut-être, et de ce fait, ne pouvait s'endormir, nous sachant occupés en dessous.

Quand on l'a entendue descendre à nouveau l'escalier, nous nous sommes rhabillés et Phil s'est enfui.

« Va te coucher », me siffla-t-elle entre ses dents quand je passai devant elle dans l'escalier.

« C'est pour ça qu'elle est partie », dis-je au docteur Phaler, juste au moment où se termine ma séance.

« J'ai acheté un oiseau, a annoncé un samedi ma mère à mon père en rentrant du centre commercial. Il est dans la voiture.

— Quoi, demanda-t-il, avant de répéter sa question : Quoi ?

— Je dis, déclara-t-elle en prononçant chaque mot avec grand soin, que j'ai acheté un oiseau. »

Phil et moi sommes descendus à ce moment-là. Nous devions avoir l'air échevelés, légèrement excités par les caresses. Jusque-là, mon père avait gardé toute sa naïveté et il nous laissait tranquilles là-haut toute la journée, même avec la porte fermée. Il devait penser qu'on était plongés dans une passionnante partie d'échecs, le genre qui vous laisse en nage et tout essoufflé.

« Tu vas me le chercher, tu veux bien ? » demanda ma mère à Phil, qui était habitué à recevoir des ordres des femmes.

Sa mère aveugle ne cessait d'en lancer de son fauteuil, c'est même pour cela qu'il passait autant de temps chez nous, à fouiller notre cuisine à la recherche de fromage et de charcuterie.

Chaque soir, il restait dîner, il aimait manger et complimentait la cuisine de ma mère à chaque bouchée, avec force mmm-mmm-mmm et hochements de tête. Elle aimait ça, et elle se mit à préparer des plats qu'elle n'aurait jamais faits pour mon père et pour moi : filet mignon Alfonse, médaillons de bœuf à l'orange, ou du poulet au vin – elle laissait alors le poulet mariner longuement dans un litre de vin de Bourgogne, jusqu'à ce que la chair détrempée tombe des os comme des plumes mouillées, glissantes et violacées, et que la cuisine sente aussi fort qu'un refuge pour ivrognes, qu'elle soit humide d'alcool, chaude et dépravée.

La mère de Phil était une cuisinière épouvantable, elle ne pouvait ni mesurer ni voir la couleur ou la texture de ce qu'elle préparait, si bien que, même avec l'aide de Phil, son plat de thon pouvait très bien se terminer aussi vert et gluant qu'une assiettée de boue prise dans un marécage, ses escalopes de poulet étaient généralement toutes noires, et Phil engloutissait tout ce que lui donnait ma mère comme s'il n'avait jamais mangé de sa vie.

Mon père, bien sûr, ne faisait pas la différence entre une sauce en sachet et celle du filet mignon Alfonse ; quant à moi, je m'étais tellement habituée à faire des régimes, quand j'étais grosse, que tout ce que je voyais quand je regardais de la nourriture, c'était une liste de calories, une addition de grammes et le nombre de tours du pâté de maisons que ce repas allait me coûter.

Nous n'avions jamais été les convives qu'elle aurait voulu qu'on fût. Trop idiots, trop égoïstes, ou trop effrayés. Si bien que ma mère avait fini par trouver en Phil le public qu'elle avait toujours désiré avoir. Durant ces dîners, visiblement préparés en l'honneur de Phil, mon père restait les yeux rivés sur son assiette, l'air perdu, la fourchette en équilibre au-dessus d'une aile de poulet complètement ivre de vin, comme si on venait juste de le déporter dans une contrée étrangère. Mais Phil plongeait dans son plat, penché au-dessus de son assiette avec une attention intense, comme s'il se lavait le visage dans la nourriture préparée par ma mère.

Un jour, ma mère m'a dit d'inviter également la mère de Phil. Quand j'y suis allée, Mrs Hillman a secoué la tête et froncé les coins de sa bouche en de petites pyramides irritables.

« Non, m'a-t-elle répondu. Je n'aime pas ta mère. »

« L'oiseau est dans une cage sur la banquette arrière, dit ma mère à Phil. Fais attention en le rentrant.

— Bien sûr », répondit Phil en haussant les épaules.

Il portait une chemise de flanelle écossaise et un

jean. Ses cheveux clairs brillaient, tout comme les petits éclats de poils blonds sur son menton et sur sa lèvre. Cela faisait quelques jours qu'il ne s'était pas rasé.

« C'est quoi, comme oiseau ? ai-je demandé.

— Tu verras », a-t-elle répliqué.

C'était un canari. Tout simple et tout blanc. Au centre commercial, dans le magasin d'animaux, il avait trembloté dans la paume de la main de ma mère, comme une souris, comme une cosse de laiteron doublée de soie, une bourse couverte de plumes, pleine de sang et de petits os creux. Ses yeux étaient deux perles noires qui fouillaient le magasin, pendant que les petites pattes métalliques grattaient la main de ma mère ; il devait chercher les chats, ou bien préparer sa fuite, en se disant : *C'est maintenant ou jamais.*

Mais il ne pouvait pas s'envoler. La vendeuse avait montré à ma mère comment le tenir.

« Là, comme ça, avait-elle dit en plaçant la paume de ma mère sur les ailes, comme ça, vous ne pouvez pas l'étouffer. »

C'était une jeune fille, vêtue d'une robe serrée. Elle avait des cheveux noirs et un petit nez pincé.

Ma mère tenait le canari comme la fille le lui avait montré, elle sentait le cœur de l'oiseau contre sa ligne de vie, qui tremblait comme un petit doigt enfermé dans sa poitrine brillante. Elle le remit vivement dans sa cage en disant à la vendeuse : « Je le prends. »

Le canari bougea la tête de manière mécanique, comme un jouet que l'on remonte, en prenant acte de cette information.

« Et la cage ? demanda la fille. Vous avez une cage ?

— Non, il me faut une cage, de la nourriture, et un livre sur les soins à donner aux oiseaux, il me faut tout ça. »

Ma mère sortit sa carte de crédit de son portefeuille, pendant que la fille prenait sur les étagères tout ce que ma mère avait demandé. Des graines de colza. Du millet. Une petite baignoire. Un perchoir. Tout cela faisait vraiment plaisir à ma mère. Avec un sourire, elle tendit sa carte de crédit à la vendeuse qui enregistrait les achats sur sa caisse. Alors que l'oiseau pépiait nerveusement dans sa cage près de la caisse, ma mère fit un tour vers le fond de la boutique pour aller regarder un aquarium plein de petits poissons argentés qui ne cessaient de circuler à travers la bouche d'un requin de céramique. Elle laissa la vendeuse choisir la cage, la plus chère, qui avait la taille et la forme d'un carton à chapeau assez haut, un carton pour un chapeau surmonté de plumes, de fruits et de fleurs.

« Ça, c'est votre garantie, dit la fille en lui tendant un papier. Ça dit que c'est un mâle. S'il ne chante pas d'ici une quinzaine, vous pouvez le rapporter pour l'échanger. Mais si vous pensez avoir l'intention de faire ça, il faut qu'on marque l'oiseau, pour être sûr que c'est bien celui que vous avez acheté. »

Ma mère réfléchit un instant à tout cela, la garantie, le marquage de l'oiseau.

« Non », dit-elle en regardant l'aile immaculée de son nouvel oiseau.

Il avait caché sa tête sous son aile. Elle ne savait pas comment on marquait les oiseaux, et ne posa aucune question.

« Non, dit-elle, je ne le rapporterai pas.

— Je vous souhaite beaucoup de plaisir avec votre canari, madame », dit la fille en jetant à la poubelle le papier de garantie au sceau doré.

Ma mère sortit le canari du centre commercial en tenant la cage devant elle, comme une lanterne. Une lampe-tempête. Elle avait peut-être l'air d'un fantôme victorien revenu hanter le centre, avec son manteau de laine, un sourire discret et mystérieux aux lèvres ; elle se dirigeait droit devant elle en portant son désir brillant dans une cage. Les enfants trébuchaient au bout du bras de leurs parents, en montrant l'oiseau, ils voulaient qu'elle s'arrête, mais elle ne cessait d'avancer.

C'était seulement le début du mois de novembre, mais la musique de Noël se déversait déjà du plafond, à côté des lampes fluorescentes, une musique frivole, poisseuse comme de la saccharine, une musique lubrifiée et lointaine, comme si une chorale d'anges avait été expédiée du ciel vers l'Ohio dans des boîtes d'aluminium : des boîtes usées, pleines d'anges, entassés comme de la volaille, comme des poulets couverts de plumes, sans passion ni direction. Ils avaient été amenés là contre leur volonté, forcés de passer leurs journées à bredouiller des paroles confuses à la gloire de Dieu, cachés dans un espace confiné au-dessus du centre commercial...

Et avec un peu plus de sentiment ! Ma mère imaginait le chef de la chorale de Noël en train de hurler, de frapper du pied, de brandir comme un fou sa baguette dans l'air froid.

Mais cette musique languide, cette sérénade vide, ne cessait de fuir du plafond.

Et quand elle quitta le centre pour regagner le parking, ma mère passa devant le Père Noël qui faisait les cent pas à l'entrée. Il fumait une cigarette. Ses yeux étaient exorbités, comme ceux d'un drogué ou d'un fou.

« Joli petit oiseau ! » dit-il en s'essuyant le nez du revers de son gant noir.

Elle avait également acheté une minijupe, avant l'oiseau, une minijupe en daim gris. Elle était dans un sac, avec le livre sur les oiseaux et les graines, accroché à son autre bras. Elle ne l'avait même pas essayée. Elle l'avait simplement vue, qui attendait dans la vitrine, et elle l'avait achetée. Elle se voyait dedans, assise sur les genoux de ce gros homme.

Elle était heureuse.

Elle n'avait plus eu d'animal à elle depuis que j'avais quitté l'enfance.

Quand Phil rapporta l'oiseau dans la maison, ma mère installa la cage à une place d'honneur, près du fauteuil de mon père, dans la pièce de détente ; elle disposa dans la cage la petite baignoire, le bol pour la salade et le perchoir. Le canari passa la journée la tête enfouie sous son aile. Il ne chanta pas, mais ma mère était tout à fait disposée à attendre la quinzaine annoncée. Elle n'était pas pressée de l'entendre chanter. Elle avait attendu plus longtemps pour des choses plus importantes.

« Vous aimez ? » demanda-t-elle en nous présentant sa minijupe dans la pièce de détente. C'était un dimanche. Mon père et Phil regardaient un match à la télé. Je gribouillais au crayon sur un bouquin de maths, assise sur le canapé avec les jambes repliées sous moi. J'avais balancé un bout de salade pâle au canari, qui le picorait de manière pathétique. Cet oiseau n'avait strictement aucun appétit.

Elle portait un collant noir fin. Des hauts talons noirs. Un col roulé noir. Et la minijupe.

« Alors ? » demanda-t-elle.

Mon père quitta des yeux l'écran de télé, comme un homme à qui on aurait filé un coup de serviette mouillée sur les fesses. Phil regarda humblement les chaussures de ma mère. J'étais abasourdie, en levant les yeux de ses jolies jambes vers son visage brillant. Elle était un peu rouge. Elle s'était fait un chignon et portait un rouge à lèvres très foncé. Sur l'écran, une fille en gros plan agitait ses pompons. Une autre pom-pom-girl. Elle devait agiter le pompon vers le visage du cameraman.

« Plutôt sexy pour quarante-six ans, non ? » dit ma mère.

J'ai croisé les bras et j'ai regardé ailleurs. Mon père est resté la bouche grande ouverte. Phil a fait oui de la tête.

« Assieds-toi », me dit l'inspecteur Sciezziesciez, en suspendant mon manteau à un crochet près de sa porte, qu'il avait déjà fermée.

Il porte une chemise blanche raide d'amidon, une cravate marron un peu desserrée, il a remonté ses manches. Ses avant-bras sont forts. Il a un tatouage sur le bras gauche, « USMC », le sigle des marines.

Le bureau de l'inspecteur, bien chauffé, sent le cuir et le musc. C'est le bureau d'un homme. La table est jonchée de papiers, d'enveloppes déchirées, de stylos, de cartes de quartiers ; il y a aussi une boîte de pansements. Il porte des pansements sur les doigts de sa main droite. Son fauteuil de chêne se balance comme il se penche en arrière, et je suis assise en face de lui sur une chaise en plastique.

Il est six heures du soir, je vois le ciel derrière lui, à travers une fenêtre à peine entrouverte. Le ciel plat devient bleu-noir, mais de petits flocons de neige dure l'illuminent. Nous sommes au dix-septième étage de son immeuble, dans le centre de Toledo, et j'ai l'impression d'entendre vraiment d'où vient le vent. Nous en sommes tout près.

L'inspecteur Scieziesciez prend un bloc-notes et un stylo, il se penche sur sa table et écrit quelque chose en haut d'une page. Les pansements qui recouvrent ses phalanges se rident quand il écrit.

« Je suis vraiment content que tu aies appelé et que tu aies pu venir jusqu'ici, dit-il. Ça ne fait rien si je prends des notes pendant qu'on parle ?

— Non », dis-je en baissant les yeux sur les boutons de mon chemisier. Ce sont des boutons plats dorés, dans lesquels se reflète mon visage. Sept boutons, sept visages. Je porte la minijupe en daim gris que ma mère avait achetée en même temps que son canari.

« Bon, dit-il joyeusement, en se penchant vers moi pour me regarder de plus près. On commence par où ?

— Eh bien... »

J'essaie de prendre un air sérieux et intelligent, soucieux, aussi, mais ma voix ne me semble avoir aucune consistance. Je me sens trop haut dans le ciel. En montant dans l'ascenseur, la tête m'a tourné, je me suis sentie fatiguée, comme si je prenais l'avion pour la première fois. Maintenant, en parlant, j'ai l'impression d'avoir des mouchoirs en papier plein la bouche.

« Je vous ai appelé, dis-je, parce que j'ai cru que j'avais peut-être des informations nouvelles. À propos de ma mère.

— Bien sûr », dit-il en hochant la tête d'un air professionnel.

Sa mâchoire est assombrie par la barbe qu'il a dû raser ce matin-là et qui repousse déjà, comme le premier jour où je l'ai vu. Il a une mâchoire carrée. Ses yeux sont également sombres et il a les sourcils levés. Je peux sentir son odeur. Sel, sueur et savon déodorant. Mon cœur s'emballe comme un requin qui circulerait dans mon sang.

Je regarde le stylo de l'inspecteur, qui se déplace sur le bloc de papier pendant que je parle.

« J'ai réfléchi, reprends-je, et je pense que ma mère avait peut-être une liaison quand elle est partie. Je me suis souvenue de certaines choses. »

L'inspecteur prend note. Je regarde ses bras. Dénudés des coudes aux mains, ils reposent sur le bureau. Il lève les yeux vers moi, l'air content.

« Tu peux m'en dire un peu plus, ma jolie ? »

« Je n'aime pas ce canari », déclara mon père.

L'oiseau était perché sur le petit doigt de ma mère, les pattes serrées, et il donnait de petits coups de bec nerveux en direction de mon père, comme s'il piquait un invisible tissu tendu entre eux deux.

« Tu n'aimes pas ce canari, reprit ma mère sur un air de comptine. Eh bien moi, je m'en fous.

— Mais qu'est-ce que tu as ? » demanda-t-il.

Il semblait sincèrement perplexe.

Le canari frissonna dans la main de ma mère, comme si un oiseau plus petit et plus froid avait survolé sa tombe à toute vitesse. Il paraissait très frêle, et ma mère éclata de rire au nez de mon père, un ricanement brusque et métallique.

« Et qu'est-ce qui t'a pris de porter cette mini-jupe ? demanda-t-il.

— Tu ne l'aimes pas ? »

Le canari grimpa sur le chemisier de ma mère et se fraya un chemin jusqu'aux cheveux sombres ; son œil minuscule observait le gigantesque œil bleu de ma mère, il l'étudiait, il essayait de se figurer exactement qui elle était.

Pas un oiseau.

Pas un avion.

« Sors-moi cette chose d'ici », dit mon père en tendant la main vers l'oiseau.

Le canari se mit à battre de ses ailes blanches.

« Enlève tes sales pattes de mon canari, dit-elle en lui claquant la main. Et je porterai ce que je veux, bordel ! »

Une expression de totale incompréhension s'installa sur le visage de mon père, il avait les joues un peu gonflées, bouffies, comme s'il venait d'avaler une bouchée de quelque chose qui se mettait à revivre et à s'agiter dans sa bouche.

« Tu baises avec lui ? » me demanda-t-elle.

Elle était plantée sur le pas de la porte. J'étais dans mon lit, sous les draps, dans le noir.

« Et merde ! sifflai-je en un murmure, avant de me retourner de l'autre côté pour lui tourner le dos. Sors de ma chambre !

— Non », dit-elle en avançant et en fermant la porte derrière elle.

La chambre fut alors plongée dans le noir le plus complet. J'ai fermé les yeux. J'entendais le canari piailler au fond du sous-sol. Deux jours plus tôt, il avait appris à gazouiller, puis le gazouillis s'était transformé en un horrible et incessant piaillement. Pour avoir un peu de répit, on avait mis la cage au sous-sol.

« Alors, insista-t-elle, il est bon, au lit, Phil ? »

Je ne répondis rien et remontai les couvertures. Nue, j'avais un peu froid sous les draps. Quand j'étais bébé, je portais toujours des grenouillères bien fermées. Quand j'étais petite fille, elle me mettait des chemises de nuit victoriennes. Et maintenant, quel que fût le vêtement que je portais quand je me couchais, je l'enlevais systématiquement et le jetais par terre. J'aimais la sensation de n'avoir que ma peau entre les draps et moi.

« Alors, répéta-t-elle, c'est un bon coup, Phil ?

— Qu'est-ce que tu sais des bons coups ? » lui rétorquai-je.

Je l'ai entendue prendre une grande inspiration au moment où j'ai dit ça, au moment où les mots venaient de la choquer, même s'ils m'avaient paru plats, préparés, comme si je les avais lus sur une feuille de papier que quelqu'un m'avait passée dans les coulisses. Je ne savais même pas trop ce qu'ils voulaient dire. L'espace d'une seconde, j'ai pensé dire un mot ou deux sur ce livre caché dans son tiroir, celui sur la façon d'atteindre l'orgasme, mais je ne savais pas vraiment quoi dire.

Soudain, ma mère a allumé la lumière, et la pièce tout entière a réapparu. Elle s'est approchée du coin de mon lit et a tiré sur les draps et sur les couvertures. Roulant sur moi-même, je les ai attrapés en luttant pour les remonter, mais elle les avait gardés dans ses poings serrés.

« Et c'est quoi, ça ? hurla ma mère. C'est quoi, ça ? répéta-t-elle en retirant complètement les couvertures qui tombèrent en tas au pied de mon lit. Pourquoi t'es pas habillée ? »

J'ai recouvert mes seins de mes bras, je me suis assise sur le lit et ai remonté les genoux contre ma poitrine, tout en m'éloignant d'elle en rampant. Son visage était blanc comme un linge. Mon cœur battait fort, je pleurais et je hoquetais.

« J'avais chaud, dis-je. Et qu'est-ce que ça peut te faire ? Qu'est-ce que ça change ?

— Ça change tout, pour moi, que ma fille soit devenue une traînée », dit-elle en crachant dans ma direction.

Elle tendit les mains vers moi pour me griffer, mais elle ne put m'atteindre.

J'étouffais. Je ne pouvais reprendre mon souffle.

« Maman, sanglotai-je. Arrête, arrête ! »

Mais elle me martelait les épaules de ses poings, doucement. Ses poings étaient doux. Je voulus lui attraper les poignets. Elle finit par s'arrêter, mais sa respiration restait haletante, chargée d'un sifflement rauque.

« Je sais ce que c'est, un bon coup, dit-elle, lointaine et vaincue, avant de reculer vers la porte de ma chambre.

— Mais qu'est-ce que tu as ? » hurlai-je à son dos comme elle sortait.

Nous mangions dans un silence lourd. Mon père mastiquait, Phil hochait la tête en lâchant des mmm-mmm-mmm en direction de ma mère, pendant que je faisais glisser un bout de persil tout autour de mon assiette.

Elle nous avait fait du crabe Thermidor sur du pain toasté, et les amandes blanchies qui garnissaient le plat avaient l'air d'ongles brûlés et cassants.

Après le repas, je suis montée dans ma chambre pour me changer. Phil et moi allions au cinéma. Mon père trônait aux toilettes, son premier arrêt chaque soir après le dîner. Il se levait de table en disant « Excusez-moi » et filait droit dans la salle de bains pour éliminer. Le roi sur son trône, comme disait toujours ma mère.

Phil aidait ma mère à débarrasser la table.

Il avait enlevé son sweat-shirt pour dîner, comme si le dîner était une sorte de course de relais ou une mêlée de basket, comme s'il y avait un trophée à gagner et que manger autant et aussi vite le faisait transpirer. Son tee-shirt moulait ses muscles, que l'on ne pouvait pas ne pas remarquer. Il avait des poils blonds sur les bras. On pouvait même voir ses abdominaux disparaître en tablettes dans son pantalon.

Ma mère portait un jean et un pull bordeaux auquel elle avait assorti son rouge à lèvres. Elle entendit la chasse d'eau fonctionner et entraîner ce que mon père avait éliminé.

Il remontait son pantalon, il avait fini.

Elle m'entendit m'activer à l'étage.

Phil tenait une pile d'assiettes et de couteaux graisseux.

Elle lui bloqua le passage devant la porte située entre la salle à manger et la cuisine.

« Soit j'ai préparé trop de nourriture, soit tu n'as pas mangé assez. »

Il rit, mais il était nerveux.

« La moitié de tout ça va finir dans un Tupperware », dit-elle en lui prenant le plat de crabe Thermidor.

Quand je suis redescendue, ils m'ont tous les deux regardée. J'ai vu une serviette de table couverte du rouge à lèvres de ma mère. Le sourire de ma mère effacé et devenu une simple tache.

Des restes de ce sourire flottaient entre eux deux. Phil s'éclaircit la gorge.

« Qu'est-ce que tu regardes comme ça ? » demanda-t-elle.

Plusieurs années auparavant, ma mère avait été invitée à une réunion Tupperware du quartier, et elle avait acheté tout un ensemble de récipients en plastique. L'hôtesse de la réunion était l'épouse d'un des copains de golf de mon père – un homme d'âge moyen à la forte mâchoire, avec le teint brillant d'un alcoolique : le nez rose et les joues bouffies. Il était en déplacement pour son travail quand sa femme avait invité les autres épouses à venir acheter ces bols de plastique empilables, mais l'odeur de cet homme flottait partout dans la maison : bain de bouche à la menthe, whisky et cigares. L'hôtesse a accueilli ses invitées à la porte de sa maison de Garden Heights, vêtue d'une robe noire et d'un collier de perles, mais elle avait l'air épuisé et soucieux. Son visage était aussi lisse qu'un masque, la peau était tirée sur le crâne, résultat de trop nombreuses interventions de chirurgie esthétique. À mesure que ces dames arrivaient, l'hôtesse les faisait entrer une par une dans la cuisine, tout en ouvrant les placards situés au-dessus de l'évier.

« Je crois que c'est clair, j'adore les Tupperware, dit-elle en souriant, d'un air douloureux, en montrant à la fois ses dents parfaites et ses cinq étagères de récipients étiquetés, pleins de flocons d'avoine, de pépites de chocolat blanc ou de sucre. Je les ai presque tous », conclut-elle.

Les invitées prenaient place sur le canapé fleuri, l'une à côté de l'autre, pendant que l'hôtesse poursuivait sa démonstration. Elle ferma le couvercle d'une boîte en plastique pastel, puis le souleva sur un côté et fit profiter son public du bruit de succion.

« C'est complètement sous vide », dit-elle.

Dans un coin du salon, elle avait installé, sur un plateau d'argent, du brie, des fraises, du raisin et des crackers. À l'autre bout de la pièce, il y avait un panier plein de crudités, dont des poivrons verts, jaunes et rouges. Mais personne ne toucha à la nourriture. En fait, cette nourriture ne fut jamais présentée aux invitées. L'hôtesse donna en revanche à chacune un grand verre à cognac qu'elle ne cessa par la suite de remplir de vin blanc.

À la fin de la soirée, elles étaient toutes un peu affalées, elles s'enlaçaient sur le divan, les joues rouges, et elles riaient beaucoup. L'hôtesse resta sobre, mais poussa ses invitées à chanter quelques chansons traditionnelles. Enfin, toutes sortirent leurs chéquiers pour acheter des articles Tupperware, qu'elles emportèrent sous la neige dans leur voiture, titubantes et gloussantes.

Ma mère revint de cette réunion Tupperware – la seule à laquelle elle avait jamais été invitée, à ma connaissance – plus heureuse que je ne l'avais jamais vue.

« Mais tu as bu ! » lui dit mon père.

Ma mère lui posa un bol de plastique blanc sur la tête. Elle dansa ensuite pour lui, pieds nus sur la moquette du salon.

Il avait l'air content, lui aussi.

Il aimait bien ces objets de plastique qu'elle avait achetés et ne lui demanda pas combien ça avait coûté.

Puis ma mère se posa le bol en plastique sur la tête, monta les escaliers et entra dans ma chambre.

Je devais avoir trois ou quatre ans, je rêvais dans un vide de sommeil. De quoi pouvais-je donc rêver, à cette époque, de lait, de neige ou de sucre ? Qu'aurais-je pu savoir ?

Elle s'agenouilla à côté de mon lit, m'embrassa sur la joue, je me réveillai et me frottai les yeux en la regardant rêveusement.

La lumière du couloir me tombait sur les yeux.

Un halo entourait les cheveux de ma mère.

Ce devait être le bol Tupperware, qu'elle avait sur la tête.

Un jour avant que ma mère disparaisse, son canari est mort.

« Il faut que tu le rapportes à la boutique, lui avais-je dit ce soir-là, car nous entendions les plaintes étouffées de l'oiseau toujours remisé au sous-sol. Il y a quelque chose qui ne va pas avec cet oiseau. »

Mais ma mère resta plantée à la porte de la salle de bains, la brosse à dents figée à quelques centimètres de sa bouche ; elle portait une chemise de nuit argentée et me regardait.

« Je ne peux pas, dit-elle.

— Qu'est-ce que ça veut dire, tu ne peux pas ?

— Ils m'ont proposé une garantie, mais je ne l'ai pas prise. Il fallait marquer l'oiseau si je voulais pouvoir le rapporter. Je ne voulais pas qu'ils marquent cet oiseau. »

Ses cheveux étaient relevés en chignon. Je voyais de petites rides autour de ses yeux, semblables aux pattes du canari, comme s'il avait laissé ses empreintes sur son visage. Elle paraissait plus nerveuse que d'habitude, et elle se mit à se brosser les dents un peu trop vigoureusement, en faisant couler beaucoup d'eau ; sa bouche écumait de mousse. J'entendis mon père péter dans sa chambre – un pet sonore et lourd, comme celui d'un homme qui n'a plus rien à perdre. Quand elle entendit ça, ma mère jeta sa brosse à dents, posa les mains sur le rebord du lavabo et secoua la tête. « Bon sang de bonsoir ! », dit-elle, penchée en avant, comme si quelque chose allait finir par craquer.

Le lendemain matin, j'ai pris le livre que ma mère avait acheté avec le canari, mais qu'elle n'avait jamais lu. Un livre rempli d'informations surprenantes.

Je ne savais pas, par exemple, que les canaris n'ont pas de dents. Le gésier du canari est plein de graviers qui, à la place des dents, écrasent les graines qu'il avale.

En lisant cela, je tentais de m'imaginer mon estomac plein de graviers – d'entendre le bruit terrible produit par mon propre gésier, en action chaque nuit dans le noir pendant que j'essayais de m'endormir. Peut-être qu'il me faudrait alors aussi me cacher la tête sous mon aile, pour ne plus entendre ça. Ou alors, je me mettrais à chanter, horriblement, et de plus en plus fort chaque jour. Je baisserais peut-être les yeux sur ma propre merde grise étalée comme une jupe autour de moi et voudrais m'envoler.

Puis j'ai lu la partie dans laquelle on expliquait que des vendeurs peu scrupuleux essaient de vous refiler un canari femelle au lieu d'un mâle. Et la femelle ne chante jamais, disait le livre. Elle ne fait que se cacher la tête sous son aile toute la sainte journée. *Il vous faut obtenir une garantie.* Un oiseau qui ne chante pas, qui se cache la tête sous son aile toute la journée, n'est pas un oiseau bien né, et *il ne vous donnera que du chagrin.*

Bien sûr, l'oiseau de ma mère chantait, mais c'est son chant qui n'était que chagrin.

L'après-midi suivant, quand je suis descendue au sous-sol pour lui donner à manger, l'oiseau gisait mort dans sa cage, les ailes repliées sur le petit porte-monnaie soyeux de son corps, face au sol – comme un terrible chérubin, ou comme le mouchoir d'un ange malade, tombé du ciel, plein de sang et de sécrétions expectorées. Un mouchoir dans lequel un ange aurait pleuré pendant des semaines.

Ma mère l'installa avec soin dans une boîte à chaussures et jeta le tout à la poubelle.

« Ce n'était pas un mâle, lui dis-je en la voyant revenir du garage sans la boîte. Ils t'ont bien eue. »

Ma mère eut alors un air que je ne reconnus pas, avec lequel elle me fixa longuement.

Le lendemain, elle était partie.

L'appartement de l'inspecteur n'est situé qu'à une quinzaine de kilomètres de son bureau. L'ensemble résidentiel s'appelle Freedom Crest, il s'agit d'un cercle d'appartements et d'immeubles entourant un petit étang sombre – le cœur de la liberté, qui ne bat plus, gelé en surface comme en profondeur.

L'inspecteur Scieziesciez ouvre son garage de loin avec sa télécommande accrochée au pare-soleil.

« Voilà, c'est chez moi », dit-il en montrant un bâtiment aux bardeaux de cèdre.

Aucune lumière n'était allumée, sauf dans le garage, ce que la porte révélait peu à peu en remontant.

C'est l'intérieur d'un célibataire. Canapé de cuir, tasse de café dans l'évier, une odeur de moquette et de charbon de bois. La petite photo d'une fillette est fixée au réfrigérateur par un aimant, ainsi que le dessin enfantin d'une orchidée, dédicacé au crayon, « pour papa ». La petite fille est une version minuscule et féminine de l'inspecteur Scieziesciez. Des cheveux sombres. Des traits bien dessinés. Elle a l'air futé, pour une enfant si jeune.

« Je t'offrirais bien une bière, ma jolie, mais je suppose que tu n'as pas l'âge. »

Il a enlevé son manteau et l'a rangé dans sa penderie, il est maintenant en train d'enrouler sa cravate autour du dossier d'une chaise, à côté de la table de la cuisine. Comme je l'avais imaginé, il porte un holster, qu'il fait glisser le long de son bras. Il en sort une arme trapue, qui semble lourde, professionnelle, et dont l'acier bleu profond du canon est éblouissant. Je me sens un peu étourdie, excitée, voir l'arme dans sa main me fait tourner la tête. Ce que je peux avoir déjà vu de plus proche, c'est la carabine de chasse que mon père enferme à clé au sous-sol, et cela n'a rien à voir, rien du tout. Ce pistolet, c'est quelque chose qu'un homme cache près de ses côtes, dont il pourrait se servir pour tuer un être humain, et non pas un lièvre.

L'inspecteur Scieziesciez vide les balles dans sa main, elles sont lourdes et dorées. Une poignée de très grosses et très dangereuses abeilles.

« J'en prendrais bien une quand même », dis-je. Il me lance un petit sourire en coin.

« À la bonne heure », approuve-t-il, complimentant mon entrain comme si c'était une qualité qui lui était familière, même si nous ne nous sommes jamais rencontrés qu'une fois, et pendant cinq minutes.

Il ouvre le réfrigérateur et sort deux bouteilles de Heineken ; il les décapsule avec un ouvre-bouteilles et m'en tend une.

« Mais, bon sang, tu as toujours ton manteau. Laisse-moi te débarrasser », dit-il en venant derrière moi pour faire glisser mon manteau sur mes épaules.

Je sens sa main frôler le haut de mon bras. La main qui a les pansements.

« Assieds-toi. »

Il me montre le canapé de cuir. Un instant, je me demande s'il ne va pas mettre un disque sur la stéréo – le genre jazz un peu rauque –, ce qui va me gêner, le côté téléfilm, je veux dire, mais il ne le fait pas. Il s'assoit dans le fauteuil qui se trouve en face du canapé et s'installe confortablement.

Nous ne parlons pas.

Je regarde ce salon tout autour de moi, dont les murs ne sont ornés que de quelques reproductions encadrées. Quelque chose avec de grandes rayures rouges dans le milieu, la photographie en noir et blanc d'une montagne entourée de nuages, et une orange qui pose à côté de deux pommes et d'un couteau à découper à manche de bois sur une planche. Un magazine de chasse traîne sur la table basse. Le chasseur qui fait la couverture a posé à côté d'un jeune daim aux yeux morts. Ils sourient tous les deux à l'objectif. Un peu de vapeur sort de la bouche du chasseur, il y a de la neige sur une colline derrière eux.

« On dirait que tu es nerveuse », dit l'inspecteur.

Je croise les jambes et tire un peu sur la minijupe de ma mère, je regarde la bouteille verte que je tiens dans les mains, puis je tourne les yeux vers lui. Une seule lampe est allumée dans la pièce et l'inspecteur a l'air encore plus sombre sous cette lumière. Je vois qu'il sourit, peut-être de manière un peu taquine. Ses yeux sont plus étroits que dans mon souvenir. Je sens son odeur, aussi. En venant ici dans sa voiture noire, j'ai cru que je sentais ses cheveux. Une odeur de chair.

« Je le suis, sans doute, dis-je pendant qu'un rire nerveux s'accroche en moi comme un hameçon aérien, quelque part entre ma gorge et mon nez.

— Tu sais, ma jolie, que tu peux partir quand tu veux. Mais tu voulais me séduire, pas vrai ? »

Je hoche la tête, sans le regarder.

« Eh bien, je suis séduit. Tu es sûre que c'est ce que tu veux ? Je ne suis plus un petit garçon, tu sais. À mon avis, on n'est pas ici pour enfiler des perles, si tu vois ce que je veux dire.

— Je vois ce que vous voulez dire, lui réponds-je en levant les yeux.

— Tu n'es pas vierge, n'est-ce pas ? »

Il sourit toujours et me regarde maintenant du coin de l'œil. Je secoue la tête.

« Bien, mon cœur. Alors, tu sais ce qui va se passer, là, pas vrai ? Et c'est ce que tu veux, hein ?

— Oui, dis-je en sentant une petite veine bleue palpiter dans mon cou.

— Bien. Parce que moi, je n'ai pas l'habitude de faire ça avec des petites filles. Tu n'es plus une petite fille, pas vrai ?

— Non. »

Ma voix est très faible, comme si elle montait de mon ventre, ou de cet étang mort au centre de Freedom Crest.

« En tout cas, tu es très agréable à regarder, ma jolie », dit-il.

Je ne peux alors m'empêcher de penser à un petit panneau que j'ai un jour vu dans un magasin de porcelaine : *Marchandise cassée, marchandise vendue,* et gribouillé juste au-dessous, comme si c'était trop compliqué pour certains clients à l'esprit trop simple : « On casse, on paye. »

Quand je lève les yeux vers lui, il est en train de me regarder, la tête penchée.

« J'aime bien ta petite coupe de cheveux. On appelle ça une coiffure à la page, non ?

— Je ne sais pas, dis-je dans un souffle. Merci, en tout cas, dis-je en repoussant des mèches de mes yeux.

— Et j'aime bien tes petits seins, aussi », poursuit-il sur un ton différent, d'une voix qui me fait monter le sang à la tête.

Il se penche vers moi et m'observe fixement. Là où sa chemise est déboutonnée, dans le creux du cou, je vois les poils sombres de sa poitrine.

« Je veux les goûter, tes petits seins », ajoute-t-il.

Je baisse les yeux sur mon chemisier, où mon visage se répète sur mes boutons dorés, comme autant de petites pièces à mon effigie. Pas un instant, je me dis que c'est mal d'être ici, ni ne me demande où je suis.

« Je devrais peut-être venir m'asseoir à côté de toi », dit l'inspecteur.

Je bouge un peu pour lui faire de la place sur le canapé de cuir, ce qui fait un bruit nu et humain contre ma jupe de daim. Il pose sa bouteille de Heineken sur la table basse. Avant de m'embrasser, il ouvre un peu mon chemisier et regarde mon soutien-gorge blanc, en disant : « Mmm... »

Il plonge la main et touche mon sein gauche, qui se fait tout petit et léger dans sa paume. Il grogne un peu, en appuyant son visage contre le mien.

« Ça a été facile », dis-je à Mickey.

Elle se lave les mains dans le lavabo des toilettes des filles du lycée. Sur le miroir situé au-dessus de sa tête, quelqu'un a écrit au rouge à lèvres écarlate « Anne Platt baise avec Mr Fogarty ». Chaque matin, le gardien enlève le graffiti, mais il est de retour chaque après-midi, depuis septembre, tracé d'une grosse écriture ronde...

Je ne sais pas du tout qui est Anne Platt, mais j'ai entendu dire que c'était une nouvelle avec des seins énormes. Mr Fogarty est le principal adjoint. Ses yeux sont bleus comme de l'after-shave et il aime les filles. Un jour où j'avais été surprise en train de fumer sur le parking avant les cours, j'avais dû aller au bureau de Mr Fogarty, où il m'avait gratifiée d'une conférence sur le cancer des poumons, tout en me faisant un clin d'œil complice.

« Et ne te fais plus pincer », m'avait-il dit.

Depuis, chaque fois que je le croise dans le couloir, il me sourit et porte une cigarette invisible à sa bouche.

Cela n'a jamais été une révélation que d'apprendre qu'une fille aux gros nibards, Anne Platt, pouvait baiser avec Mr Fogarty. Le vrai mystère, c'est l'autre fille, celle qui doit se glisser en douce dans les toilettes des filles, chaque jour que Dieu fait, pour écrire encore et encore cette phrase au rouge à lèvres sur le miroir. Toute cette furie féminine, pour quoi faire ? Qui pourrait entretenir une telle passion pendant si longtemps ? Elle a sans doute dû sécher des cours pour faire ça : aux interclasses, il y a trop de filles dans les toilettes pour s'en tirer à bon compte. Était-elle jalouse, scandalisée, ou bien quoi ?

Parfois, je me demandais si cette fille ne pouvait pas être Anne Platt elle-même.

Mickey me tend un bâton de chewing-gum enveloppé dans un papier vert pâle.

« Qu'est-ce qui a été facile ? » me demande-t-elle en se baissant pour attacher un de ses lacets.

Les plis de sa jupe s'étalent autour d'elle, elle ressemble à un de ses pompons, au repos.

« L'inspecteur », dis-je.

Elle lève les yeux vers moi. La menthe du chewing-gum est tellement forte qu'au moment où je commence à mâcher, j'ai du mal à respirer. J'ai l'impression d'inspirer la vapeur trop fraîche qui s'échappe d'un bloc de glace.

« Oh, mon Dieu ! » dit Mickey en se relevant.

Je hoche la tête. Je me regarde dans le miroir. Mon visage est perdu derrière le mot *baise,* comme s'il était écrit au rouge à lèvres sur mon front. Je fais bouffer mes cheveux, me retourne vers Mickey et lui souris.

« Tu te fous de moi, dit-elle.

— Pas du tout.

— Waouh, Kat ! s'exclame Mickey en secouant la tête. Je suis vraiment, mais vraiment impressionnée. »

Quatrième partie

JANVIER 1989

Depuis quelques jours, il fait plus chaud, la neige se déchire en haillons humides et froids, en guenilles de petites robes de baptême souillées. Phil est en train de patauger dedans avec ses chaussures boueuses, il vient chez nous à grands pas lents, on dirait un personnage de dessin animé pris dans le goudron – ses mouvements sont exagérés, comme si ce sol qui dégèle l'aspirait. Sa veste écossaise semble vieille et abîmée par endroits. C'était probablement celle de son père, avant.

Depuis la remise des diplômes en juin, depuis qu'il a commencé à travailler chez Sears à plein temps, Phil ressemble de plus en plus à un garçon qui pourrait être son propre père. Son côté dégingandé s'est transformé, presque imperceptiblement, presque du jour au lendemain, en l'allure voutée d'un vieil homme. Maintenant, quand il vient me rendre visite à l'université, quand il fait les quatre heures de route vers le nord dans la Dodge de son père, en fumant des Marlboro à la chaîne et en écoutant les diverses stations de radio qui déversent une musique évoquant les feuilles d'acier minces et brillantes qui sont assemblées dans les usines du Middle West, il a des cendres sur son col, et cette veste sent les gaz d'échappement, la pollution et les toilettes.

Quand il arrive enfin à Ann Arbor, Phil a traversé certains des endroits les plus sales de la terre, là où un ciel gris surplombe l'autoroute, lourd des cendres qui se sont ensuite posées sur Phil et dans ses cheveux qui sont maintenant trop longs. Ils rebiquent sur son col, trop blonds, du jaune clair des autobus scolaires. Comme Phil et moi passons devant les filles de mon dortoir, elles le regardent de côté, comme s'il était un espion venu d'un autre univers, celui dont nous nous sommes échappées, au moins pour un temps – le monde de la banlieue, des parents, du centre commercial – ou comme s'il allait se débarrasser de ce monde terne, simplement en marchant, comme si la stagnation de l'endroit d'où il vient était un virus qui circule dans ses larmes ou dans son sang.

Durant tout le week-end, Phil boit de la bière dans ma chambre, il met des disques de heavy metal trop fort sur la stéréo installée à côté de mon lit. Il a l'air gêné dans la cafétéria, avec son ticket d'invité et son assiette garnie d'un steak cordon-bleu sur son plateau. Il va à la bibliothèque avec moi et, pendant que j'étudie, il reste affalé dans un fauteuil, à feuilleter un magazine, levant parfois les yeux pour dévisager les étudiants d'un regard sans expression.

La fille qui partage la chambre avec moi ne l'aime pas.

Il n'a pas l'air d'un étudiant.

« Qu'est-ce qu'il compte faire, dans la vie ? » me demande Cindy.

Cindy vient de Oak Park, dans le Michigan. Son père est ophtalmologue. Ses cheveux sont roux, d'un roux profond et automnal, elle a décoré notre chambre avec des posters de Barychnikov, des photos artistiques en noir et blanc du danseur en collant, les bras déployés comme un grand oiseau viril. On voit le renflement formé par son pénis et par ses testicules serrés dans le collant, toute cette masculinité réduite à l'immobilité, malgré cette danse musclée.

Parfois, alors que je suis en train de travailler, quand je regarde les posters de Cindy, je sens un afflux de sang monter dans ma poitrine.

Quand il est venu pour la première fois, Phil a bien étudié les posters et a conclu par un jugement expéditif : « Ça craint. »

« Il doit s'occuper de sa mère, dis-je à Cindy.

— Et alors ? » fait-elle en mâchant son chewing-gum.

Cindy veut devenir conseillère en génétique et elle ne perd pas de temps en excuses. Pour elle, le destin de tout un chacun peut se lire sur un graphique fait de X et de Y. Certains d'entre nous ne devraient jamais être nés. Elle sort avec un étudiant plus avancé, du département des ressources naturelles, qui croit que lesdites ressources seront bientôt épuisées ; elle a déjà essayé deux fois de me maquer avec un ami de son copain, Aaron, qui porte des chaussures de randonnée et des bandanas, qui passe ses étés sur un bateau de chercheurs et transite au large de la côte nord du lac Michigan, pour observer des algues sales dans un microscope.

La première fois, il ne s'est pas passé grand-chose, mais lors de notre deuxième sortie, juste avant que je rentre à la maison pour les vacances de Noël, on a bu beaucoup de bière européenne tiédasse, et quand Aaron m'a embrassée pour me dire au revoir, nos langues ont emmêlé leur moiteur soyeuse, comme quand deux poissons se touchent accidentellement dans un grand lac sombre.

Je sais que c'est le genre de garçon avec lequel je devrais sortir. Plutôt que Théo Sciezięsciez. Plutôt que Phil. Quelqu'un avec lequel je peux faire des projets d'avenir.

Mais l'avenir m'ennuie.

Je me vois en train de suivre cet avenir, comme une feuille dans un courant d'air.

Je me vois en train de le manger, comme un cœur fait de flocons d'avoine.

« Quelqu'un t'a appelée, me dit-elle un soir dans le noir, allongée sur son lit, alors que je rentre avec Phil.

— Qui c'était ? »

Phil est sur le pas de la porte, indécis. Nous nous efforçons d'attendre que Cindy soit endormie pour rentrer nous-mêmes dans la chambre. Phil prend le côté du lit qui est près du mur et le plus loin de Cindy. Le matin, quand on se réveille, elle est généralement déjà partie.

« C'était *Shh-shh-shh* », dit-elle d'un ton fatigué mais agacé.

J'ai parlé de l'inspecteur à Cindy, je lui ai parlé de notre relation et je lui ai aussi précisé que je ne voulais pas que Phil sache. Plus tard, lui et moi, on aura une discussion courte et sèche sur ce chapitre. Cindy le sait.

« On peut dire qu'il appelle beaucoup, pour quelqu'un qui n'a pas été foutu de faire quoi que ce soit sur l'affaire de ta mère en deux ans et demi, tu trouves pas ? » me dira Phil, en abandonnant le sujet dès qu'il verra que je suis sur la défensive, comme s'il se doutait qu'il y a, sur cette question, des choses qu'il ne veut pas savoir.

Le lendemain du jour où Aaron et moi on s'est embrassés, Phil est venu me chercher pour me ramener à la maison.

Dès mon arrivée, j'ai appelé l'inspecteur.

« J'ai une bière fraîche qui t'attend dans le frigo samedi soir, ma poulette », me dit-il, comme d'habitude.

Qu'est-ce que je faisais, en fait, avec tous ces hommes ? Je me disais que si on retirait leurs cœurs de leurs corps et qu'on les posait sur une table, tous les trois, il serait impossible de les reconnaître. Alors, qu'est-ce que je faisais, avec ces trois-là en même temps ?

Phil traverse la plate-bande de jonquilles qui sépare nos maisons. Rien ne semble prêt à fleurir. Peut-être que rien ne fleurira, cette année. Peut-être que Phil a trop piétiné la plate-bande et que les bulbes de Mrs Lefkowsky ont abandonné la lutte ; ils se sont peut-être donné le mot, ils ont entendu ces bottes impitoyables au-dessus d'eux et ils ont décidé de rester sous la terre.

Mon souffle, sur la fenêtre de la chambre, dessine un baiser humide qui disparaît très rapidement, juste un cercle sur la vitre, là où mes lèvres, en l'embrassant, ont effacé Phil.

Mon père semblait fier et soulagé le jour où il m'a reconduite à l'université avec May, sa petite amie.

« Au revoir ! Au revoir ! » disait-il en faisant de grands signes de sa nouvelle voiture, une Cadillac noire aux sièges de cuir.

Aller à Ann Arbor dans cette voiture, ce fut un peu comme si on était suspendus dans les airs à de grands élastiques. Le monde défilait devant nous à quatre-vingt-dix kilomètres à l'heure, dans un flou liquide.

Je pense que mon père a acheté cette Cadillac pour épater May, qui est tout à fait à l'image de son nom : une petite femme faite de printemps, qui pourrait exploser à tout moment, en hurlant, dans une frénésie de pétales et d'oisillons. Il est possible qu'elle ait gloussé sans pouvoir s'arrêter la première fois où elle est montée dans la Cadillac neuve de mon père.

May est la petite amie qu'il faut à mon père, et je l'aime bien ; qui n'aimerait pas May, d'ailleurs ? Mais, si je me trouve en sa présence pendant plus d'une heure, je me sens étourdie, agitée, un peu trop détendue, et cela me fatigue beaucoup. Comme nous bavardons agréablement, je sens que ma voix se fait de plus en plus aiguë pour rejoindre la sienne, comme si nous avions toutes les deux respiré de l'hélium, comme si on avait aspiré le contenu de ballons blancs aériens, pendant que mon père, assis entre nous en silence, les lèvres serrées, semble content.

À une époque, May a été mariée avec un de ses collègues, un autre vendeur de livres scolaires.

« Mais il était toujours déprimé, raconta-t-elle. Il ne voulait jamais rien faire. »

Ses cheveux blond cendré sont permanentés et coupés au-dessus des oreilles. La permanente est serrée, sa chevelure tient toute seule sur sa tête, comme si, au salon de coiffure, May avait été touchée par un aiguillon électrique, ce qui l'avait rendue plus vive, mais plus nerveuse, aussi.

Elle est beaucoup plus jeune que mon père, elle n'a que trente-quatre ans, mais elle a l'air maternel, quoique de façon enfantine, et elle semble désireuse de reprendre les choses là où ma mère les a abandonnées. Le jour où ils m'ont laissée à l'université du Michigan, elle m'a délivré plein de conseils sur la fac, sur les étudiants, sur la vie. Quand on a eu fini de monter mes caisses dans la chambre où j'allais vivre (Cindy n'était pas encore là, la chambre était vide, il n'y avait que du lino, deux matelas jumeaux sur des cadres métalliques, deux bureaux abîmés et un lavabo où l'eau s'écoulait de manière très sonore), May m'a à nouveau parlé.

« Ne prends pas de drogues. Mais si tu le fais, faut que tu sois sûre de ce que tu prends. Quelqu'un m'a un jour donné du PCP quand j'étais étudiante, et je n'ai plus jamais été la même, après. »

Ce qui expliquait beaucoup de choses.

Je m'imaginais May à l'université – studieuse, sobre et pas sentimentale pour deux ronds – avant l'épisode du PCP, au cours duquel des ailes lui avaient poussé et s'étaient mises à claquer frénétiquement, avant qu'elle ne se retrouve propulsée dans le ciel comme une fusée divine et qu'elle n'aperçoive le visage de Dieu – une pure douceur et une lumière aveuglante, comme une grande bouffée de rafraîchisseur d'ambiance inhalée par une belle journée de printemps – avant d'atterrir à nouveau, changée pour toujours.

« Au revoir ! » a dit mon père avec un grand signe de la main.

Ils se sont ensuite envolés dans la Cadillac neuve.

Durant mes premières semaines à l'université, j'ai cru que les choses avaient changé, qu'en quittant Garden Heights, ma chambre à chichis, la bergère rigide de ma mère et ses rouges à lèvres toujours alignés dans la salle de bains, là où elle les avait laissés, j'ai cru que j'avais fini par quitter vraiment ma mère, plutôt que l'inverse.

Mais les rêves recommencèrent : ma mère dans un cercueil blanc, ma mère à la morgue dans une tempête de neige. Ou bien je rêvais que je traversais avec Phil le parking glacé de la supérette, en faisant bien attention à mes pieds, et que je voyais soudain le visage de ma mère émerger sous ma botte. Dans un de ces rêves, May venait dans ma chambre, dans l'Ohio, et me disait qu'elle avait trouvé ma mère dans la boîte en carton d'un plat cuisiné. Dans un autre, l'inspecteur Sciezisciez levait la tête, entre mes jambes, où il était en train de me donner un orgasme – le genre que l'on n'atteint jamais, qui vous réveille toujours insatisfaite –, et il me disait : « Au fait, ta mère a appelé mon bureau. Elle est dans le coffre d'une banque, dans une autre ville. »

Au milieu de chaque rêve, je me réveillais en hurlant, et Cindy, vêtue du tee-shirt de son petit ami, un tee-shirt qui encourageait à sauver les baleines, se penchait au-dessus de moi en se rongeant les ongles :

« Mon Dieu, Katrina (elle aime bien m'appeler comme ça, parce que c'est plus typé, plus intéressant que Kat), qu'est-ce que tu as ? » me demandait-elle alors.

Le lendemain matin, elle me regardait avec insistance, comme si j'allais me fendre en deux, telle une statue de plâtre mal moulée, et sortir de mon corps.

Cela m'a touchée quand elle m'a dit : « Je me fais du souci pour toi. »

Cela ne faisait que quelques semaines que nous partagions notre chambre, mais nous étions déjà amies.

Elle avait ajouté : « Est-ce que ta psy est au courant, pour ces rêves ? »

Je n'ai pas revu le docteur Phaler depuis le mois d'août, quand elle m'a souhaité une bonne année universitaire, avant de me serrer la main et de me dire de l'appeler quand je rentrerais à Noël, si je voulais un rendez-vous, si je sentais que j'avais besoin d'aide. Je ne lui ai jamais parlé de l'inspecteur Scieziesciez, parce qu'il ne semblait jamais y avoir de bon moyen d'amener le sujet sur le tapis, et j'avais depuis longtemps cessé de lui parler de mes rêves, le jour où elle avait dit très clairement qu'elle ne pensait pas qu'ils apporteraient grand-chose.

« Les rêves n'ont pas forcément de signification, Kat. Nous faisons tous des rêves très étranges. »

Pourquoi ? m'étais-je alors demandé. Pourquoi faisons-nous tous des rêves étranges ? Pourquoi le sommeil n'éteint-il pas nos cerveaux, comme on éteint une lampe ?

Au lieu de cela, partout dans Garden Heights, des banquiers, des avocats, des femmes au foyer participent à des orgies, parlent aux morts, survolent leur propre maison, complètement nus, équipés de grandes ailes, et puis tout est oublié, tout redevient normal et le plombier appelle pour dire qu'il sera un peu en retard.

Comment arrivons-nous à sortir du lit le matin, à nous regarder les uns les autres, à organiser nos journées ordinaires, en sachant d'où nous revenons et où nous ne tarderons pas à retourner ?

Quelques jours après que mon père et May m'avaient accompagnée à Ann Arbor, l'inspecteur Scieziesciez m'a appelée pour me demander s'il pouvait venir, on se retrouverait au Sheraton, on passerait la nuit ensemble – il devait aller à Lansing pour son travail, j'étais sur la route –, et j'ai dit oui, même si les cours démarraient le lendemain, même si j'étais nerveuse et si je désirais paraître vive et alerte aux yeux de mes professeurs et des autres étudiants, mais je voulais aussi passer la nuit avec l'inspecteur Scieziesciez, n'ayant jamais vraiment passé une nuit entière avec un homme.

Plusieurs fois, Phil et moi, nous nous étions endormis ensemble sur le canapé, et j'étais restée un jour chez l'inspecteur jusqu'à cinq heures du matin, mais je voulais une nuit entière, du soir à l'aube, au lit avec un homme, comme une balade en bateau traversant un lac sombre d'une rive à l'autre.

« Salut ! » me dit-il en ouvrant la porte de sa chambre d'hôtel.

J'avais pris un taxi pour aller au Sheraton, dès qu'il m'avait appelée dans ma chambre pour me dire qu'il était arrivé. Ce taxi était conduit par une jeune femme avec une longue queue de cheval blonde. Ses bras étaient ornés de tout un tas de bracelets argentés, qui émettaient une petite musique métallique à chacun de ses mouvements.

« Ann Arbor, c'est super, dit-elle. Vous allez adorer. »

Le taxi sentait vaguement la marijuana.

« Y a un gars qui a essayé de m'égorger, la semaine dernière », a-t-elle ajouté, en se tournant pour me montrer une blessure sur son cou, juste sous l'oreille.

« Salut, ma jolie », me dit l'inspecteur Sciezniesciez.

Il portait une chemise à rayures bleues, déboutonnée, aux manches roulées, comme toujours, révélant le tatouage « USMC » sur son avant-bras, et un pantalon vert soigneusement repassé. Ses cheveux étaient peignés – mais toute cette chevelure sombre et épaisse ne paraissait jamais pouvoir être totalement contrôlée, un peu comme cette barbe qu'il semblait raser mais qui n'avait jamais l'air rasée. Ces derniers six mois, j'avais aussi pu faire connaissance de ses poils. J'avais vu comme ils devenaient humides et lourds de sueur quand nous faisions l'amour. Quelques poils gris se mêlaient aux poils noirs de sa poitrine, mais, à part ça, il avait le corps d'un jeune homme. Des bras et un ventre musclés. Ses cuisses étaient dures comme du bois. Il courait dix kilomètres par jour et soulevait quotidiennement des poids pendant des heures.

« Faut bien que je garde la forme pour les jeunes filles », disait-il, pour me taquiner.

Je savais qu'il avait d'autres petites amies – l'une d'elles était même plus jeune que moi –, ainsi que deux ex-femmes qui ne vivaient pas très loin de chez lui ; l'une d'elles amenait leur fille en visite chez lui chaque dimanche, mais elle venait aussi parfois seule le vendredi soir pour faire l'amour avec lui.

Je n'étais pas jalouse. J'avais Phil, après tout. Et ce que je voulais de l'inspecteur, depuis le début, c'était sa virilité sans peur et sans complexes. Parfois, quand il roulait sur mon corps, au lit, je fermais les yeux et je voyais un enclos plein de taureaux qui déchiraient l'herbe en grognant, leur pelage noir brillant sous le soleil.

C'était le week-end de la fête du Travail, je portais une robe blanche bain de soleil aux fines bretelles, avec des sandales blanches. J'avais du fard à joues rose et juste un peu de rouge à lèvres.

« J'aime bien ta minceur, me dit-il un jour, ses grosses mains posées sur ma poitrine nue. J'ai l'impression que je pourrais te casser en deux, ajouta-t-il en m'écrasant le torse. Mais je ne le ferai pas », conclut-il en riant.

Cette nuit-là, allongée dans le grand lit à côté de l'inspecteur, je ne pouvais pas dormir. J'avais faim, j'étais mal à l'aise. Il s'était endormi en plein milieu du lit et j'avais à peine assez de place à côté de lui ; en plus, il avait laissé son bras reposer sur mes seins nus, un bras excessivement lourd, comme si une bûche m'avait roulé sur le corps et m'écrasait de tout son poids.

J'entendais des bruits venant d'autres chambres, en dessous et au-dessus de nous. Les ressorts des lits qui grincent. L'eau qui coule. Un téléphone qui sonne, un peu hystérique et lointain. Les rideaux qui repoussent la lumière de la fenêtre laissaient quand même passer les lueurs du parking et des ombres s'enroulaient sur le corps de l'inspecteur. Son sommeil semblait devenir de plus en plus profond, comme un train qui gagne de la vitesse en s'élançant dans les hautes herbes. Ses cheveux sombres brillaient. Pendant l'amour, il transpirait beaucoup, et il semblait que c'était également le cas quand il dormait.

Puis il se mit à ronfler. Doucement, tout d'abord. Mais, à l'instar de son sommeil, le bruit se fit plus profond. On aurait dit qu'on feuilletait violemment un dictionnaire dans sa poitrine. De A à Z. J'ai fermé les yeux et essayé de m'endormir. J'ai pensé à des moutons qui se baladaient dans les champs, j'ai voulu en compter quelques-uns avant de passer de la pensée au rêve. Mais j'ai alors vu un boucher qui tenait, dans une de ses mains gantées de blanc, un morceau de viande qu'il posait sur son comptoir de verre. Il montrait ce morceau de viande à ma mère.

« Côtelettes d'agneau », annonçait-il.

Je rêvais, ou je pensais encore ?

L'inspecteur SciezIesciez se mit alors à grogner. Un long et pénible grognement.

Il ne bougeait pas, et reposait lourdement, là où il s'était endormi, mais les grognements se firent de plus en plus longs et forts. Mon cœur se mit à battre plus vite et je regrettai soudain de ne pas être habillée. J'avais froid, j'étais nue, effrayée et tout à fait éveillée. Quand il a commencé à crier – des mots inintelligibles, mais on entendait, de manière étouffée la structure et l'intonation des phrases –, je l'ai secoué aux épaules.

« Théo ! Réveille-toi. Tu es en train de rêver. »

Mais il ne se réveilla pas et ne cessa pas de crier. Alors, j'ai tendu la main pour allumer la lampe de chevet et j'ai crié à mon tour.

« Théo ! Théo ! Théo ! »

Je voyais son visage se tordre, dans une expression de souffrance, ou peut-être de plaisir. Ses yeux s'ouvrirent brusquement et il me regarda.

J'étais debout à côté du lit, les bras croisés sur ma poitrine nue.

« Qu'est-ce qui se passe ? demanda-t-il en roulant sur le dos et en se frottant les yeux.

— Tu faisais un cauchemar, lui dis-je en me rendant compte de mon ton terrifié. Tu criais, tu grognais et...

— Allez, reviens te coucher, mon cœur. Désolé de t'avoir réveillée. »

Il souriait. Il se poussa pour me faire de la place et tapota le matelas à côté de lui. Les draps étaient humides.

Ils étaient trop chauds et trop chiffonnés à mon goût quand je les ai tirés pour me couvrir. Je tremblais de tous mes membres.

« Tu rêvais de quoi ? » ai-je demandé dans un murmure.

Je voulais parler. Je ne voulais pas éteindre la lumière tout de suite.

« Je ne sais pas », dit-il en se levant et en s'appuyant sur son coude pour me regarder.

Il repoussa les mèches qui me couvraient le visage et dessina le contour de ma joue du bout de son doigt.

« Je fais des mauvais rêves, dit-il. Des rêves violents...

— Toujours ?

— Souvent.

— Et tu rêves de quoi ?

— Mmmm... De choses que j'ai vues. Quand j'étais simple flic, tu sais, j'ai vu beaucoup de choses.

— Comme quoi ? ai-je demandé.

— Mmmm... »

Il réfléchit un bon moment avant de répondre.

« J'ai vu un homme tirer dans la tête de son propre fils. »

Je ne dis rien.

« Tu veux vraiment entendre tout ça ? »

J'ai fait oui de la tête, mais je ne le regardais pas.

« J'ai vu un type saigner à mort, très lentement, dans le fond d'un camion. Il avait la gorge tranchée. »

J'ai essayé de m'imaginer le tableau.

J'ai vu l'entaille traversant la gorge de cet homme, comme une ouverture dans la terre. Je voyais l'inspecteur regarder dans cette fente. Il y avait des scarabées et des crapauds. Je me demandais si l'inspecteur Sciezíesciez, lors de cette scène, avait oui ou non essayé frénétiquement d'aider cet homme, ou s'il s'était contenté de regarder.

« Et j'ai vu bien pire, encore. J'ai déterré de bien vilains cadavres. »

J'ai alors pensé à ma mère.

J'ai pensé à elle, allongée à côté de mon père au petit matin, qui l'écoute ronfler.

« Y a une chose que j'ai apprise, à force d'être flic, ma jolie, c'est que plus tu crois que le monde est sûr, moins il devient sûr. »

« Tu veux dire que ta mère a disparu, comme ça ? » me demanda Cindy, la bouche grande ouverte de surprise.

Nous étions en train de boire du vin de framboise dans notre chambre. Elle était assise en tailleur sur son lit. Moi, j'étais assise par terre, appuyée contre mon lit, les genoux ramenés bien serrés contre ma poitrine. Les examens étaient finis. Nous étions en chemise de nuit, comme des petites filles à une fête, sauf qu'on était en train de se murger.

« Oui », ai-je répondu en reprenant une gorgée de vin.

Ce vin avait la couleur du sang que l'on vient de vous pomper du bras, quand le velours rouge profond remplit le petit flacon. Dans le gobelet de plastique transparent, il était doux et chaud ; sanglant, il avait le goût des vendanges faites tardivement, quand le fruit, trop mûr et trop juteux, coule le long des ceps et pend lourdement aux branches. Je voyais les mains des vendangeurs, tachées de rouge pour toujours. Le vin me montait à la tête.

Notre chambre semblait se dérober autour de nous et le visage de Cindy, sous ses cheveux flamboyants, était pâle et énorme à la lumière trop vive du plafonnier. Son expression était figée par la surprise.

« Eh oui ! ai-je dit. Comme ça, ici aujourd'hui, ailleurs demain. »

Je me suis alors entendue avoir du mal à articuler.

« Waouh ! » fit Cindy, avant de se taire pendant un bon moment.

Le gobelet de plastique à la main, elle réfléchissait. Le vin avait la couleur de ses cheveux et je me suis souvenue qu'un jour, à un pique-nique, à une fête de fin de saison donnée pour la ligue de golf perdante de mon père, un moustique s'était noyé dans le verre de bourgogne de ma mère. Elle avait plongé les doigts dans le verre, repêché cette chose ailée toute molle avec ses ongles et elle l'avait envoyée gicler d'une pichenette en direction de mon père qui regardait ailleurs.

Je me disais que, plongé dans ce liquide rouge, le moustique avait dû mourir de plaisir, persuadé qu'il venait de trouver le cœur de Dieu lui-même et qu'il l'avait piqué.

« Mais alors, où est-elle donc ? demanda Cindy.

— Qui peut le savoir ? Pas moi, en tout cas.

— Il faut bien qu'elle soit quelque part.

— Tu crois ? dis-je en faisant tomber du vin sur ma chemise de nuit. Peut-être pas. Peut-être qu'elle est nulle part », ajoutai-je en souriant.

Mais Cindy garda un air sérieux et triste.

Cette année-là, les grands-mères ne sont pas venues pour Noël. Cela faisait des mois que Zeena n'avait pas appelé, et quand elle nous a téléphoné, le 24 décembre, elle n'a même pas pris la peine de poser des questions sur ma mère. Quand je lui ai dit que mon père avait une petite amie, elle a soupiré.

« La vie continue, Kat. Tu peux être sûre que ta mère vit sa vie de son côté aussi. »

Il y avait une pointe de préjugé, là-dedans, comme dans le côté émoussé d'un couteau, le genre de couteau dont on se sert pour découper une pomme, rien de trop pointu, mais un couteau quand même.

Elle a dit que le temps, à Las Vegas, était sec et beau.

Marilyn a envoyé un panier de fruits qui devait bien peser vingt-cinq kilos. Le livreur l'a laissé sur les marches devant la maison ; c'étaient des oranges, des pamplemousses et un grand régime de bananes, enveloppés dans de la Cellophane rouge. Quand j'ai ouvert la porte et que j'ai vu le panier qui attendait sur le perron, j'ai cru que le chapeau sophistiqué d'une passante s'était envolé et avait atterri là.

Ce panier, c'était exactement le genre de chapeau que mes grands-mères auraient pu porter : féroce mais féminin, des fruits brillants et des rubis – un chapeau qui est un peu comme une petite explosion, comme une bombe abandonnée par l'IRA dans une poubelle de la gare ; personne n'est tué, c'est juste un avertissement, seul un innocent, un passant, reste là, agitant des mains couvertes de sang. Un chapeau légèrement violent, à moitié comestible.

Au centre du panier, une noix de coco, dure et chevelue comme une tête réduite. « JE VOUS AIME !!! AVEC TOUT MON AMOUR, MARILYN !!! », disait la carte, dans l'écriture inconnue et féminine de la vendeuse.

J'ai soupesé la noix de coco. Quand je l'ai secouée, le lait s'est agité doucement à l'intérieur.

May et moi avons préparé le dîner de Noël pour mon père, Phil et Mrs Hillman – le morceau habituel de roastbeef calciné, entouré de carottes et de pommes de terre. Du gâteau de riz. Des petits pains couverts de farine qui donnaient des moustaches crayeuses à tout le monde. May s'est même lancée dans la confection d'une gelée verte en forme de corne d'abondance, avec de petits morceaux de pêches et de poires en conserve qui nageaient étrangement dans le vert, comme de petits poissons suspendus dans un aquarium sale et boueux, à la fois immobiles et tremblotants.

Je mourais d'ennui.

Cindy me manquait, de même que notre chambre et la joyeuse routine des cours, des séances de bibliothèque et de la cafétéria, le tout noyé dans le café fort et le Coca allégé. Phil a coupé la viande de Mrs Hillman et elle s'est mise en chasse des morceaux avec sa fourchette, des morceaux qui s'animaient dès qu'elle en approchait un. Mon père a abondamment complimenté May sur tout ce qu'elle avait fait, avant même d'y goûter, et May a battu des paupières comme un petit oiseau de dessin animé. J'ai plusieurs fois essayé d'attraper le regard de Phil, mais il gardait les yeux rivés sur son couteau graisseux.

« Joyeux Noël ! » a lancé May, et nous avons tous levé nos verres de cristal – ceux du service de mariage de mes parents – dans l'air léger, pour porter un toast.

Ce faisant, je nous voyais cognant ces verres de cristal si fort que tout explosait en éclats de champagne et de verre, creusant de petits yeux partout sur nos visages et sur nos mains.

Après le dîner, Phil et sa mère sont rentrés chez eux, May et moi avons débarrassé la table. Elle portait un pull décoré d'un arbre de Noël. Ce pull avait nécessité tant de laine que je ne pus m'empêcher de me demander ce qui se passerait si on lui faisait un accroc. Est-ce que la laine s'enroulerait autour d'elle comme si elle était une quenouille, un ornement de Noël monté sur piles ? Est-ce que cela produirait une sorte de musique mécanique, une nouvelle version d'un chant de Noël quelconque ?

« Kat, me dit May timidement, les bras chargés de plats sales, je te remercie beaucoup de m'avoir incluse dans cette réunion familiale.

— Y a pas de quoi », répondis-je, trop vite, en haussant les épaules.

Elle posa les plats sur le plan de travail de la cuisine, l'air sérieux – aussi sérieux qu'une femme à permanente serrée et à fossettes, avec un arbre de Noël sur sa poitrine, peut l'être.

« Je voudrais te poser une question, ajouta-t-elle en baissant la voix, même si mon père qui, fidèle à son rituel postprandial, avait déjà quitté les toilettes pour se coucher, dormait profondément et ne pouvait donc pas nous entendre.

— Allez-y, lui dis-je en prenant une éponge, juste pour avoir quelque chose à la main.

— Eh bien, Kat, dit-elle en se raclant la gorge, toi et moi, on n'a jamais parlé de ta mère. »

J'ai pressé l'éponge. J'ai alors retrouvé la créature marine que cette éponge avait été, une riche animalité que la teinture orange était venue cacher.

« Il n'y a pas grand-chose à dire, je crois », lui répondis-je.

May réfléchit un instant.

« Ton père n'en parle pas beaucoup non plus, mais je ne peux m'empêcher de me poser certaines questions. Kat, tu as une théorie sur ce qui s'est passé ? »

Je fis semblant de réfléchir en me mordillant les joues.

« La crise de la quarantaine, affirmai-je. Ou bien un petit ami. »

May hocha la tête pensivement.

« Mais où peut-elle être ? demanda-t-elle.

— Je ne sais pas », dis-je, en prononçant les mots avec soin et emphase, comme si May m'avait déjà posé cette question cent fois.

« Où est-elle allée ? » demande May. Elle a posé une pile d'assiettes blanches en équilibre précaire sur le plan de travail de la cuisine. Dehors, le vent hurle. Les fenêtres grincent dans leur cadre comme des dents déchaussées.

« Je ne sais pas », dis-je en regardant ces assiettes dans l'attente de les voir tomber. Mes mains sont plongées dans l'évier qui est rempli d'eau savonneuse, je vois quelque chose, un genre d'anguille, qui nage dans cette eau sale près du bout de mes doigts. Soudain la queue de la créature sort de la mousse, orange et tordue, et elle se retrouve dans ma main, vivante et pleine de tentacules. Je la serre aussi fort que je peux, pour la repousser dans l'eau savonneuse et la maintenir au fond de l'évier. Je ne veux pas que May la voie, mais elle me regarde fixement, l'air soucieux.

Au beau milieu de la nuit, je me réveille complètement trempée, la chaleur salée qui flotte sous les draps et la couverture est comme un feu qui aurait été éteint avec de la sueur. C'est physique. Sexuel. Océanique. Mes jambes sont emmêlées dans ces draps et dans ma chemise de nuit de flanelle. Tout est mouillé.

Je sors du lit en titubant, comme si je descendais d'un bateau, je cherche à tâtons dans le noir le chemin de la salle de bains, pour prendre un cachet d'aspirine. Dans sa chambre, j'entends mon père ronfler : une corne de brume humaine, un ronflement de détresse au milieu de l'océan. Je me souviens que ma mère ne pouvait supporter ce ronflement. Chaque matin, au petit déjeuner, elle s'en plaignait. Un jour, elle avait même dit, l'air très sérieux, comme si cela faisait très longtemps qu'elle y pensait, dix, vingt ans, peut-être : « Y a des jours, j'ai envie d'appuyer l'oreiller sur la bouche de ton père, pour l'étouffer. »

J'allume la lumière et la rangée d'ampoules vives qui surplombe l'armoire à pharmacie s'éclaire brutalement et m'aveugle. La fièvre me pique les yeux, qui sont trop grands et trop secs pour leurs orbites, comme s'ils allaient me sortir de la tête, comme ces petites ampoules.

La salle de bains est toujours imprégnée de l'odeur, aseptisée, de ma mère. On sent son parfum, aussi.

Mais, pour la première fois, je remarque que le petit plateau en miroir sur lequel elle rangeait ses flacons, ses rouges à lèvres et le reste – mascara, fard à paupières, anticernes – ne se trouve plus à côté du lavabo. La petite serviette brodée en bleu à ses initiales, *EC,* n'est plus à côté de l'autre, celle qui porte les initiales de mon père, *BC.*

J'ouvre l'armoire à pharmacie pour chercher l'aspirine et je vois un flacon qui n'était pas là quand je suis partie pour l'université. Je le prends pour lire l'étiquette : « Elavil, 2e ordonnance. Prendre 1 comprimé chaque matin en cas de migraine. » Cet avis est au nom de May, à son vrai nom, Maybel M. Engberg.

Je range le flacon à côté des autres en gloussant un peu, intérieurement ; je pense à May, qui doit donc dormir régulièrement ici avec mon père – ses médicaments du matin sont là parce qu'elle est ici le matin –, May, qui tente d'effacer les preuves de la présence de ma mère, ses parfums ou sa serviette brodée. Et pourquoi ? Est-elle jalouse ? Pense-t-elle, peut-être, que ma mère pourrait revenir ? Et alors ? May avait-elle pensé à ce qu'elle ferait dans ce cas-là ? Que se passerait-il si ma mère rentrait un soir, mettait sa clé dans la serrure, montait jusque dans sa chambre, où May ronfle maintenant à côté de mon père, avec ses boucles serrées posées sur l'oreiller de ma mère, avec ses pieds menus qui sortent de la dentelle d'une chemise de nuit blanche et qui, peut-être, touchent avec affection la cheville froide et poilue de mon père ?

La petite bouche de May s'ouvrirait toute grande dans la nuit. Amiante, poussière lunaire, tout ce qui pouvait encore flotter de ma mère, de son côté du lit, viendrait recouvrir la langue rose de May. Je vois ma mère en train d'éclater de rire, et je ris un peu aussi, un rire silencieux et douloureux, en imaginant May et mon père qui essaient de cacher les preuves de leurs nuits avant que je rentre pour les vacances. Je vois mon père s'activer dans la maison, rangeant les affaires de May, qui avaient commencé à s'accumuler, comme c'est toujours le cas, les magazines féminins, les boucles d'oreilles, une paire de lunettes de lecture, fourrant le tout sous le lit, peut-être. Je le vois en train de vérifier la maison une dernière fois, cherchant les détails qui pourraient les trahir.

Et voilà, comme le nez au milieu de la figure : les médicaments de May, qui attendent dans le placard à pharmacie.

Bizarre, me dis-je, en m'imaginant mon père en peignoir de bain et en chaussons, qui traverse sur la pointe des pieds un jardin de tulipes blanches, qu'il décapite avec un club de golf. Whop, voilà le bruit que font les fleurs quand il les touche.

Je me recouche et dors comme quelqu'un que l'on aurait jeté au fond d'une rivière, lesté de poids.

Mais je suis encore plus malade au réveil. Une vraie montée de fièvre. La chambre en est tout humide : la sueur se mêle à la poussière venue de la chaudière. Ma maladie sent comme une jungle : elle est dense et touffue. Ma tête et mes membres me font mal, une sorte de douleur physique diffuse qui semble venir de très loin. Rien de fulgurant ni de piquant. Une douleur irradiante. Morne comme le désir.

Mon père est assis sur le bord de mon lit et, comme j'ai le thermomètre dans la bouche, je ne peux rien dire ; il ne parle pas non plus. Ce silence m'embarrasse. C'est gênant d'être là : sa fille, qui a grandi, qui rentre de l'université pour les vacances et qui se paie une fièvre d'enfant. J'ai l'impression qu'il peut sentir mon odeur, corporelle, intime, une odeur privée et très profonde. Je me souviens de la tête qu'il avait eue quand il m'avait surprise avec Phil dans mon lit. On aurait dit que quelqu'un lui avait lancé une tasse de lait à la figure, vu son visage blême de surprise. J'avais vu mon père par-dessus l'épaule de Phil. J'avais les jambes écartées. Phil avait la main posée sur l'un de mes seins...

En voyant l'expression de mon père, le mot « copulation » m'était venu à l'esprit.

Quelque chose de clinique et d'aussi peu amusant que la botanique, ou que le chou-fleur.

Je ne me souviens pas de la présence de mon père lors de mes maladies infantiles, coqueluche, grippe, ou rougeole.

Ça avait toujours été ma mère qui portait le thermomètre vers la lumière, pour lire le chemin de la petite veine de sang rouge qui s'élevait. Quand ma température était normale, elle avait toujours l'air réjoui, comme si elle m'avait surprise en train de mentir. « Habille-toi pour l'école », me disait-elle alors en glissant le thermomètre dans son étui de plastique.

Mais quand j'avais de la fièvre, elle me soignait, compresses fraîches, draps propres, limonade, thé tiède. Elle m'apportait un bol de bouillon de poulet, avec tous ces yeux cireux qui flottaient à la surface.

Le jaune pâle du poulet était comme une forme de tolérance, transformé en eau huileuse.

Au bout d'une minute, mon père prend le thermomètre dans ma bouche. « Trente-neuf neuf », dit-il, les yeux un peu exorbités. Il porte un costume, il est prêt pour aller au bureau, chacun de ses cheveux argentés est bien en place. Il réfléchit un moment.

« Je ne vais pas aller au travail, mais je crois qu'on devrait appeler May. »

Je ris mais je m'arrête immédiatement. J'ai mal à la gorge, comme si des abeilles m'avaient piquée sur les amygdales, et mon épiglotte est toute gonflée, comme un hameçon de chair coincé au fond de ma gorge.

« Papa, lui dis-je, moi, ça ne me fait rien si May dort ici quand j'y suis. Je suis assez grande pour supporter ça, tu sais.

— Qu'est-ce que tu veux dire ? » me demande-t-il, et son air d'innocent injustement accusé est bien imité.

Ses sourcils sombres se sont haussés en une ligne surprise.

« J'ai vu ses médicaments dans l'armoire à pharmacie. "Prendre un comprimé chaque matin." Alors, je me dis qu'ils sont là parce qu'elle est là chaque matin. Et je m'en fous.

— Oh ! c'est ça, dit-il. Oui, c'est vrai, elle passe de temps en temps la nuit ici, mais...

— Papa, y a pas de problème, vraiment. »

J'essaie de m'asseoir. Il se dépêche de coincer les oreillers derrière moi.

« Je vais te chercher un jus de fruits, dit-il. Après, j'appellerai May pour savoir ce qu'il faut faire contre une fièvre pareille. »

Je passe la journée suivante au lit, à boire du jus d'orange, qui me brûle quand je l'avale. Mais mon père m'apporte verre sur verre et, une fois avalé, cela me fait du bien. Ça me rafraîchit.

Je dors quelques heures, la fièvre m'entraîne de temps à autre dans un rêve où je suis prisonnière dans un bâtiment en feu, figée devant un ascenseur sur lequel il est écrit : « En cas d'incendie, prenez les escaliers. »

Mais je sais, confusément, qu'il n'y a pas d'escaliers, alors je reste là, pendant que les flammes avancent vers moi dans le couloir et que je me demande si je vais prendre l'ascenseur pour monter ou pour descendre, sans savoir quel bouton presser car ils sont l'un à côté de l'autre et signalés en braille. Puisque je ne sais pas lire le braille, j'ai peur de me tromper, j'ai peur de prendre la bonne décision, celle qui me sauvera la vie – monter ou descendre –, mais de presser le mauvais bouton. Alors que les flammes avancent inexorablement vers moi en une parade éclatante – un mur d'oxygène vive qui fait tout fondre sur son passage –, je finis, en désespoir de cause, par fermer les yeux et par tâter les marques de braille.

À ma grande surprise, je peux lire avec mes doigts.

Sur l'un des boutons, il est écrit « Maintenant » et, sur l'autre, « Plus tard ».

J'attends une seconde, puis je presse sur « Maintenant », et les portes s'ouvrent immédiatement, mais l'ascenseur est plein de fumée. Au centre, se trouve ma mère. Elle sort calmement de l'ascenseur, elle ne semble pas particulièrement surprise de me voir.

« Tu brûles », me dit-elle, avec un regard amusé.

May est déjà sur le point de partir quand je me réveille. Elle a dû arriver pendant que je dormais. Je les entends sur le pas de la porte.

« Non, dit mon père. Je ne pense pas que ce soit bien, quand elle est ici.

— Mais si Kat dit qu'il n'y a pas de problème, je ne vois pas...

— Je me fiche de ce que dit Kat », reprend-il un peu plus fort, d'un ton légèrement irrité.

Je m'assois sur mon lit, mes membres chauds sont tout mous, comme ceux d'un bébé qu'on aurait accidentellement laissé tremper tout un après-midi dans un bain chaud.

« Papa, je crie en haut de l'escalier que j'ai fini par atteindre. Je veux que May reste ici. May, dis-je, même si ma voix me gratte la gorge, je veux que vous restiez.

— Mais je... » commence mon père.

Je vois son visage au pied des escaliers, tourné vers moi, comme le museau d'un gros chien suppliant.

« Papa, dis-je pour le taquiner. Sois gentil. May va rester. Et je vais me recoucher. »

May glousse un peu.

« Eh bien, Brock, je crois que ça règle le problème. »

Aujourd'hui, elle porte du vert. Un vert profond de Noël. Un vert de sapin. Elle sourit en me faisant entrer dans son cabinet.

« Alors, dit le docteur Phaler, comment allez-vous ? Quoi de neuf ?

— Ça va, dis-je. À l'université, ça a été. J'ai eu de très bonnes notes. Ça a été un bon semestre. Mais je suis malade depuis Noël. De la fièvre, des frissons...

— La grippe, dit-elle en hochant la tête. Tout le monde l'a, ajoute-t-elle en souriant les lèvres fermées. J'imagine, reprend-elle en ouvrant la bouche en un minuscule trou tel celui laissé par une balle, que vous n'avez pas entendu parler de votre mère, sinon vous me l'auriez signalé en prenant votre rendez-vous ?

— Non », dis-je et ma réponse reste suspendue en l'air.

Mes lèvres sont maintenant aussi serrées que les siennes, comme si mon visage était un reflet fidèle du sien.

« L'inspecteur *Shh-shh-shh* a appelé il y a quelques jours pour dire qu'ils avaient classé l'affaire, dis-je. Si ça veut dire quelque chose... »

Ce n'était pas exactement vrai, mais ce n'était pas un mensonge non plus. L'inspecteur Sciezsciez m'avait bien dit qu'ils classaient l'affaire, mais il me l'avait dit chez lui, dans son lit. L'eau contenue dans son matelas était chaude et, chaque fois que je bougeais, je me sentais embrassée par ce liquide intangible et sans forme.

Nous parlions à nouveau de rêves, parce qu'il s'était une fois encore endormi à côté de moi après l'amour, et, à nouveau, j'avais dû le réveiller pour le sortir de ses cris.

Alors je lui avais raconté mes rêves.

Les rêves où ma mère m'appelle de la penderie de notre salon, et, quand j'ouvre la porte, elle est là, avec un voile de dentelle sur son visage pâle, avec, peut-être, deux grandes ailes enroulées autour de son corps. Elle tremble. Et puis elle disparaît.

Il a semblé réfléchir longuement à ces rêves.

« Pourquoi tu ne m'en as jamais parlé avant ?

— Quand ? demandai-je. Et pourquoi ?

— Quelquefois, ça peut changer les choses, les rêves, dit-il sérieusement. Parfois, les gens savent des choses qu'ils ne savent pas qu'ils savent.

— Ça veut dire quoi, tout ça ? »

Il fit une pause avant de répondre.

« J'ai eu un jour un cas, un enfant de deux ans avait disparu depuis des jours, il semblait s'être volatilisé au cours d'un pique-nique au parc. On a conclu au kidnapping, mais la mère ne cessait de rêver que le bébé se trouvait à l'arrière d'une camionnette qui s'éloignait sous ses yeux. Parfois, elle apercevait même la plaque d'immatriculation et un matin, elle s'est réveillée et elle a pu noter l'État et le numéro sur la plaque. On a pisté la camionnette jusque dans le Minnesota – un étudiant l'avait louée, il avait traversé l'Ohio pour aller en Californie –, et le bébé était à l'arrière. Il était monté dans la camionnette dans le parc pendant que l'étudiant changeait un pneu crevé puis mangeait un sandwich, et il s'était caché tout au fond. Le gars a lancé le pneu dans la camionnette, il avait tout fermé, et il n'avait aucune raison d'ouvrir avant son arrivée. »

Je fus prise de nausée.

Ce lit plein d'eau.

Je sentais l'eau – une vieille eau salée. Du chlore. Une eau marécageuse. Des petits pulls détrempés.

Je me suis assise et j'ai posé les pieds par terre ; j'ai regardé mes pieds minces et froids sur la moquette beige de la chambre de l'inspecteur. J'ai pensé à ce petit garçon transformé en lait et en chiffons au fond d'une camionnette. Tout ça parce que l'inspecteur Scieziesciez n'avait pas été assez malin pour le trouver avant qu'il ne meure de hoquets et de sanglots étouffés.

Mais, me dis-je aussi, le but de cette histoire, comme il la racontait, c'était de me montrer à quel point il était futé. Quel bon inspecteur il était.

Je continuai à regarder mes pieds fixement, et je repensai aux lettres qu'on recevait de son bureau, celles sur lesquelles le nom de ma mère était mal orthographié. Je me souvins de sa façon dure et efficace de frapper à notre porte la première fois, déjà des mois après la disparition de ma mère, et du fait qu'il avait bredouillé quand je lui avais ouvert. Je me souvins soudain de McCarthy, ce flic qui était passé nous voir à l'école pour nous faire peur avec la drogue et je me l'imaginais portant un bonnet d'âne, assis dans un coin de la classe pendant que les enfants se moquaient de lui.

Encore un homme grand, musclé et bête, armé d'un revolver.

Je ne reviendrai plus jamais ici, me dis-je en repliant mes orteils sur la moquette, et mes pieds devinrent soudain aussi raides que des matraques.

« Comment aurait-elle pu savoir ça ? ai-je demandé. Comment aurait-elle pu rêver ça ? »

Ma voix était fragile, prête à se briser. J'étais peut-être en train de crier. En répondant, l'inspecteur eut l'air sur la défensive, et il sortit du lit en remettant son caleçon. L'eau du matelas glouglouta.

« De toute évidence, elle a vu cette camionnette dans le parc et quelque part dans sa tête elle a enregistré que l'enfant avait grimpé dedans. Elle était trop hystérique sur le moment pour le comprendre consciemment, alors c'est revenu dans ses rêves.

— Oh ! dis-je. Alors, y a quoi, dans mes rêves, inspecteur ? Elle est où, ma mère ? »

L'inspecteur Scieziesciez enfila son jean et baissa les yeux vers moi. Il semblait un peu embarrassé. Il se mit à contracter un de ses biceps et à le tâter, à le pétrir avec ses doigts, comme pour se rappeler qu'il était fort. Puis il soupira.

« Tu veux vraiment mon avis ? »

J'ai pris les draps pour cacher ma nudité.

« Bien sûr, dis-je. Depuis le début, c'est ce qu'on te demande, ton avis de professionnel. »

J'ai levé un de mes sourcils de façon ironique en prononçant le mot « professionnel ».

Il eut soudain l'air fâché et soucieux, comme un homme qui doit se défendre pour la première fois de sa vie.

« Alors, dit-il, dans ce cas, mon avis, c'est que ta mère, elle est morte. »

Il y eut un gémissement dans mes poumons, mais qui n'avait rien à voir avec moi. On aurait dit qu'on aiguisait des couteaux sur de la glace. Je savais qu'il allait dire ça. Je voyais bien qu'il voulait me faire mal.

« Pourquoi ? »

C'est moi qui l'interrogeais, maintenant.

« Parce que cela fait trois ans qu'on la cherche de manière intensive et bien menée, et qu'on ne l'a pas trouvée. »

Je vis le sang lui monter au cou et je compris, soudain, qu'il n'y avait jamais eu de recherches, qu'il mentait, qu'il était incompétent, ou les deux.

« Recherches intensives ? Bien menées ? dis-je. Tu n'as jamais été foutu d'écrire correctement le nom de ma mère, dans tes lettres. Cette photo que vous avez utilisée pour les avis de recherche, elle était si floue que ça aurait pu être n'importe qui. Vous n'avez jamais cherché ma mère nulle part. Vous n'avez même pas fouillé la maison ! »

Il fit rapidement glisser la ceinture de cuir dans les passants de son jean, ce qui produisit un léger soupir.

« D'abord, dit-il, c'est ma secrétaire qui tape les lettres. Les erreurs, ce sont les siennes. Deuxio, c'est ton père qui a donné la photo que nous avons utilisée, il a dit qu'il ne pouvait pas donner mieux. Et tertio, on ne peut pas fouiller une maison sans mandat et on ne peut pas avoir de mandat sans avoir une bonne raison de fouiller. J'ai donc dû me dire que si ta mère avait été dans la maison, vous auriez été capables de la trouver. Elle n'aurait pas vraiment disparu, si elle était dans la maison.

— D'accord, inspecteur, mais où est-elle, alors ?

— Eh bien, tu as toi-même indiqué qu'elle avait probablement une liaison, ce qui a été confirmé par la mère Miro, la voisine...

— Mrs Hillman.

— Si tu veux. L'aveugle. Elle a dit que ta mère avait un amant.

— Et comment Mrs Hillman aurait-elle pu le savoir ? Comment pouvait-elle savoir quelque chose sur ma mère ?

— Elle habite à côté, dit-il en ricanant.

— Mais elle ne voit rien du tout, dis-je, en ayant soudain peur de me mettre à pleurer et en prenant une longue et douloureuse inspiration. En plus, est-ce que ça ne veut pas dire qu'elle est partie avec ce petit ami – le sarcasme se coinça comme un sanglot dans ma gorge –, et qu'elle n'est pas morte ? »

Ce dernier mot me fit le même effet.

« Eh bien... »

Il fit une pause, regarda le mur de la chambre et plissa les yeux. On aurait dit qu'il lisait ses répliques sur une carte qu'il ne parvenait pas bien à déchiffrer.

« Eh bien, répéta-t-il, plusieurs personnes interrogées nous ont dit que ton père était un homme jaloux et impulsif. »

Le ventre de l'inspecteur avait l'air d'un rocher recouvert de peau. Il boutonnait sa chemise blanche.

« Qui ? Qui a été interrogé ? Qui a dit que mon père était jaloux et impulsif ? Mon père, si tu ne t'en es pas rendu compte par toi-même quand tu l'as interrogé, mon père est l'un des hommes les plus ternes de la planète. C'est clair que ceux que vous avez interrogés ne l'avaient jamais rencontré. »

Je m'imaginais mon père en costume de clown, qui reçoit en pleine figure une tarte à la crème que lui envoie l'inspecteur Sciezies ciez. Mon père a de la crème plein les yeux, et il l'essuie ; cette image me fit grimacer de rage protectrice.

« Ce n'est pas ce que les anciens voisins de l'immeuble de Ramblewood ont dit. Bob et Mattie Freelander. Ils ont dit que ton père croyait qu'elle avait une liaison avec Bob Freelander et que ton père avait mis le feu à une poubelle qu'il avait ensuite lancée dans leur patio.

— Quoi ? Quoi ? »

Je ne pouvais plus respirer. Debout, j'attachai mon soutien-gorge aussi vite que je le pus.

« Qui sont ces gens, d'abord ? Mes parents vivaient là il y a vingt ans.

— Et alors ? dit l'inspecteur en haussant les épaules. La nature d'un homme ne change pas en vingt ans.

— La nature d'un homme ? dis-je en me mettant à rire, mais on aurait dit un animal qui avait un haut-le-cœur. Mon père n'a pas de nature, d'abord. »

L'inspecteur Scieziesciez reprenait le contrôle de lui-même à mesure que je perdais pied. Assis au bord du lit gonflé d'eau, il me regardait, distant et soucieux, il y avait déjà des traces sombres de transpiration sous ses bras, alors qu'il venait de mettre sa chemise. Je ne trouvais plus ma culotte. J'ai dû me mettre à genoux pour la chercher.

« Kat, me dit-il alors que j'étais à ses pieds, les hommes sont capables de tout. Crois-moi, je le sais. N'importe quel homme pourrait tuer sa femme s'il la surprenait avec un autre homme – un homme plus jeune, ou un homme plus riche. Les hommes tuent, je le sais.

— Oh... » soufflai-je en colère.

Ma culotte se trouvait sous sa table de nuit. Je me suis assise par terre pour l'enfiler.

« Tu ne sais rien du tout, lui dis-je. Si mon père était aussi dangereux, pourquoi vous ne l'avez pas coffré, monsieur le grand policier ?

— On ne peut pas arrêter quelqu'un simplement parce qu'il est capable de meurtre, dit-il en regardant ma culotte de dentelle blanche sans vraiment la voir. Il n'y avait pas de preuve. Il a passé le test du détecteur de mensonges. Ton père a du sang-froid, si mes soupçons sont corrects. Il savait parfaitement ce qu'il faisait, quand il s'est débarrassé d'elle. Mon avis de professionnel, c'est que ton père a pris ta mère sur le fait, qu'il l'a tuée et qu'il s'est débarrassé du corps. Peut-être dans la rivière Chagrin. On était en janvier. Elle aura facilement glissé sous la glace. Au printemps, elle aurait déjà gagné le lac Érié. On ne retrouvera pas ta mère. C'est pour ça que l'affaire est classée », conclut-il en haussant les épaules.

« Mais, dis-je au docteur Phaler, ce n'est pas de ça que je voulais parler. Je ne m'attends pas vraiment à avoir un jour des nouvelles de ma mère, jamais plus. J'ai accepté ça.

— Oui, mais, dit le docteur Phaler en secouant la tête, ce doit être une chose plutôt difficile à accepter.

— Oui », admis-je en chassant cette pensée de la main, agacée. Elle me mène par la longe, comme un cheval. Mais je ne veux pas aller boire.

« Mon problème, reprends-je, pour l'instant, c'est Phil. Je veux rompre. Mais je ne sais pas comment faire. »

Le docteur Phaler se passe la langue sur les dents du haut. Je note que ses lunettes ne pendent pas à la chaîne habituelle autour de son cou et que ses yeux, comme ses vêtements, sont verts. N'étaient-ils pas bleus ? Elle porte des lentilles de contact, me dis-je.

« Dites-m'en plus.

— Eh bien, il a été très gentil avec moi. Mais nous avons changé. Ou bien j'ai changé. Je veux sortir avec un autre garçon. J'ai rencontré quelqu'un d'autre. »

Je vois, en un flash, une image d'Aaron, qui traverse le plafond quand je lève les yeux, il a un bandana rouge autour du cou et il joue de la guitare. Je n'en suis pas sûre, mais je pense qu'Aaron joue de la guitare, qu'il en joue mal, d'ailleurs. De même, je pense qu'un jour il aura un gros chien qui sentira mauvais, un Labrador noir, qu'il emmènera avec lui dans son van quand il partira pour l'Oregon.

Puis je vois l'inspecteur Sciezsciez qui vise la tête d'Aaron avec son revolver et le force à ouvrir son van.

« Et il faut rompre avec Phil pour sortir avec quelqu'un d'autre ? »

Je réfléchis un moment.

« Cela ne me semble pas très sympa...

— Parce que Phil a été sympa, avec vous ?

— Que voulez-vous dire ?

— Eh bien, est-ce que vous et Phil vous vous embrassez à nouveau ? Est-ce que vous faites l'amour ? Fait-il des projets d'avenir ?

— Sa mère... »

Mais le docteur Phaler m'interrompt, elle a l'air impatient, dédaigneux.

« Avec ou sans sa mère.

— Non, réponds-je en regardant mes mains.

— Et a-t-il réussi à expliquer ce comportement de façon satisfaisante ?

— Ce comportement ? Vous voulez parler des baisers ? Je vous l'ai déjà dit, il dit qu'il ne voit aucune raison de s'embrasser.

— Aucune raison de s'embrasser ? reprend le docteur Phaler en riant bien fort. Qui a besoin d'une raison pour s'embrasser ?

— Vous avez raison, dis-je en hochant la tête. Mais il a été si gentil. Vous le savez. Il était toujours là pour moi quand ma mère a disparu. »

Elle regarde mon cou. Peut-être se mord-elle la langue. Le silence, quand je l'avale, a un goût de blanc d'œuf, ou de sperme, au fond de ma gorge.

« Kat, finit-elle par me dire en pesant ses mots, vous est-il déjà venu à l'idée qu'il est possible qu'il ait été proche de vous à la disparition de votre mère parce qu'il se sentait coupable ?

— Coupable de quoi ? » dis-je en criant. Je me touche la gorge. Je suis surprise du volume sonore de ma voix et je baisse le ton.

« De quoi aurait-il dû se sentir coupable ?

— Qu'en pensez-vous, demande-t-elle calmement, sans aucune accusation dans le ton. Vous n'avez pas une petite idée ? »

Son expression est vide. Comme les plaques du plafond. On dirait que le docteur Phaler, à laquelle j'avais dit au revoir en août dernier, a été remplacée par une autre femme, plus jeune, plus déterminée, qui s'efforce de gratter la glace qui couvre son pare-brise avec son stylo à plume. Professionnelle. Prête à officier. Chip, chip, chip. La mâchoire tournée dans une direction que je ne suis pas sûre de vouloir suivre.

« Non, réponds-je. Mais ça n'est pas pour ça que je suis ici.

— Je sais, dit-elle. Mais je crois que vous devez y réfléchir. Vous devez vous demander pourquoi Phil a pu rester avec vous tout ce temps, malgré le fait qu'il ne vous aime pas assez pour vous embrasser ou pour faire l'amour avec vous. »

Je vois mes mains posées sur mes genoux comme si elles étaient très loin, ce sont les mains tremblantes d'une inconnue.

« Vous devriez peut-être me dire ce que vous, vous pensez, dis-je d'un ton probablement irrité. De toute évidence, vous avez une idée.

— Enfin, Kat, vous avez déjà beaucoup parlé de l'attitude de votre mère juste avant son départ. Vous ne pensez pas que Phil pourrait avoir quelque chose à voir avec ça ?

— Que voulez-vous dire ? Qu'est-ce que je vous ai dit ? Tout ce que j'ai dit, c'est que je trouvais qu'ils flirtaient, enfin qu'elle flirtait avec lui. Pourquoi devrait-il se sentir coupable de cela ? »

Mais je vois bien que le docteur Phaler en a fini avec moi pour aujourd'hui. Ses bras sont posés, nichés sur l'accoudoir du fauteuil, et elle a refermé la bouche. Elle fait un signe de tête. Ma séance est terminée.

Comment s'est-elle écoulée ?

Moi, je n'ai pas fini.

« Vous croyez qu'il y a quelque chose que je ne sais pas ? Vous êtes en train d'insinuer qu'il y avait quelque chose entre ma mère et Phil ? Pourquoi vous n'en avez jamais parlé avant aujourd'hui ? »

Est-ce que je suis hystérique ?

C'est ça, l'hystérie ? Je m'imagine une poubelle ailée qui atterrit en flammes sur mon épaule et j'entends ma voix qui sort d'un trou étroit, d'un trou de lapin.

J'ai rétréci, me dis-je en regardant le docteur Phaler qui est trop loin, maintenant, pour me voir.

Je suis une tête d'épingle, un petit morceau de ce que j'étais. Mon visage tiendrait sur un timbre-poste.

Le docteur Phaler cesse de hocher la tête. Elle semble réfléchir. Je vois bien, à sa voix, qu'elle n'a pas remarqué combien je suis devenue minuscule – une miniature de moi-même dans ses nouveaux yeux verts.

« Je ne sais pas, dit-elle. Mais si vous voulez mon avis, il n'y a aucune raison de vous sentir coupable de vouloir rompre avec Phil. »

Quand je regagne la voiture – le break de ma mère –, je me rends compte que je tiens dans mon poing un mouchoir brodé aux initiales *MP,* en cursive noire, dans un coin du carré blanc festonné. Je n'ai aucune idée de comment il est arrivé dans ma main.

Je fais demi-tour et le laisse comme un voile drapé sur le bouton de porte du cabinet de Maya Phaler.

Phil se penche en avant pour enlever ses grosses chaussures. C'est la première semaine de janvier, mais les voisins d'en face ont encore leur crèche électrique allumée. Elle brille jour et nuit et, dans l'après-midi, une faible lueur artificielle s'élève du petit Jésus, comme s'il était emmailloté de lumière, et la Vierge Marie sème de tristes bandes bleues dans la brume froide. Je ferme la porte derrière Phil.

« Salut », dit-il, un peu froid, un peu timide.

Il a de fines lignes blanches autour des yeux – je n'y avais jamais fait attention avant –, aux endroits que le soleil ne doit pas pouvoir atteindre. Le reste de son visage a pris un hâle d'hiver, le hâle que donne le vent, cette brûlure rougeâtre juste sous la peau. Du coup, ses cheveux paraissent encore plus blonds, étrangement blonds.

« Salut, dis-je à mon tour.

— Tu as l'air bizarre, remarque-t-il.

— Je viens d'être malade », dis-je.

Cela fait quelques jours que je n'ai pas vu Phil, pas depuis que je suis allée lui rendre visite au magasin Sears et que nous nous sommes disputés dans la salle de repos devant un autre vendeur. C'était un samedi et Phil venait de « faire son tour », comme il appelle ça, ce qui signifie qu'il traque les maris mal rasés qui regardent les prix des scies électriques, des tondeuses à gazon et des déshumidificateurs.

Le rayon dans lequel travaille Phil est gris métallisé. Les étagères sont éclairées au néon et sont couvertes, du sol au plafond, du genre d'articles qu'on pourrait trouver dans une casse ou dans le fossé, ou bien encore dans les bois. Jeux de clés, marteaux, pieds-de-biche, tuyaux, tapis de sol pour voitures, niveaux à bulle, lampes-torches, courroies, trousses de premier secours à l'épreuve du feu. Imaginez-vous un homme adulte, allongé à côté de sa femme, son bonnet de nuit sur la tête, et, au-dessus de lui, dans la bulle de BD qui révèle ses rêves, une ménagerie flottante de ces articles vendus chez Sears.

Dans la bulle suspendue au-dessus de l'épouse endormie, il n'y aurait que des ZZZZZ.

J'étais derrière une étagère, au milieu des petits outils – rabots, limes, appareils à décaper, perceuses –, quand j'ai entendu Phil parler à quelqu'un de l'autre côté du rayon.

« Ça, c'est la meilleure multi-ponceuse à main qu'on puisse trouver sur le marché ! »

J'avais alors éclaté de rire.

Phil l'a vendue au client, qui portait une veste de chasse orange sur un jean qui lui tombait sur les hanches, si bien que, quand il s'est penché sur le comptoir pour signer le reçu de sa carte de crédit, j'ai vu les deux montagnes que formaient les fesses de cet homme et la triste fente qui les séparait.

J'étais désolée pour cet homme, qui ne cessait de regarder sa multi-ponceuse à main pendant que Phil enregistrait l'achat, comme s'il savait, au fond de son cœur – parce qu'il avait fait cela si souvent pendant ses quarante-neuf années de consommateur –, qu'il faisait une terrible erreur. Cette multi-ponceuse et ses accessoires se révéleraient ne pas être ce qu'il voulait, ou ce dont il avait besoin, mais il les possédait pour le restant de ses jours, maintenant. Tout cela serait rangé au-dessus de son établi installé au sous-sol, comme un douloureux rappel supplémentaire de sa naïveté, de son absence de jugement, pendant que les déchets, autour de lui, s'amoncelaient comme de la pluie dans des vieux pneus ou des bouts de tuyaux rouillés dans la campagne.

Où tout cela allait-il échouer, toutes ces saloperies ? m'étais-je demandé en regardant les étagères surchargées de Sears.

Où tout cela échoue-t-il ?

Par exemple, ces pneus qui ne cessent de s'user, de se ronger sur l'autoroute, où part ce caoutchouc quand il n'est plus sur les pneus ? Est-ce qu'il s'évanouit dans l'atmosphère – comme un gaz, un souffle d'air caoutchouteux, inspiré, expiré ? Ou bien est-ce qu'il enveloppe la route comme une peau de serpent, comme une veste de peau vernie ? Est-ce que nous ne roulons pas, chaque jour, sur le caoutchouc que nous avons nous-mêmes perdu ?

Et pourtant, l'Ohio était plein d'usines de caoutchouc – Goodrich, Diamond, Industrial Rubber Inc. – qui en fabriquaient toujours plus. Où va ce caoutchouc ? Et les copeaux des gommes à crayon – des dizaines de tonnes de copeaux doivent être produites chaque année dans les écoles élémentaires américaines. Ces enfants, avec leurs chaussures à semelles de caoutchouc, devraient patauger dedans jusqu'aux genoux. Nous devrions tous...

Mais ça n'est pas le cas.

Tout ça, me dis-je, tout ce qui est usé, râpé, par cette friction qui transforme nos objets en gaz et en air, où ça va, tout ça ?

Il fallait bien que ça aille quelque part...

L'homme est parti avec sa multi-ponceuse dans un sac de plastique gris sur lequel était écrit en lettres marron « SEARS » et Phil, qui jusque-là n'avait cessé de sourire et de se tenir droit, avec sa cravate rayée et sa chemise blanche, s'affaissa et se tourna vers moi d'un air peu amène.

« Qu'est-ce qu'il y a de si drôle ? » demanda-t-il.

Je cessai de sourire.

« Oh, Phil, tu ne trouves pas ça un peu bête : "C'est la meilleure multi-ponceuse à main qu'on puisse trouver sur le marché" ? fis-je en l'imitant et en prenant une voix de baryton. Un peu grandiloquent, non ?

— Désolé d'être aussi ridicule, dit-il en me tournant le dos. Je peux prendre une pause, là, si tu veux qu'on déjeune. Si tu n'es pas trop intelligente pour déjeuner avec un trou du cul comme moi, bien sûr.

— Phil, dis-je en le suivant vers la salle de repos, excuse-moi. J'avais complètement oublié que tu as perdu ton sens de l'humour. »

Il s'est vivement retourné.

Derrière lui, un distributeur bourdonnait et chauffait, pendant que les petites boîtes de raviolis et de spaghettis attendaient. Je n'avais pas eu l'intention d'être aussi méchante. On aurait dit qu'il venait de se faire gifler.

« Dégage ! dit-il, et un vendeur qui était attablé devant son magazine de sport releva la tête, une nouille pendue à ses lèvres. Dégage ! » répéta-t-il en faisant un geste de la main qui voulait dire la même chose.

Je suis sortie.

Les portes automatiques, qui menaient du magasin au parking, hésitèrent un instant avant de s'ouvrir et, quand je m'avançai, voulurent se refermer sur moi, avant de s'arrêter et de s'ouvrir en grand pour me laisser passer.

« Montons là-haut, dis-je à Phil.

— Non, répond-il. On n'a qu'à rester dans le salon, si ton père n'est pas à la maison. »

Ses pieds, dans leurs chaussettes de laine, s'agitent nerveusement sur la moquette, comme des animaux édentés et inquiets. Il s'assoit dans le fauteuil de mon père, je m'installe en face de lui sur le canapé.

« Bon, on sait tous les deux que ça ne marche pas.

— C'est vrai, admet-il en secouant la tête. Ça ne marche pas. Tu es trop finaude pour moi, maintenant, mademoiselle l'étudiante. »

Je soupire. Ça va être plus difficile que je ne l'avais espéré, plus difficile que ce que le docteur Phaler aurait voulu me faire croire.

« C'est pas ça, dis-je. Il y a quelque chose qui ne va pas depuis bien plus longtemps. »

Phil ressemble à un maître nageur sauveteur au chômage pour l'hiver – il est hâlé par le vent, mais ses cheveux sont plus sombres au niveau des racines. Pour la première fois, je remarque qu'il doit essayer de se faire pousser une moustache et j'imagine Phil avec sa moustache piquante de vendeur en quincaillerie. Les genoux de son jean sont un peu usés et j'essaie de retrouver la compassion que j'éprouvais jadis pour lui. « Pauvre petit garçon qui a une mère aveugle », je me souviens que c'est ce que disait ma mère à voix basse quand elle le regardait aider Mrs Hillman à monter en voiture, pour la conduire ensuite à un rendez-vous médical ; il la repliait sur son siège, avec son gros manteau d'hiver, il la fourrait littéralement dans la voiture.

Mais Phil me semble faible. Avant, j'imaginais sur ma poitrine un petit cœur de satin avec son nom brodé dessus. Un petit coussin à épingles. Un souvenir. Le genre de truc qu'on achète dans les boutiques de souvenirs, qui proclament « Souvenir de Las Vegas », ou « Sois tout à moi ». Mais maintenant, il y a une pierre froide, à la place, comme si, lors d'un baiser apathique, quelque chose de mort s'était échappé de lui pour pénétrer dans ma bouche et que je l'avais avalé d'un seul coup.

Ce n'était pas comme ça, avant.

Je me rappelais encore le soir où nous avions dansé ensemble dans le gymnase : comme nous étions jeunes, alors ! Un bain sanglant et mousseux d'énergie. Grosse, vêtue de ma robe rose, je faisais une bien triste poupée de Saint-Valentin, bricolée par un enfant avec des boules de coton, des napperons en papier bon marché et de la colle : sentimentale, pathétique, un peu désespérée, mais sincère. Et Phil, courbé mais pas encore voûté, qui dansait comme un fou dans son smoking bleu nuit. Quels qu'aient pu être alors ses fardeaux, il ne semblait pas les porter en permanence.

Et toutes ces nuits enfiévrées sur le canapé, ses baisers, comme des étoiles folles qui couraient le long de mon cou. J'étais toujours grosse. Ensemble, nous entrions dans les eaux tièdes d'un lac. En faisant bien attention. La vase était douce et légère comme de la chair.

Mais c'était il y avait bien longtemps.

« C'est fini, lui dis-je. Tu ferais mieux de partir.

— D'accord, fait-il en se levant, ne paraissant pas surpris le moins du monde. Mais il faut que tu saches une chose...

— Quoi ?»

Quoi que ce soit, je m'en fous, voilà ce que je pense alors. Phil a l'air tout démoli, avec ses épaules voûtées sous sa veste écossaise.

« Ton père sait parfaitement où se trouve ta mère, lance-t-il.

— Pardon ? dis-je d'un ton sarcastique.

— Tu m'as bien entendu. »

Il enfile ses chaussures. Elles sont reptiliennes. Vert armée, à l'air préhistorique. Les bottes brillantes d'un dinosaure des marais. Elles résistent à l'eau. Elles résistent au feu.

« Il se la garde dans sa manche. »

Je soupire en levant les yeux au ciel. C'est typique de Phil, me dis-je, il ne pourra jamais s'empêcher de se mélanger les crayons dans ses clichés. Je m'imagine mon père avec ma mère glissée dans sa chemise sur la scène d'un théâtre de boulevard, qui fait le singe avec un chapeau haut de forme, pendant que le public se moque de l'absurdité de ce canular.

« Qu'est-ce que tu veux dire ? dis-je d'un ton impatient.

— Demande-le-lui, répond Phil en ouvrant la porte et en la franchissant. Ne me le demande pas à moi. »

Je reste longtemps assise dans le salon, dans l'une des bergères vertes. Mon père est à son travail. Dehors, un chasse-neige débarrasse les rues et rejette la neige sur les bas-côtés ; cette neige me paraît douce et physique, comme une vague solide qui déferle sur le trottoir, rejetée sur le côté. Je m'imagine une vache qui se tient sur la voie ferrée, pendant que l'énorme train avance, j'entends le son étouffé et vulnérable de la vache sur le passage de la machine.

Et puis je me souviens du son de la voix de ma mère, cette voix qui la constituait tout autant que son corps, mais qui est maintenant détachée d'elle, qui flotte autour et au-dessus d'elle, comme le font les voix. Elle avait une voix douce, même si elle était souvent aiguisée par le sarcasme, les jugements et le déplaisir. Je vois des voyelles, enveloppées de lumière, qui montent d'elle en nuées, comme si quelque chose de tangible pouvait émaner des sons. Je me dis que si le téléphone sonnait, si je décrochais et si j'entendais ma mère me parler, est-ce que cela voudrait dire qu'elle existe de manière plus physique qu'elle ne le fait déjà, dans ma mémoire, dans son silence ?

« Amusez-vous bien », avait-elle dit, ici, dans ce salon, quand j'avais franchi la porte avec Phil la nuit du bal de Noël quatre ans plus tôt.

« Amusez-vous bien. » Je lui avais tendu la boîte contenant la fleur pour ma robe, que Phil avait apportée quand il était venu me chercher. La rose qui s'y trouvait, entourée de tulle, fut épinglée au-dessus de mon sein. Quand ma mère a pris la boîte vide, j'ai vu qu'elle était plus légère qu'elle ne l'aurait pensé, plus froide, aussi. Phil avait dû la garder dans le réfrigérateur chez lui. Quand je suis sortie, pour ce premier rendez-vous, ma mère, dans le salon, tenait toujours ce vide froid dans ses mains.

Que je m'amuse était vraiment la dernière chose qu'elle me souhaitait.

Je vais à la cuisine et sors un litre de lait du frigo. « DISPARU », est-il écrit au dos de la boîte en carton, là où ils comptent les calories. Sur le côté, on voit un garçon en chemisette rayée. « M'AVEZ-VOUS APERÇU ? » demande-t-il, avec un grand sourire perdu.

Je me verse un verre de lait et en bois une longue gorgée avant de me souvenir du bébé de deux ans caché dans la camionnette de l'étudiant, avec sa peau adoucie, liquéfiée.

Le lait est froid et tourné, j'en avale un peu et recrache le reste dans l'évier.

Quand je lève les yeux, mon père est à la porte de la cuisine. Il n'a pas encore enlevé ses bottes. De la neige tombe en petits paquets mouillés sur le sol, un sillage de neige fond derrière lui.

Mickey est déjà ivre quand elle arrive à la maison avec deux bouteilles de champagne enveloppées dans un sac en papier marron du supermarché. Mon père la laisse entrer et je l'entends qui, au rez-de-chaussée, lui présente May – la douceur chantante de May, et l'embarras coincé de mon père. Beth et moi sommes au sous-sol, nous attendons, assises par terre, appuyées contre le canapé de vinyle orange. La cage de l'oiseau de ma mère pend au-dessus de la tête de Beth. On ne l'a jamais rangée, elle brille, éternellement vide.

« L'oiseau s'est envolé », dit Beth en levant les yeux.

Quand j'ai appelé Mickey et Beth cet après-midi-là pour leur dire que j'avais enfin rompu avec Phil, elles ont toutes deux insisté pour venir fêter ça. Au téléphone, Beth avait même dit : « Paix à son âme ».

Mickey porte une veste de cuir et, quand je l'embrasse, je sens la fumée et la peau d'animal. Elle embrasse la joue de Beth tout en se débarrassant de sa veste, d'un geste nonchalant et magnanime, européen. Je ne l'ai pas revue depuis le mois d'août. Ses cheveux ont poussé et sont coiffés en boucles autour de son visage. Elle porte un col roulé noir et elle est maquillée : rouge à lèvres bordeaux, fard à paupières noir, fond de teint beige. Avec ce col roulé, ce maquillage et cette coiffure, elle a l'air bien moins marquée qu'avant, mais elle ne ressemble plus à une pom-pom-girl. Elle a l'air d'une artiste, Mickey, peintre ou poète. L'énergie qui lui avait jadis assuré sa place dans l'équipe du collège malgré son physique ingrat, cette énergie a cédé, soudain, la place à une sorte de sérieuse intensité qui est, pour finir, belle d'une beauté sombre.

Elle fume des cigarettes indiennes.

Elle sort avec un étudiant en musique, un joueur de basson.

On dirait le cri d'un cygne, dit-elle. C'est un instrument très sexuel. Un jour, dans la chambre d'étudiant du garçon, elle l'a laissé l'attacher au lit. Elle lui a demandé une paire de menottes pour son anniversaire. Ils pourraient même emménager à New York. Elle m'avait dit tout ça quand je l'avais appelée pour lui annoncer que Phil et moi, c'était fini.

Demain, Mickey repart à Madison. Le lendemain, Beth ira à Bloomington. Et le jour suivant, mon père et May me conduiront à Ann Arbor. Nous avons décidé de passer la nuit ensemble comme au bon vieux temps, à se saouler dans le sous-sol, en fumant et en parlant dans notre vieux cocon, pendant que, au-dessus de nos têtes, mon père marche lourdement, malgré ses chaussons.

« Bon sang ! dit Mickey. Je ne sais pas comment c'est pour vous deux, mais moi, je ne supporte pas de revenir ici. C'est comme le purgatoire. Purgatoire City, dans l'Ohio. On n'a pas passé assez de temps ici, ou quoi ? J'ai hâte de retourner à la fac, putain ! »

Assise par terre en face de nous au bord du carré de moquette, elle allume une de ses cigarettes, l'odeur de la fumée emplit le sous-sol et nos narines comme le ferait un feu de branches sèches. Un buisson ardent. L'odeur d'un arrangement floral carbonisé, ou des lampes de Noël qui font court-circuit et embrasent tout le sapin en une seconde. Mickey ne porte pas de soutien-gorge sous son col roulé, et ses seins semblent volumineux et libres.

Beth est vêtue d'un vieux jean et d'une chemise de flanelle. Elle a encore pris du poids depuis qu'elle est partie. Elle dit qu'elle aime bien étudier, mais qu'elle ne s'est pas fait d'amis. Plusieurs fois, les soirs de fin de semaine, seule dans sa chambre de dortoir, pendant que la fille qui partageait cette chambre était partie, elle s'est demandé ce que cela ferait d'être morte, elle s'est dit qu'il était facile d'acheter une arme à feu, une petite, au manche de nacre. Il y avait des monts-de-piété partout dans la ville. Elle s'est demandé s'il était facile ou pas de tenir cette arme contre sa tempe, de compter jusqu'à dix, comme pour faire une expérience, pour voir si vous étiez vraiment prête à vous approcher de la mort, ce que « dix » voulait vraiment dire quand on arrivait à ce chiffre : une cuillerée de plomb sur votre langue, ou la clé de cuivre de la porte que vous étiez prête à franchir pour aller vers la lumière colorée, vers la surprise déchiquetée d'une géode quand on l'ouvrait, vers cet intérieur qui n'était que cristal et améthyste.

Mais elle n'était pas sûre de vouloir mourir, du moins pas tout de suite.

« Sortez-moi d'ici, putain ! crie Mickey.

— Je sais ce que tu veux dire, dit Beth. Quand ma mère m'a demandé de nettoyer ma chambre ce matin, j'ai eu envie de la poignarder avec le plumeau. »

Mickey fait sauter le bouchon de plastique de la première bouteille de champagne bon marché ; un souffle d'écume et de pression, de libération d'espace piégé et effervescent se fait alors sentir. Puis elle nous en verse un petit peu dans les verres du service de mariage de mes parents.

« Félicitations, alors, Kat, lance Mickey en levant son verre. Phil est enfin sorti du tableau.

— Enfin, dis-je. Dieu merci, poursuis-je en hochant la tête avec une tristesse feinte. Qu'est-ce que ça a pu mal finir !

— Ou, continue Beth, comme dirait Phil, quel triangle vicieux ! »

Les bulles acides du champagne m'étouffent.

« Bon Dieu ! reprend Beth, en avalant une gorgée. Quel gros balourd, ce mec !

— Moi, ce que j'aimais, c'était son air quand il s'attaquait à une ou deux grandes idées en même temps, dit Mickey en imitant cet air, un froncement de sourcils sérieux et paternel.

— Pas le genre de gars à la vie intérieure extraordinaire, c'est sûr, ricane Beth.

— À la santé de Phil, dit Mickey en levant son verre. Puisse-t-il ne plus jamais errer en vain. » Beth lève également son verre.

« Puisse-t-il ne plus jamais errer à jeun ! »

La paume de ma main appuyée contre ma poitrine, je n'arrive plus à respirer tellement je ris, j'ai les yeux qui pleurent en pensant à Phil, à sa personnalité si prévisible. Je me souviens que, pendant que nous baisions, je baissais les mains entre ses jambes, pour lui toucher les couilles. Dans ma main, elles étaient molles, invertébrées, à ma merci, ça me faisait penser à une Madone de marbre que j'avais un jour vue au musée de Toledo. Elle portait le monde dans le creux de sa main et elle en paraissait contente. Elle avait un petit sourire mystérieux aux lèvres, comme si elle était consciente du pouvoir qu'elle avait.

Mais je me rappelle aussi l'air de Phil quand il haussait les épaules, dans la veste de son père, combien il semblait plus grand que moi, combien cette expression était suffisante, comme si nous venions juste de finir un jeu, un jeu dangereux, auquel on joue avec des morceaux de verre brisé et des battes en aluminium, un jeu qu'il avait gagné.

Je bois un coup.

« Mais il m'a décoché le coup de grâce, dis-je.

— J'espère que ça n'a pas été un coup dans le noir, dit Beth.

— Ou un noir dans le coup », renchérit Mickey.

J'éclate à nouveau de rire. Je me sens mieux.

« Il m'a dit, finis-je par ajouter, qu'il pense que mon père garde ma mère dans sa manche. »

Mickey hoche la tête vers Beth, puis vers moi, en faisant semblant de réfléchir.

« Ça a l'air raisonnable, dit-elle.

— Un oiseau dans la manche, ça vaut bien deux tu l'auras, dit Beth. C'est ce qu'on dit, en tout cas. »

Nous rions plus fort, pendant un bon moment. Puis nos rires se calment peu à peu.

« Non, les filles, dis-je en baissant la voix, ce qu'il veut dire, c'est que mon père sait où est ma mère.

— Mmmm... dit Mickey en grattant une allumette pour allumer une nouvelle cigarette. Ça t'étonne ? dit-elle en changeant de ton et en regardant sa cigarette pour voir si elle est bien allumée, avant de tirer longuement dessus. Personnellement, je me suis toujours posé la question. »

Beth fait oui de la tête et me regarde d'un air soudain sérieux.

« Ah bon ? dis-je en me levant brusquement, la bouteille de champagne non encore ouverte à la main. Pourquoi vous ne m'avez jamais rien dit ? »

Beth regarde Mickey, qui regarde Beth avant de se tourner vers moi.

« Je crois que je l'ai fait, dit-elle. Une fois. Tout de suite après sa disparition, Kat. Mais apparemment, tu ne voulais rien entendre. Je me souviens de t'avoir demandé si tu pensais que ton père avait peut-être quelque chose à cacher, s'il savait quelque chose que tu ignorais et qu'il ne le disait pas, et tu m'as envoyée balader. Tu as dit qu'il était trop transparent pour dissimuler quoi que ce soit. Tu as dit qu'il avait passé le test du détecteur de mensonges et qu'ils avaient décidé que ton père n'était pas capable de mentir. »

Je reste plantée avec la bouteille, elles lèvent les yeux vers moi dans un silence embarrassé. Mickey finit par se verser du champagne.

« J'ai pas arrêté de boire de la semaine, dit-elle. Je déteste Garden Heights.

— Je devrais peut-être mettre cette bouteille au congélateur », répliquai-je.

Je me sens étourdie et perdue, comme si je m'étais cogné fortement la tête contre quelque chose de mou. Je tiens la bouteille de champagne comme je tiendrais un poulet plumé, par le cou, je me dirige vers la partie du sous-sol qui n'est pas finie et je donne de la lumière.

Une unique ampoule nue déverse une lumière terrible du plafond.

Je suis fatiguée, aveuglée par la lumière, comme si je venais d'être réveillée en plein milieu d'une crise de somnambulisme par une lampe de policier. J'entends Mickey et Beth qui rient dans l'autre pièce et mon père et May qui bavardent à voix basses et chantantes au rez-de-chaussée, mais je m'entends aussi respirer, on dirait que j'ai des ailes, ou de l'eau, dans mes poumons.

Je vais vers le fond du sous-sol, je passe devant la machine à laver et le sèche-linge, sur la trappe d'évacuation, pour aller vers l'ombre, vers le congélateur. Je l'entends ronronner, émettre cette vibration satisfaite qui le parcourt dans toute sa longueur, qui pénètre le sol de béton et s'enfuit vers la terre en dessous. Les piles de vieux journaux de mon père, bien rangées, sont attachées bien serré avec un nœud de ficelle sur le dessus. Des années et des années de nouvelles obsolètes. Il a dû avoir un jour l'intention de les apporter au lycée pour le ramassage annuel de vieux papiers du conseil d'administration et il a oublié, il continue d'oublier et les piles se font toujours plus hautes.

Je pose la bouteille de champagne par terre.

Ces tas de journaux jaunis sont lourds, la ficelle me coupe les doigts quand je veux les soulever pour les descendre du congélateur. Ils font un drôle de bruit sec et mort quand ils touchent le sol, les gros titres, qui maintenant me regardent fixement, semblent étranges, désespérément innocents et datés, peut-être même un peu fous.

LES ÉTATS-UNIS ABATTENT DEUX AVIONS LIBYENS. MARY BETH WHITEHEAD, LA MÈRE PORTEUSE, PLEURE EN PLEIN TRIBUNAL. Le cancer du côlon de Ronald Reagan. George Bush qui fait du jogging sous la pluie à Kennebunkport, l'air fatigué. Et la pile du dessous, qui doit dater de l'année où ma mère a disparu. Une photo de Challenger qui effectue son dernier zigzag fou à travers le ciel au moment où il perd son défi contre l'espace.

Quand j'ai enlevé tous les paquets, je pose la paume de ma main sur le congélateur et je sens vibrer le moteur chaud. Il doit vraiment chauffer, à se donner autant de mal pour garder les choses au froid à l'intérieur. La dernière fois que je l'ai ouvert, c'était avant la disparition de ma mère et, lorsque je veux soulever le couvercle, je m'aperçois que je n'y arrive pas. On dirait que quelque chose le maintient fermé de l'intérieur, ou qu'un énorme poids invisible repose sur ce couvercle.

J'essaie de tirer plus fort, mes doigts, coincés sous la lèvre de caoutchouc blanc, me font mal. Je sens le givre sur mes phalanges, mais je ne peux soulever ce couvercle et je cesse mes efforts. Je ramasse la bouteille de champagne et je repars vers l'autre pièce, en éteignant la lumière au passage.

« Le congélateur ne s'ouvre plus, dis-je, tenant toujours la bouteille de champagne par le col.

— Ça fait rien, dit Mickey en levant son verre pour avoir encore un peu de champagne. On n'a qu'à la faire péter tout de suite. »

Je me rassois par terre, je tends la bouteille à Mickey, qui se bat avec le bouchon pendant que Beth et moi la regardons, en retenant notre souffle dans l'attente de l'explosion de mousse qui ne vient pas. C'est alors que j'entends mon père me parler du haut de l'escalier.

« Mais qu'est-ce qui se passe ? nous crie-t-il. Qu'est-ce que vous faites, là-dedans ? »

Mickey pose la bouteille entre ses jambes et écrase sa cigarette dans le cendrier, l'air surpris.

« On boit un peu de champagne, papa. On parle en buvant du champagne. Pourquoi ?

— Je veux que les filles rentrent chez elles, dit-il, la voix tendue. Tout de suite. »

Beth me regarde en fronçant les sourcils, étonnée. Je hausse les épaules. Je me lève et me dirige vers l'escalier pour lui demander ce qui ne va pas, mais, quand j'arrive au pied des marches, il est déjà parti. Je l'entends arpenter lourdement la cuisine, puis le salon, où je l'entends dire quelque chose d'un ton furieux à May, qui répond, tout aussi inintelligiblement, en un gémissement aigu et désolé. Puis je les entends se diriger tous les deux vers l'escalier menant à l'étage.

« Bon sang ! dit Mickey en enfilant sa veste de cuir. Qu'est-ce que tu crois qu'il a ? »

Allongée dans mon lit, je pense à Mrs Hillman errant dans sa maison plongée dans un noir perpétuel, les bras tendus devant elle, cherchant à tâtons le chemin de sa chambre, de l'évier, du canapé, du réfrigérateur.

Que se passerait-il si elle, qui est née aveugle, se réveillait un matin, ouvrait les yeux et pouvait voir ?

J'imagine Phil qui trouve sa mère dans son lit ce matin-là : il ne l'avait pas entendue se lever puis se traîner jusqu'à la cuisine pour le petit déjeuner. Phil, qui trouve alors sa mère allongée sur le dos dans son lit, les yeux exorbités, la bouche grande ouverte de surprise...

Elle avait tout vu trop vite, pour la première fois, et elle en était morte.

Peut-être, me dis-je, que quand on a attendu longtemps pour voir quelque chose, il faut prendre le temps de le découvrir peu à peu.

Un éclat de couleur.

Un triangle pointu.

Un éclair de lumière floue qui rebondit sur la table basse par un après-midi d'été.

Une feuille, une aile, une branche qui bouge, un bout de tronc noir, un fragment de nid d'oiseau, avant que l'arbre tout entier soit illuminé, d'une lumière brute et crue, qui emplit votre œil vide de ses rasoirs et de ses lames éclatantes, une explosion d'angles, de cercles et de lignes droites qui tremblent.

Vert.
Rapide.
Du mouvement.
Un hurlement.
Il faut être prêt, pour tout ça.

La neige a fondu et la boue s'est mise à vivre. Les arbres et les tulipes, les rats musqués et les opossums la sucent avec un bruit de sangsue, comme une créature qui donnerait la vie à tout un univers – un bruit de lactation, de fluide corporel, de membres qui nagent, pendant que dans la gadoue quelque chose de gluant et de poilu lèche ses petits encore aveugles d'une longue langue râpeuse.

Dans le jardin, il y a des centaines, des milliers de bébés serpents, de petites créatures sexuelles qui se tordent et sucent des nids mouillés pleins d'œufs brisés ; les pousses fraîches des nouvelles feuilles dans les arbres s'ouvrent au-dessus de ma tête, encore humides et repliées en petites boules fœtales. Je suis pieds nus, je lève les yeux vers le ciel, qui s'est mis à verser une pluie grise et grasse, puis je regarde au sol, vers ces serpents qui maintenant se mangent la queue. C'est alors que je remarque ma mère.

Elle est sous mes pieds et tente de sortir à coups de griffes du sol qui dégèle. Nue, tordue, elle vient au monde et s'assoit. Ce sont ses cheveux que je vois d'abord, pleins de la boue neigeuse de janvier. Elle essuie la boue qui lui couvre les yeux, elle me regarde et me dit : « Je suis heureuse d'être en vie. »

Quand je me réveille, May, en chemise de nuit blanche, est debout dans le noir à la porte de ma chambre. Je me rends compte que je suis trempée de sueur et que je suis nue. Dans mon sommeil, j'ai retiré ma chemise de nuit de flanelle et je l'ai jetée par terre. Les draps et les couvertures ont été repoussés au pied du lit, comme une mue. May a la bouche grande ouverte, elle me regarde, et moi, je ne peux m'arrêter de hurler.

Au matin, j'entends May qui parle avec mon père dans la cuisine.

« Il y a quelque chose qui ne va vraiment pas », dit-elle.

Mon père grogne et ricane.

« Elle a fait un cauchemar, dit-il avec un ton sarcastique. Et c'est vrai, il y a quelque chose qui ne va vraiment pas. Tu n'as jamais fait de cauchemar, toi ?

— Pas comme ça, dit May à voix basse et d'un ton sérieux. Pas comme ça.

— Eh bien moi, si, dit-il en l'envoyant promener. Et plein de fois. »

J'entends quelque chose cogner. Il a peut-être tapé du poing sur la table de la cuisine.

« Je t'avais dit, poursuit-il, de ne pas dormir ici quand Kat était là. Je te l'avais dit, non ? »

May se met à gémir.

« Je ne vois pas pourquoi tu te mets dans un état pareil. Je suis juste en train de dire que je me fais du souci pour ta fille.

— Ma fille n'a pas besoin de ton souci, hurle-t-il. Tu n'es pas sa mère.

— Tu as raison », dit May d'un ton résigné. J'entends des cintres qui s'entrechoquent dans la penderie. Elle doit prendre son manteau.

« Il faut que j'aille au travail, dit-elle. Appelle-moi ce soir si tu veux toujours que j'accompagne Kat à Ann Arbor avec toi demain. Si tu ne veux pas, je ne t'embêterai pas.

— Bien, grogne mon père.

— Au fait... dit May.

— Quoi ? dit-il.

— Rien », répond-elle.

J'entends la porte qui claque derrière elle.

« T'as demandé à ton père pourquoi il a crisé l'autre soir ? » me demande Beth au téléphone.

Elle part pour Bloomington cet après-midi. Mickey est partie pour Madison hier, sans même appeler pour dire au revoir.

« Ce matin, il m'a dit... Attention je ne blague pas, il m'a dit : “Je ne veux pas que vous fumiez dans le sous-sol, les filles”, lui dis-je.

— Pardon ? fait Beth en riant. Ça fait cinq putains d'années qu'on fume dans ce sous-sol, et il le sait très bien.

— Je sais. Je le lui ai dit, mais il n'a rien voulu entendre, il est sorti, il est monté dans sa voiture et il est parti travailler.

— Bizarre, dit Beth en traînant sur le mot.

— Enfin, ça n'a pas d'importance. Je serai à la fac demain. Et je pourrai fumer à mort, si ça me chante. Je peux fumer à mort, si je veux.

— Oui, bien sûr, dit Beth. Mais pas avec moi et Mickey. Pas dans ton sous-sol. Pas à Garden Heights, dans l'Ohio. »

Elle semble triste, comme quelqu'un qui ne veut pas être où elle est, mais qui sait qu'elle ne reviendra jamais.

« Eh ouais, dis-je, les pires choses ont une fin...

— Ou plutôt, dit-elle d'un ton à nouveau joyeux, tout est mal qui finit mal, comme dirait Phil. »

Quand elle raccroche, je garde l'écouteur un long moment à mon oreille, j'écoute le bip-bip jusqu'à ce que la voix de l'opératrice me dise : « Raccrochez, s'il vous plaît, et recomposez votre numéro. »

Cette voix semble lointaine, elle a l'air de traverser des milliers de kilomètres, comme la voix d'une femme qui vit à l'autre bout d'un tunnel depuis très longtemps.

Puis le silence s'installe.

« Beth ? » dis-je dans le téléphone.

Mais elle est partie.

Je fais mes bagages, vêtements, chaussures, livres. C'est l'après-midi. Je pars demain matin pour Ann Arbor.

Cette fois-ci, j'emporte plus de choses que je n'en ai apportées. J'emporte des choses que je croyais laisser ici : mes albums de photos, ma boîte à bijoux, mes shorts d'été, un chapeau de paille que j'ai acheté il y a longtemps, orné d'un gros tournesol de plastique sur le bord. Un chapeau que je préférerais mourir plutôt que de le porter, maintenant.

Je prends la robe rose, celle qui est trop grande de trois tailles, celle que j'avais portée pour ce premier bal avec Phil. Je la garde depuis des années, comme un souvenir, et je ne veux pas l'abandonner ici.

Quand la valise est pleine, j'en sors une autre de la chambre d'amis, puis je vais dans la chambre de mes parents et j'ouvre la penderie de ma mère.

Elle est complètement vide.

Je regarde longuement ce vide, que j'essaie de percer. Je veux voir au-delà de ce vide. Un peu comme Mrs Hillman regarde dans cette immense blancheur toute la journée, en avançant prudemment dans la neige vers l'autre côté d'elle-même, tout en flairant l'air autour d'elle.

Mais, plus je regarde, plus ce vide devient vide et clair. Comme si j'avais ouvert une porte sur de l'espace pur – plat, mais caverneux et brillant –, comme si, si jamais j'entrais, j'allais tomber pour toujours dans le futur. Je regarde, sans respirer, et je m'approche, en regardant de plus en plus intensément, je crois reconnaître un visage. Une femme émerge. Une femme à la bouche ouverte, qui porte une écharpe blanche, dont les cheveux sont entourés d'un halo de lumière.

Je retiens toujours ma respiration et je me penche en avant.

« Maman ? » dis-je, avant de me rendre compte qu'il ne s'agit que de mon reflet.

Il y a un miroir au fond de la penderie de ma mère, et rien d'autre.

Quand j'entends mon père derrière moi, je me retourne...

Je ne savais pas qu'il était à la maison. Il porte un costume. Ses yeux sont sombres et étroits. Pourquoi n'est-il pas au travail ?

« Qu'est-ce que tu cherches ? demande-t-il.

— Rien, lui dis-je.

— Alors, dit-il, tu as trouvé. »

Il redescend et la porte se ferme derrière lui, avec un bruit sec de succion.

Quand mon père rentre, il est dix-sept heures. Il ne dit pas bonsoir. Je reste en haut. Nous ne dînons pas ensemble. May ne vient pas. Mon père s'endort dans un des fauteuils verts du salon et je le trouve là en descendant. Il est aussi raide qu'un agent de la circulation, il ronfle. Je remonte à l'étage.

Ce fut un après-midi bien gris, mais le soleil, en se couchant, éclaire l'horizon, et plonge sous le ciel laineux et métallique dans un mouvement rageur. De la fenêtre de ma chambre, je le regarde sombrer dans la terre, en découpant la silhouette sombre de la maison de Phil et de Mrs Hillman. Je pense à eux, dans cette maison, un qui voit, une qui ne voit pas, qui se sont attablés pour le dîner.

Un petit ami. Je me souviens. Elle a dit à l'inspecteur Scieziesciez que ma mère avait un petit ami.

Je me souviens de les avoir appelés le samedi après la disparition de ma mère. Mrs Hillman m'avait dit : « Je suis désolée d'apprendre que ta mère est partie, mais non, je n'ai rien vu d'inhabituel chez toi hier. »

Cela ne faisait qu'une journée que ma mère était partie.

« Je suis sûre qu'elle va vite rentrer, avais-je dit à Mrs Hillman, mais nous allons déclarer la disparition cet après-midi à la police. »

Un silence m'avait répondu au bout de la ligne.

Puis Mrs Hillman avait à nouveau parlé.

« Tu as eu les petits gâteaux que j'ai dit à Phil d'apporter à l'école hier ? »

Des petits gâteaux ? Il y avait bien une assiette en carton pleine d'étoiles jaunes, couverte d'un film en plastique, sur le plan de travail de la cuisine. J'avais cru que c'étaient des restes de Noël. Mais ils avaient bien l'air de petits gâteaux faits par une aveugle, me suis-je alors dit. Comment pouvait-elle savoir à quoi ressemblait une étoile, et de quelle couleur c'était ?

« Oui. Merci. Oui.

— Tiens, voilà Phil, dit Mrs Hillman en lui passant le téléphone.

— Allô ? fit-il d'une voix étrange qui semblait venir de plus loin que de la maison voisine.

— Pourquoi tu n'étais pas au lycée, hier ? » lui demandai-je, avant de me souvenir que Mrs Hillman venait de m'apprendre qu'elle l'avait envoyé à l'école avec les petits gâteaux qui se trouvaient maintenant dans notre cuisine.

Elle ne savait apparemment pas qu'il n'était pas allé au lycée.

« Je suis allé au centre commercial, me répondit-il. Je suis allé t'acheter un cadeau, ajouta-t-il en murmurant, d'un ton fatigué et peut-être un peu fâché. C'est notre anniversaire. Tu avais oublié ?

— Oh ! dis-je. Non, bien sûr. »

Mais j'étais surprise. Cela faisait un moment qu'il n'y avait plus grand-chose de romantique entre Phil et moi. J'avais oublié notre anniversaire, je ne lui avais pas acheté de cadeau et je n'avais aucune idée de ce qu'il avait pu m'acheter. Une poupée Barbie avec une robe rose comme celle que j'avais portée à ce premier bal, voilà ce à quoi je pensai alors. Une Barbie avec des cheveux synthétiques et des épingles plantées dans la poitrine.

« C'est gentil, dis-je en essayant d'avoir l'air reconnaissante. J'aurais bien appelé plus tôt, mais on ne voulait pas bloquer le téléphone. Ma mère est partie.

— Elle va revenir, dit Phil d'un ton plat, et toujours à peine audible.

— Comment ces petits gâteaux sont arrivés ici ? »

Je les regardais fixement. J'étais revenue dans la cuisine, le récepteur à l'oreille. Les petits gâteaux étaient aplatis sous la feuille de Cellophane. Des étoiles difformes. Qui n'avaient pas l'air comestibles. Celle du milieu était cassée en deux.

« Je les ai apportés à ta mère, répondit-il. Hier. Je les ai apportés et je les ai laissés là. Après, je suis allé au centre commercial pour t'acheter ton cadeau. »

J'ai alors entendu mon père descendre l'escalier.

« Kat, dit-il, arrête avec le téléphone tout de suite. Il faut laisser la ligne libre. »

Je regarde leur maison de la fenêtre de ma chambre, jusqu'à ce que le soleil se soit couché, après avoir paru souffler du feu dans les arbres nus de janvier et poser sa lame embrasée du côté ouest de Garden Heights.

Et je repense au cadeau qu'il m'a donné, celui qu'il dit avoir été acheter au centre commercial ce jour-là.

C'était une cassette : *Les 15 tubes de danse de l'année 1985*. Sur le moment, j'avais pensé que c'était le cadeau le plus ou bien le moins délicat qu'il avait pu trouver. Soit il avait vraiment réfléchi à ce qu'il voulait acheter, il avait passé toute la journée dans ce centre commercial et avait fini par se souvenir de notre premier rendez-vous, avec toutes ces danses et le disc-jockey engagé par le lycée pour jouer le thème de *Deux flics à Miami* sans arrêt dans le noir, ou bien alors cette cassette avait été la première chose sur laquelle il était tombé, parmi des centaines d'autres cassettes, dans un bac installé près de la caisse enregistreuse.

« J'espère que tu aimes », avait dit Phil comme je tournais et retournais la cassette dans mes mains.

Il n'avait même pas fait de paquet cadeau. Quand j'avais relevé les yeux vers lui, il avait haussé les épaules.

Mais je n'aimais pas cette cassette. J'avais commencé à l'écouter un jour sur le magnéto du break de ma mère, mais j'avais déjà vu tous les clips de ces chansons sur MTV, et je ne voyais que ces clips : des mannequins qui dansaient en bikini, des images fugitives de femmes minces qui remuaient leurs hanches nerveusement sur l'écran de télé de notre salon. Je ne voyais ni Phil, ni moi. Cette musique me semblait glissante, artificielle aussi. Tous ces instruments électroniques, toutes ces voix filtrées par un ordinateur ! Je me sentis déjà très nostalgique de 1985, qui n'était pourtant passé que de quelques semaines, et je me dis que, dans cinquante ans, nous nous trouverions tellement simples, naïfs, fades et méconnaissables, en regardant ces clips et en écoutant ces chansons que nous aimions. Notre vieux mauvais goût en matière de vêtements et de musique trahirait notre innocence. Nos célébrités de l'époque seraient mortes dans des accidents dont nous n'aurions aucune idée. Nos événements importants seraient devenus des questions de Trivial Pursuit : « Qu'est-ce que la New Wave ? » ou « Quel groupe anglais a chanté *Walking on Sunshine* durant l'été 1985 ? »

En nous regardant, avec ces chaussures et ces coiffures de l'époque, nous serions étonnés de notre stupidité et de notre foi en quelque chose qui se sera révélé n'être rien du tout.

Puis le ciel noircit, tout en s'éclaircissant, et les étoiles scintillent, une par une, comme si Dieu traversait les couloirs du ciel en allumant les lumières sur son passage.

Je reste longtemps à la fenêtre, dans ma chemise de nuit blanche, la nuit est de plus en plus noire, je finis par ne plus rien voir dehors et la fenêtre n'est plus qu'un reflet de ma chambre et de ma chemise de nuit blanche. La chaudière souffle de l'air chaud dans la pièce, je sens l'odeur de pastels qui fondent, ou peut-être est-ce celle du parfum de ma mère au début de l'été, quand elle venait me chercher à l'école et que le soleil brillait sur ses bras nus.

L'odeur de merles et de papillons qui cuisent longuement dans un four à basse température. Le parfum de ma mère...

Les chiffres, sur mon radio-réveil, avancent sans aucune hésitation, avec la détermination des objets mécaniques.

Quand 11 : 59 devient 12 : 00, c'est une nouvelle journée.

1 : 00.

2 : 00.

3 : 00.

4 : 00.
5 : 00.
6 : 00.

Lorsque j'entends les premiers oiseaux d'hiver commencer à chanter, je descends l'escalier.

« Kat. »

Je l'entends.

Je vois le soleil se lever – j'ai pourtant les yeux fermés – mais je sens qu'il sort du sol et déchire l'orient de la terre, qu'il sort de sous la banlieue et secoue notre maison – comme de gros poings qui percent en grondant le béton du sous-sol, comme une grande éruption volcanique jaillissant à travers la bouche d'évacuation, qui crache de la lave et des étincelles, quelque chose qui donne naissance, ou qui est en train de naître.

« Kat. »

Elle est là. Je sais enfin où. Je descends l'escalier, vers l'endroit d'où vient mon nom qu'on appelle, qu'on appelle de cette voix familière étouffée depuis si longtemps – comme si je l'entendais à travers un mur de chair et de sang, un corps qui nous sépare, dont je viens juste d'émerger.

Maintenant, c'est une lumière radieuse qui m'appelle, de partout à la fois.

Je suis ce son à travers le couloir, vers le salon, où mon père est toujours endormi dans le fauteuil vert au dossier arrondi. Il a passé la nuit là pour garder quelque chose, mais ses yeux se sont fermés, sa tête est tombée en arrière et fixe aveuglément le ciel, ou bien le plafond, ou bien les ténèbres qui s'ouvrent au-dessus de Garden Heights. Son visage est un masque adouci par le sommeil. Mais de sa bouche s'échappe un son humain, un grognement menaçant et profond, comme si cela faisait des années qu'il cache une chaudière dans sa poitrine. Je m'arrête devant lui, il ronfle de plus belle.

Ce ronflement ébranle le salon. Il fait trembler les murs. Comme des centaines de sabots de chevaux. Ou des centaines de colombes. Tambours et chars, c'est la guerre, les rideaux s'ouvrent et je vois le jardin qui déroule sa blancheur devant la maison, vers la rue, je vois la neige qui se replie vers le ciel, le présent envahit le passé et j'imagine Phil, pieds nus, qui traverse cette pelouse, qui court chez lui, qui court pour s'éloigner de mon père qui hurle. « *Fous le camp, espèce de lâche ! Sale gamin !* »

Et la mère de Phil, qui l'attend. Elle devait savoir...

De douces étoiles explosent derrière ses yeux.

Elle a dû appeler mon père à son travail.

« Monsieur Connors ? C'est Mrs Hillman, à l'appareil.

— Oui, madame Hillman, qu'y a-t-il ?

— Votre femme a de la compagnie, cet après-midi. Je crois que vous devriez rentrer chez vous, que vous devriez aller voir. »

C'était un vendredi. Il n'avait rien d'autre à faire.

Je vais en haut des marches qui mènent au sous-sol et je reste là un long moment, pour écouter. Je finis par entendre tout un monde en contrebas. Des chiens hurlants, des ailes, le ronronnement des machines, des cris, des objets émoussés, le bourdonnement des abeilles, des coups de feu, ainsi qu'un million de mères qui appellent leurs enfants avec de la musique semblable à des rivières en feu.

J'écoute jusqu'à ce que mon corps tout entier devienne une oreille. Mes cheveux. Mon souffle. Mes dents. Puis je vais où sa voix m'appelle – la voix de ma mère, qui s'élève au-dessus de tout ce bruit, la voix qui m'a donné mon nom, la première voix que j'aie jamais entendue, la voix qui m'a invitée à sortir de sa peau pour entrer dans ce monde.

Descendre les marches pour aller au sous-sol. Passer devant le billard. Le canapé recouvert de vinyle. La partie aménagée du sous-sol. La cage vide du canari – où il ne reste plus qu'une touffe de duvet pâle, une petite poignée d'écho, ou d'air.

« *Kat.* »

Puis elle hurle vers moi au-dessus des témoins muets que sont la machine à laver et le sèche-linge, au-dessus de l'eau et du feu, au-dessus de ces appareils de silence, de politesse, de commodité et de gain de temps, pour m'entraîner plus loin, vers la partie non finie du sous-sol.

Ouvre ça !

Ouvre ça !

« Quoi ? je lui demande. Quoi ? Le congélateur est fermé à clé.

— Mais tu connais la combinaison, dit-elle. Tu la connais depuis toujours. »

J'arrive devant le congélateur et je reste plantée là, pieds nus. Un coffre d'éternité. Bourré d'étincelles, de talismans et de rêves. Un esprit, qui n'est fait que d'amour, de peur et d'espace, dit mon nom et recrée la création.

Les atomes, les parasites, Dieu, la matière des étoiles, tous attendent pour baigner dans la lumière, pour révéler leurs secrets dans la lumière soudaine et éblouissante.

J'essaie de l'ouvrir. Je saisis le couvercle du congélateur, je bloque mes genoux, je retiens mon souffle et je force, mais il ne s'ouvre pas.

Je me mets alors à genoux et je tâte le centimètre de givre et d'espace dans lequel je peux glisser mes doigts, je finis par trouver ce qui bloque. Un cadenas a été glissé dans un trou foré dans la poignée, et ce cadenas a ensuite été fourré à l'intérieur.

Je le tourne et le retourne, je le prends dans ma main et l'examine, mais je n'ai pas vraiment besoin de le voir pour comprendre qu'il s'agit du cadenas que mon père utilisait pour fermer son placard, celui dans lequel il enfermait ses magazines. 90-60-91.

Il s'ouvre très facilement dans ma main – comme une aiguille qui tombe dans une meule de foin.

Je ne bouge pas. J'écoute.

Et alors, la grisaille de janvier se met à fondre autour de moi. « Maman est là », dit-elle. Les voyelles s'élèvent comme des zéros gelés au-dessus du congélateur et s'avalent les unes les autres en plein vol.

Comment ? Pour le restant de mes jours, on me demandera « Comment ? », et voici ce que je répondrai :

Comme n'importe quelle fille, je suis entrée dans ces ténèbres pieds nus, mortelle, tout comme elle, et je l'ai entendue appeler mon nom dans le silence, qui n'était plus silencieux. Et puis...

J'ai soulevé ce couvercle, j'ai regardé par moi-même à l'intérieur et j'y ai trouvé ma mère.

Laura Kasischke
dans Le Livre de Poche

À moi pour toujours n° 31077

« À moi pour toujours » : tel est le billet anonyme que trouve Sherry Seymour dans son casier de professeur un jour de Saint-Valentin. Elle est d'abord flattée. Mais cet admirateur secret obsède Sherry qui perd vite le contrôle de sa vie. Et la tension monte jusqu'à l'irréparable...

La Couronne verte n° 31792

Les vacances de printemps aux États-Unis marquent le passage à l'âge adulte pour les élèves de terminale, qui partent une semaine entre eux dans un cadre exotique. Terri, Anne et Michelle optent pour les plages mexicaines et partent visiter les ruines de Chichén Itzá en compagnie d'un inconnu...

En un monde parfait n° 32350

Jiselle, la trentaine et célibataire, croit vivre un conte de fées lorsque Mark Dorn, un superbe pilote, veuf et père de trois enfants, la demande en mariage. Elle accepte, abandonne sa vie d'hôtesse de l'air pour celle, plus paisible, croit-elle, de femme au foyer.

Rêves de garçons n° 31360

À la fin des années 1970, trois pom-pom-girls quittent leur camp de vacances à bord d'une Mustang décapotable dans l'espoir de se baigner dans le lac des Amants. Dans leur insouciance, elles sourient à deux garçons croisés en chemin. Soudain, cette journée idyllique tourne au cauchemar.

Du même auteur
chez Christian Bourgois :

À Suspicious River, 1999.
La Vie devant ses yeux, 2002.
À moi pour toujours, 2007.
Rêves de garçons, 2007.
La Couronne verte, 2008.
En un monde parfait, 2010.
Les Revenants, 2011.

Le Livre de Poche s'engage pour l'environnement en réduisant l'empreinte carbone de ses livres. Celle de cet exemplaire est de :
300 g éq. CO_2
Rendez-vous sur www.livredepoche-durable.fr

PAPIER À BASE DE FIBRES CERTIFIÉES

Composition réalisée par PCA

Achevé d'imprimer en juillet 2012 en France par
CPI BRODARD ET TAUPIN
La Flèche (Sarthe)
N° d'impression : 69677
Dépôt légal 1re publication : août 2012
LIBRAIRIE GÉNÉRALE FRANÇAISE
31, rue de Fleurus – 75278 Paris Cedex 06

31/6207/0